神圣自然

——英国浪漫主义诗歌的生态伦理思想

鲁春芳 著

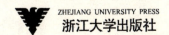

ZHEJIANG UNIVERSITY PRESS
浙江大学出版社

　　本书为浙江财经学院 2007 年校级重大课题（2007YJZ16）、浙江省哲学社会科学规划课题（08CGWW008YB)"英国浪漫主义诗学的自然关怀"成果之一。

　　本书由浙江财经学院 2009 年专著资助项目资助出版，特致谢忱！

序

毛信德

经典作家重评、名著重读、文学史重构是当前文学工作者的重要任务之一,而经典作家重评、名著重读又是文学史重构不可缺少的基石。而这种经典作家作品研究、文学史研究又都应该是与时俱进的,只有在不断扩展空间的积极探讨中才能不断推进新思想、新观念、新理论和新方法。本书尝试以关注人类生存前景为出发点的生态批评为研究方法,重审经典文学作品,使文学研究走向了广阔的生态学视野,突破了以往历史范式或文本内部范式的研究,为文学研究者、爱好者、高校文学专业尤其是英语语言文学专业的师生提供了一种全新的文学欣赏视角。

英国浪漫主义诗歌是西方文学史的重要组成部分。近年来,国外的浪漫主义诗歌研究有 *Romantic Ecology*：*Wordsworth and The Environmental Tradition*(Bate, Jonathan：1991), *The Green Studies Reader*：*From Romanticism to Ecocriticism* (Coupe, Laurence：2000), *A Preface to Wordsworth*(Purkis,John：2005)等;国内王佐良先生的《英国浪漫主义诗歌史》和《英国浪漫主义诗歌流变》,北京大学教授丁宏为《理念与悲曲》,刘意青教授《华兹华斯诗学》以及邹纯芝老师的《想象力世界》等都从不同方面关注了英国浪漫主义诗歌,但针对英国浪漫主义诗歌思想体系进行系统考察研究,目前尚未见到,浙江财经学院鲁春芳老师的这部专著便弥补了学界关注的这一缺失。鲁春芳老师在总结前人研究成果与不足的基础上，首先观察了从亚里士多德、柏拉图到英国浪漫主义的自然关怀，进而阐述了自然关怀在西方诗学思想各发展时期的不同特征，然后集中关注英国浪漫主义诗学思想的自然关注，肯定了英国浪漫主义诗学中自然形象的崇高地位。在此基础上，作者以现代环境自然观为理论指导，对英国浪漫主义诗歌产生的深层原因、浪漫主义诗歌的本质内涵以及其对后来英美文学史上思想大家的影响等问题，进行了比较客观、全面、系统的研究和重新认识，颇有理论意义和学术价值。

本书认为法国大革命只是从一定程度上催生了浪漫主义诗歌，与带来严重生态危机和人性危机的英国工业社会相比它只是欧洲工业社会发展因果链上的一个环节。面对当时英国社会的混乱状态，目睹工业革命和科技理性的汹涌浪潮，英国浪漫主义者敏锐地意识到世界精神的根基性缺失和意义本源的匮乏，因而必须要为人类生存寻找新的意义和价值基础。神性自然观是英国浪漫主义诗歌的突出特征，强调自然是一个神圣不可侵犯的有机统一的整体，倡导和谐自然、生态整体以及人对自然的责任，反对人类中心主义。浪漫主义诗人热爱自然的深层动机在于热爱人类自身，他们对自然生态的关注实际上是对人类命运的终极关怀。浪漫主义诗歌与体现当代生态伦理价值的"深层生态学"(deep ecology)走向了融合。浪漫主义诗人强调情感的自然流露，不是简单层面上的浪漫情怀，更不是狭隘的个人主义情感，而是与普遍情感相一致的情感，是一种对自然与纯真无限崇敬、对自由与和谐强烈向往的革命情怀。他们期望通过自然的诗歌主题和自然的诗歌语言呈现自然生态系统的美与和谐，唤起人们内心对这种美与和谐的共鸣，警醒他们沉睡的、被压抑的审美意识和普遍情感，挖掘出埋藏在功利与污浊背后的人类美好天性。因此，英国浪漫主义诗人的自由观念和生命意识里蕴涵着诗人们对人的处境及命运与前途的理性思考，这种思考是一种深层伦理标准的思考。我们在对于外国文学教学的全部过程中，英国浪漫主义诗人的历史表现是不可缺少的重要组成部分,因此认真学习这部分作品应该是所有外国文学工作者的必要课程。

以生态视角重新阐释英国浪漫主义诗歌的思想内涵,强调人与自然同属于大地生态共同体中的一员,人通过重新认识自然、回归人性的本真,由此把文学中人与人、人与社会的伦理关注扩展为人与自然关系的伦理关注,可以说为现代文明重压下的人性危机提供了良好的道德标准。本书认为英国浪漫主义诗人虽然并不曾提出过生态伦理的系统思想,但他们的确较早地意识到了自然的价值,提出了自然在时空上的漫长性与广博性,显示出超越时代的伟大生态智慧。本书选题具有一定的理论意义和学术参考价值。作者对本课题领域和中外文献资料、国内外研究动态的把握全面而深入。全书内容充实,材料详实,有新的视角和见地。

美国著名科学家爱因斯坦曾经说过:智慧并不产生于学历,而是来自于对知识的终生不懈的追求。春芳老师是浙江省比较文学与外国文学学会会员,数年前从中原来到浙江财经学院任教,热心学术研究,积极参加学会活动,虚心向老师和同仁请教,去年获得浙江省社会科学规划项目,我对她印象颇深。虽然她不曾拥有博士、硕士学位,但是她拥有孜孜不倦、勤奋好学、刻苦钻研的精神,能够多年坚持研读资料、不断学习。这本即将出版的研究成果正是她多年来坚持不懈学习和钻研的结果,也算是对她几年汗水和心血的回报吧。作为她的长辈学者,我由衷地为她高兴,并希望她能够再接再厉,继续努力开拓创新、总结经验、博采众长,在浪漫主义诗歌研究上有更多、更新的成果。

是为序。

2009 年 6 月 2 日于杭州朝晖六区

目　录

自然的启示与英国浪漫主义
诗歌价值的重新评估

　　英国浪漫主义诗歌在西方诗学史中占有重要位置。但是,对它的研究长期以来充满争议,贬多褒少,忽视了其理性的一面。学者们习惯把浪漫主义与主观、激情、异国情调、寄情山水等概念联系在一起,因而浪漫主义诗歌总不免带着"脱离现实"、"不真实"、"自然诗歌"等的重负。比如:新历史主义理论批评浪漫主义诗歌是"历史的缺席"(ahistorical),比如杰罗姆·麦克甘(J. McGann)的著作《浪漫主义的思想意识》(*The Romantic Ideology*,1983),玛杰莉·列文森(M. Levinson)的《华兹华斯重大时期的诗篇:四篇论文》(*Wordsworth's Great Period Poems:Four Essays*, 1986),以及麦克甘的论文集《曲折之美:历史方法与理论的文学探讨》(*The Beauty of Hection:Literary Investigations in Historical Method and Theory*,1988);另一种观点以艾伦·刘(Alan Liu)为代表,认为华兹华斯诗歌"不存在自然"(There is no nature),他在《华兹华斯:历史感》(*Wordsworth:The Sense of History*,1989)中说,"自然只是一个名目,使人自身感觉更好一些的一种中介物"①。在他看来,"自然"不过是华兹华斯等浪漫主义诗人为了自身的目的而创造的具有

---

　　①　Alan Liu. *Wordsworth:The Sense of History*, Stanford University Press, 1989, p. 38.

人类思维特征的产物，并没有多少深刻的思想。另外，还有一种较为普遍的观点是，从政治角度认为以华兹华斯为代表的浪漫主义诗人热心自然诗歌创作并身体力行隐居英国北部湖区，这种审美取向是一种对现实的逃避，一种类似中国古代政治上的失意者的"寄情山水"；有学者甚至评论"湖畔诗人"时说，他们对法国大革命"产生抵触情绪，蛰居到英国西北湖区，寄情山水，缅怀中世纪和宗法制农村生活"①，他们"脱离现实斗争，投入大自然的怀抱"②，仿佛他们沉湎自然是出自一种政治上的软弱。

然而，当人类文明走到今天，面对日益严重的生态危机和人性危机，我们不得不反思人类行为，反思到底哪里出了问题？带着这样的思考走进现代工业文明之初的浪漫主义文学经典，我们发现以往的研究对诗人们自然观形成的根本原因探索不够深入和全面，对其关注人类自身生存、期望建构人类良性生态的理性思想认识不足。英国著名浪漫主义研究学者 M. H. 艾布拉姆斯（M. H. Abrams）在他的名著《镜与灯》(*The Mirror and the Lamp*, 1953)中，对浪漫主义作了积极评价，他认为浪漫主义对个人情感和自由的强调有助于推进"人文主义的文学批评"，后者是对"非人化的工业和商业社会的抗议，它面对大众的奴性（mass conformity）勇敢地坚守着个人的价值和尊严"。③ 英国利物浦大学著名生态批评学者乔纳森·贝特（Jonathan Bate）在《浪漫主义的生态学》(*Romantic Ecology*, 1991)一书中，这样写道："当我们最迫切需要对付和补救人类文明贪婪地损耗大地资源的时候声称'不存在自然'是完全不合时宜的。我们面临着地球的任何部分都会被人类触及的可能，这在历史上还是首

---

① 郑克鲁：《外国文学简明教程》，华中师范大学出版社 2001 年版，第 109 页。

② 毛信德等主编：《外国文学教程》，浙江大学出版社 2007 年版，第 207 页。

③ Abrams M. H. *The Mirror and the Lamp*, New York: Oxford University Press, 1953, p.334.

次。……但是迄今为止，仍有人类文明的触角尚未伸到的领域，仍然存在着'自然所处状况的问题'……等到有了更多的核电站事故发生之后，热带地区不再有雨林，为了矿产资源而把每处荒野都毁坏殆尽之后再让我们说'不存在自然'吧。"①他认为，华兹华斯等浪漫主义诗人对自然的兴趣是关于人类生存的（vital）、生态的（ecological），华兹华斯是我们第一个真正的生态诗人（our first truly ecological poet），②当我们正为改变环境做出努力时，其实华兹华斯早已走在了我们前面（Wordsworth went before us in some of the steps, we are now taking in our thinking about the environment.）。③

与此同时，我国著名学者丁宏为在其专著《理念与悲曲——华兹华斯后革命之变》中写道："华兹华斯后革命性质的思想状态并非以'逃避'或'遮掩'为特点，也不是一句'重归自然'就可以涵盖的。他曾经尝试过各种类型的思维方式，或对它们有所领略，比如感伤文学中对生活的田园诗般的幻构、洛克（John Locke, 1632—1704）式的英国经验主义认知方式、法国革命极端分子的狂热或早期社会主义的信仰，以及葛德汶式涉及社会福利、法规、政治、尤其理性的话语。他也对现代大都市之状况有亲身体验，耳闻目睹了法国共和派的各种言行，身历欧洲国际战乱气氛，并在此间游历了遍布于西欧各国的名胜古迹。如果我们借用拜亚洛斯托斯基用过的'美学资本'（aesthetic capital）概念，那么，可以说所有这一切加在一起，构成华兹华斯的

---

① Bate, Jonathan. From "Red" to "Green", from Coupe, Laurence. *The Green Studies Reader From Romanticism To Eco-criticism*, London & New York: Routedge, 2000, p. 171.

② Bate, Jonathan. *Romantic Ecology*, London & New York: Routledge, 1991, preface.

③ Ibid. p. 5.

'诗人资本'，而这恰恰是我们当代学人很少有人拥有的资本，也就是说在很简单的意义上，他和我们具有不同的视点。"[1]北京大学苏文菁博士认为，"华兹华斯的自然观既是精神的体系，又是现实的存在"，"是一种力图从精神方面、从人类心灵方面拯救人类的观点"，[2]并从人与自然的辩证关系上论证了华兹华斯的诗歌主题是关于"人类的以及人类生存的"。

本书拟沿着以上观点，用现代生态批评理论做指导，进一步客观、深入地探讨浪漫主义诗歌的自然意识和生态智慧。我们诚然可以把他们诗中的自然看做是逃逸城市文明的精神寓所，或者把诗歌看作"自然界的光景声色对人类心灵的影响"，但我们更应该看到他们在"自然与上帝、自然与人生、自然与童年的关系上"所表达的"一整套新颖独特的哲理"，实际上正是一种人与自然和谐共存的审美诗意。浪漫主义诗人关注自然的本质目的在于关注人类自身，他们表面上的寄情山水其深层蕴涵着诗人们对人的处境及命运与前途的理性思考，这种思考是一种深层伦理标准的思考。浪漫主义诗歌对"情感"、"想象力"的强调、对"自由"、"正义"的呼唤、对"自然"、"和谐"的颂扬印证了英国浪漫主义诗人热爱自由与和谐、注重精神生态与物质生态的哲学思想，昭示着英国浪漫主义诗人们的生态伦理价值观。

一、自然的启示

人类早期的自然观表现为人类自我的精神投射，他们把自然之物看作与人类的同等形象，与人有着同样的性格，无论是中国古人的上帝、旱魃、风伯、雨师，还是古希腊人的该亚、乌剌诺斯、宙斯或波塞冬，都是这种投射的产物。早期神话里虽有后羿射日那样伟大的人

---

[1] 丁宏为：《理念与悲曲——华兹华斯后革命之变》，北京大学出版社2002年版，第63—64页。

[2] 苏文菁：《华兹华斯诗学》，社会科学文献出版社2000年版，第59页。

类形象,但更多的情形是自然高于人类,因为人类在力量上不可能与风雪雷电等强大的自然力相匹敌,更少有可能公然挑战自然,像奥德修斯刺瞎库克洛佩斯独眼的行为只是凭借了雅典娜的佑护,而他也不免由此承受海神波塞冬无休止的报复。因此,早期人类眼中的自然是神的世界,他们与自然的交流实际上是与自然背后的神的交流,从生态批评的角度来看,这是人与自然的近似和谐的交流,这种交流对人与自然而言都是公平的:人与自然,双方都不能否定或全然否定对方的存在与再生。随着人类实践经验的逐渐成熟,人们开始越来越强地体会到自身力量特别是智慧的优越性的时候,自然在人的眼中便失去了它的神性而变成人手里可以随意利用的物,宛如莎士比亚《暴风雨》中的普罗斯彼罗用法术呼之即来、挥之即去的暴风雨。从文艺复兴到启蒙运动是人类精神的巨大飞跃:当莎士比亚的哈姆莱特把"覆盖众生的苍穹"和"金黄色的火球点缀的灿烂的屋宇"看作"一大堆污浊的瘴气的集合"的时候,他还没忘了把人看作是一个算不得什么的"泥土塑成的生命";而当歌德的浮士德创建他美好的人间共和国(也是启蒙思想家的理想王国)的时候,他已经全然借助了魔鬼的力量,移山填海,按人的理想改造了自然的模样。人类精神的这次伟大的飞跃打开了人与自然关系的一扇永远不可能再度关闭的门,人类此时如同当初的亚当和夏娃一样,吃了禁果就无法再吃后悔的药:人类以自己的伟大行动形成了对神性自然的彻底否定。此后人类如同骑在魔鬼背上的浮士德一样,随心所欲地用现代化生产把整个地球毁坏得千疮百孔,以至到了当代,人们不得不以生态的眼光在人与自然的关系上展开一轮新的否定。人类对人与自然的关系的这次更高层次的思考把人类自身推到了一个尴尬的边缘:人们意识到毁坏自然毁坏环境的恰恰是无神论的理性,正是这种无神论的理性推动着人类如同驾驭着魔鬼的浮士德一样进行着创造,但人类在陶醉于自己的伟大力量的同时也铸造了一柄无情的双刃剑,它在开创了人类伟大前途的同时也深深地刺伤了人类自己。人们在这种尴尬中检讨了自己的这一骄傲罪,而对这项被基督教视为第一大罪的检讨中,人类想到了是否需要重新尊重自然的神性。沿着这样的思路,我们找到了华兹华斯,找到了英国浪漫派的神性的自然,我们惊叹于这些伟大诗人的深邃,正是他们那质朴和亲切的诗歌开启着人类对人与自然关系的这次重大的反思,他们的诗歌所包含的自然诗学思想启动了人与自然的关系的这次伟大的否定之否定。

二、现实层面的"逃避"与哲理层面的探索

浪漫主义诗歌关注自然、强调想象与情感的诗歌主张表面上给人以"逃避"之嫌,实乃为拯救人类进行的哲理层面上的积极探索。我国著名学者王佐良先生这样写道:"英国浪漫主义的特殊重要性半因它的环境,半因它的表现。论环境,当时英国是第一个经历第一次工业革命的国家,世界上最大的殖民帝国,在国内它的政府用严刑峻法对付群众运动,而人民的斗争则更趋高涨,终于导致后来的宪章运动和议会改革。从布莱克起始,直到济慈,浪漫诗人们都对这样的环境有深刻感受,形之于诗,作品表现出空前的尖锐性。"①的确,任何文学作品都离不开其产生的社会环境,英国浪漫主义诗歌的产生自然与法国革命和工业革命的发展密切相关。1649 年的英国革命开创了英国资本主义的道路,催生了可憎的英国工业社会,同时也催生了法国大革命,不过,法国大革命又将带来什么呢? 它难道不是正在催生整个欧洲的资本主义工业社会吗? 虽然法国大革命从一定程度上催生了浪漫主义诗歌,但是,与带来严重生态危机和人性危机的英国工业社会相比,它只是欧洲工业社会发展因果链上的一个环节,更何况法国大革命虽然具有追求自由、追求公正和社会进步的先进理念,但它那种追求社会进步的极端方式,早已使英国浪漫主义者清醒地认识到它的根本局限性。

---

① 王佐良:《英国浪漫主义诗歌史》,人民文学出版社 1991 年版,第 2 页。

　　面对当时英国社会的混乱状态,目睹工业革命和科技理性的汹涌浪潮,英国浪漫主义者敏锐地意识到世界精神的根基性缺失和意义本源的匮乏,他们否认革命暴力形式的无济于事,拒不认同工业革命那算计的、冷冰冰的工具理性,因而必须要为人类生存寻找新的意义和价值基础——这就是以感性、艺术和审美的标准代替科技理性的标准,以诗歌的原则来占据政治话语。它以一种感性主体性的原则与启蒙理性形成了鲜明的对立,以内在心性和审美冲动来反抗早期工业革命所建立起来的物质的功利标准,以一个诗意的审美精神世界超越现实世界的种种罪恶,从而为生命的存在找到一个终极的价值根基。在《作于伦敦,一八零二年九月》(*Written in London, September* 1802)中,华兹华斯直接地、一针见血地批判了资本主义工业革命给人性带来的危机:

> 最大的财主便是最大的圣贤;
> 自然之美和典籍已无人赞赏。
> 侵吞掠夺,贪婪,挥霍无度——
> 这些,便是我们崇拜的偶像;
> 再没有淡泊的生涯,高洁的思想;
> 古老的淳风尽废,美德沦亡;
> 失去了谨慎端方,安宁和睦,
> 断送了伦常准则,纯真信仰。①

　　从这一角度来看,浪漫主义诗人对自然的热情就不仅仅是一个对当时政治运动的态度问题,而是一个对人类理想境界的探索问题,其中蕴含着超越 19 世纪欧洲现实的哲理思考,正如《西方文学的人文印象》一书的作者雷体沛所说的那样,他们"在对现代工业文明产

---

① 转引自王佐良:《英国浪漫主义诗歌史》,第 199 页。

生厌恶之余,从对大自然的歌颂中寻求慰藉,追求心灵与大自然的交融,重新寻找与建立人与自然亲近的和谐关系"①。这里所谓"心灵与大自然的交融"和"人与自然亲近的和谐关系",实际上契合了现代生态伦理批评的思想,体现了一种人类与自然和谐共存的审美诗意。西方学者显然已经注意到了这种契合,例如赫尔姆·吉·史雷德(Helmut J. Schneider)在其《自然》(*Nature*)一文中就曾谈到,1770—1830 年间的欧洲浪漫派运动实际上"是对汹涌而来的现代文明的一种审美反应或补偿"(an aesthetic reaction to, and compensation for, the thrust of an onrushing modernity)②。他还强调说:"浪漫派作家都想减缓自然的异化(reduce the alienation from nature)。"③"自然"在浪漫主义诗人的精神世界中是一种调节器,是人性复归的一种力量,同时也是诗人们的最终审美标准。

华兹华斯(William Wordsworth)的《伦敦,一八零二》(*London*, 1802)这样写道:

> 弥尔顿! 今天,你应该活在世上:
> 英国需要你! 她成了死水污地:
> 教会,弄笔的文人,仗剑的武士,
> 千家万户,豪门的绣阁华堂,
> 断送了内心的安恬——古老的风尚;
> 世风日下,我们都汲汲营私;
> 哦! 回来吧,快来把我们扶持,

---

① 雷体沛:《西方文学的人文印象》,广东人民出版社 2008 年版,第 105 页。

② Schneider, Helmut J. Nature, from Brown, Marshall. *The Cambridge History of Literary Criticism*, *Volum*5 *Romanticism*, Cambridge University Press,2000, p. 92.

③ Ibid. p. 96.

　　给我们良风,美德,自由,力量!①

　　在这首诗里,华兹华斯针对由于资本主义发展造成的英国社会弊端百出、未来充满迷雾,奋笔指出"她成了死水污地",呼唤弥尔顿(John Milton)那样的革命诗人和战士来力挽颓废之风、涤瑕荡垢,渴望回到自然淳朴的早期社会中。华兹华斯虽然终究没有成为弥尔顿那样的革命诗人,但他对国家民族前途的忧虑,对诗人肩负改变社会、提升人类道德职责的期盼,跃然纸上。我们可以这样认为,在《失乐园》(*Paradise Lost*, 1667)等作品中,弥尔顿表达了人类要复归乐园的愿望和坚强意志。他认为人类虽然违背了上帝的意志而失去了上帝的庇护,但人类却可以通过自身的智慧和力量重返乐园。华兹华斯在继承弥尔顿的基本理念的同时,更为清晰地把乐园从天堂具体设计在绿色的大自然中。华兹华斯既不需要基督教的天堂,也不需要把天堂放在想象的世界中,他所要的是与纯真、实在的大自然实现神圣的交流、和谐相处,进而荡涤我们异化的心灵,复归"良风,美德,自由,力量",最终实现人类社会的健康发展,虽然这条路充满艰辛。

　　当然,浪漫主义诗歌主要以抒写自然为主题,而且又因隐居英格兰北部湖区而得名"湖畔诗人"或"自然诗人",因此总不免带着"逃避现实"之嫌。事实上,当我们读完罗伯特·彭斯的《小田鼠》、威廉·布莱克的《病玫瑰》、华兹华斯的《廷腾寺》、济慈的《夜莺颂》以及雪莱的《西风颂》等诗作后,一个深刻的感受就是浪漫主义诗人对人的关怀:对人性异化的忧虑、对自然惨遭破坏的痛心、对人与自然关系的伦理思考(参阅本书第三章专论)。在被公认为浪漫主义诗歌宣言的《抒情歌谣集·序言》中,华兹华斯明确地表达了作为诗人的任

————————
　　① 华兹华斯、柯尔律治:《华兹华斯、柯尔律治诗选》,杨德豫译,人民文学出版社 2001 年版,第 200 页。

务:竭力使人们不用巨大猛烈的刺激也能兴奋起来的能力增大是各个时代作家所能从事的一个最好的任务,特别是现在。因为,从前没有的许多原因现在联合起来,把人们的分辨能力变得迟钝起来,使人的头脑不能运用自如,甚至蜕化到野蛮人的麻木状态。①

浪漫主义诗歌直接反映了浪漫主义诗人对工业文明和科学主义的厌恶,对城市工业和庸俗生活的诅咒。他们以诗人的睿智和文学家的道德歌颂着大自然的美好,呼吁着传统淳朴民风的回归,批判人类贪欲、城市商业习气等科技带来的恶果,他们响应卢梭"回归自然"的号召并且身体力行,结庐湖区,这与其说是逃避现实,不如说是对现实的不满甚至反抗。他们讴歌大自然,但不是一般意义上的自然诗人,他们的灵性有机整体自然观代表了他们的精神追求和向往。他们是历史的产物,是敢于挑战历史潮流的弄潮儿和叛逆者。

三、回归的辩证:"爱自然通向爱人类"

18世纪后期到19世纪初,在工业化加速发展和理性主义主导地位不断攀升的背景下,英国浪漫主义文学应运而生。英国工业革命和启蒙运动以来的理性主义促成了人类中心主义急剧膨胀,人类开始以机械论而非有机论来认识世界、解释人与自然的关系,自然完全沦为人类用来满足无限膨胀的私欲的工具。英国浪漫主义诗人在机械论和理性主义的强大氛围中,反其道而行之,运用自然的有机整体论指导自己的诗歌创作,提出了人与自然和谐共生和复归人类精神家园的崭新"自然观"。这不仅是对长期以来在西方社会思想阵地占主导地位的人类中心主义的有力反驳,更重要的是,他们以力挽狂澜,试图维系自然生态平衡、构建人与自然和谐相处的健康生存方式和"诗意的栖息"环境为己任,用诗的语言描绘自然的图景,书写大地

---

① Merchant, W. M.. *Wordsworth Poetry and Prose*, Cambridge Massachusetts:Harvard University Press, 1963, p. 224.

的心声，倡导和谐共生，关注人类命运。从这个意义上讲，把英国浪漫主义诗歌理解为一般山水诗人的消极避世、矫揉造作或无病呻吟之作是完全错误的。而仅仅从传统意义上将其理解为描绘自然风景借以抒发个人情感、展示内心灵魂之举也是远远不够的。从生态视角客观地认识和评价英国浪漫主义诗歌，我们看到浪漫主义诗人热爱自然的深层动机在于热爱人类自身，他们对自然生态的关注实际上是对人类命运的终极关怀。

华兹华斯的《序曲》(The Prelude，1798—1839)或《一个诗人心灵的成长》(Growth of A Poet's Mind，1850)第八章"追忆——爱自然通向爱人类"(Retrospect—Love of Nature Leading to Love of Mankind)，也许应该是浪漫主义诗人热爱自然、回归自然最终实现人性本真的回归、实现人与自然的和谐共生这一生态伦理思想的最佳表达。该章题目"爱自然通向爱人类"，以辩证的方式肯定了人与自然的关系，强调了自然的尊严与价值。浪漫主义诗人认为自然与人是来源于同一源头的、共同处于大自然有机整体中的平等成员，他们共同沐浴着上帝的恩泽。人本身就是自然的一部分，人要想永久地诗意生存，就不能脱离与人类自身相互依存的自然，更不能以主宰者自居，任意地利用、盘剥甚至掠夺自然。因此，华兹华斯写道：

> For I already had been taught to love
> My fellow-beings, to such habits trained
> Among the woods and mountains, where I found
> In there a gracious guide to lead me forth
> Beyond the bosom of my family,

My friends and youthful playmates. ①
（我已经学会去爱

爱与我共生的同伴们已成为一种习性

树林里、山冈上，这里我发现

你正以仁慈和蔼将我引导

使我超越了家庭、朋友和儿时的玩伴

拥有了更广阔的胸怀。）

（笔者译）

　　自然界万物在诗人眼里已不再是一般意义上的外在自然之物，而是我们人类的"fellow-beings"，具有人性、灵性和神性，二者应该是一个和谐的、相互交融的整体。在华兹华斯看来，自然乃人类本身，要爱人类自身这个"小我"，首先必须爱"自然"这个"大我"。浪漫主义诗人虽然不曾提出过生态伦理的系统思想，但他们的确较早地意识到了自然的价值，提出了自然在时空上的漫长性与广博性。他们认为既然自然与人是一个整体的不同表现，同是这个宇宙的组成部分，人与自然之间就不应该有任何界限，自然在身外也在心内。因此，关注自然也就是关注人类自身；同样，要关心人类的生存就不得不关心自然的状况。他们强调人与自然的相融，人通过重新认识自然、回归自然，进而恢复人性的本真，解决人性的危机，实现人类社会的最终和谐。

　　在人与自然的关系中，人怎样重新认识自然，回归自身天性的本真，浪漫主义诗人找到了人类自身最理想的形象：儿童。儿童的善良、天真，早在法国启蒙主义思想家卢梭（Jean Jacques Rousseau）

---

　　① Wordsworth, Jonathan, M. H. Abrams, Stephen Gill. *William Wordsworth The Prelude* 1799, 1805, 1850, W. W. Norton & Company, 1979, p. 270.

《爱弥儿》(*Emile*，1762)中得到充分的展现和尊重，儿童未受世俗污染，天性纯真无邪，他们最接近自然淳朴状态。于是，浪漫主义诗人凝视孩童身上这种特有的禀赋，呼吁成人向儿童学习，复归人的自然天性：

> 儿童乃是成人的父亲；
> 我可以指望；我一世光阴
> 自始至终贯穿着天然的孝敬。①

　　在华兹华斯看来，成人的世界虽然有序、理性和文明，但同时也意味着贪婪、狡诈和邪恶；相反，儿童的天地无序、混沌，但是质朴、纯洁。儿童离出生的时间越近，离自然就越近，离人与自然共同涌出的那个源头也最近，因而能时刻感受自然的亲润、天国的恩泽，儿童身上充满了神性。成人重返童年，意味着返回到人类最美好的、人性纯洁的初始状态，那么人与神、自然与自我就处在一种和谐状态，人性就能得以自然的舒展。"儿童乃是成人的父亲"，看似有悖常理，但说明了华兹华斯对自然天性的虔诚，影射了浪漫主义诗人回归自然思想的深度：那不仅是肉体的回归，更是心灵的回归，是人类精神家园的复归。

　　北京大学苏文菁教授在其《华兹华斯诗学》中写道："华兹华斯的自然观立足于人与自然的关系。"②事实上，我们细读大多数浪漫主义诗歌都能明确地感受到，浪漫主义诗人们很少单纯地描写自然，自然和儿童一样是人们追寻自然天性和和谐共生理想境界的桥梁。丹麦文学批评家、文学史家勃兰兑斯这样说过："华兹华斯的真正出发点，是认为城市生活及其烦嚣已经使人忘却自然，人也因此受到惩

---

① 华兹华斯、柯尔律治：《华兹华斯、柯尔律治诗选》，第 4 页。
② 苏文菁：《华兹华斯诗学》，第 65 页。

罚;无尽无休的社会交往消磨了人的精力和才能,损害了人心感受淳朴印象的敏感性。"①浪漫派诗人从自然中发现了理性主义所摒弃的、整个社会却视而不见的最重要的积极因素,那就是自然之灵性对人的启迪与影响。华兹华斯在《水仙》(*The Daffodils*,1804)中把自己喻为自然之物,一朵"独自飘过山谷的云霓",将水仙视为"伴侣"、"珍宝",还是他"孤寂时分的乐园"。显然,自然在华兹华斯眼里已经不是一般意义上的普通自然,它是集自然美感与人性和灵性的完美统一。"诗人的漫游,并非无所事事、东逛西荡,而是在追寻、在求索,在求纯真坦荡之率性,在索自由独立之精神。"②"诗人把天然、真淳和平淡结合起来,是如此充满魅力,从而构成了其诗的审美风貌。"③这种审美是集自然美与人性美、智慧美与和谐美之大成者,人性、自然、神性在诗人无边的爱心和敏锐的顿悟里达到了和谐统一。

因此,英国浪漫主义诗人走向自然并不是简单地为了在自然中寻求心灵的安慰,而是有其更为重要的道德使命。他们怀着对自然的敬意,企图从自然中寻找一种走向未来的力量,希望在自然的熏陶下人类恢复纯洁的灵魂,使人们变得更温和、更沉稳、更有同情心、更富有诗意想象力,它以一种返回自然的方式呼唤着纯真人性的复归,从而为大革命和工业革命所遭受伤害的灵魂寻找一个美学上的安慰,是诗人对时代伦理强音的回应。工业化与科技的进步把理性推到至高无上的地位,而人的情感则被严重贬低。宗教与神学逐渐被边缘化,想象的空间被大大压缩,人性也越来越为物欲和机械所异

---

① 勃兰兑斯:《十九世纪文学主流》第 4 册,人民文学出版社 1984 年版,第 42 页。

② 袁宪军:《"水仙"与华兹华斯的诗学理念》,《外国文学研究》2004 第 5 期,第 57 页。

③ 金春笙:《论诗歌翻译之韵味——从美学角度探讨华兹华斯〈水仙〉的两种译文》,《四川外语学院学报》2007 年第 4 期,第 96 页。

化。因此要用情感来平衡理性，就必须复归到人与自然的和谐状态，达到人性美与自然美的和谐统一。

四、神性自然观蕴含了"深层生态学"理论潜质

神性自然观是英国浪漫主义诗歌的突出特征，强调自然是一个有机统一的整体，这种统一性突出体现在万物灵性论上，认为人与自然都是来自于上帝的自然之物，倡导和谐自然、生态整体以及人对自然的责任，反对人类中心主义。由此，浪漫主义诗歌与体现当代生态伦理价值的"深层生态学"（deep ecology）走向了融合。"深层生态学"是当今西方生态伦理学领域一个较新但极具影响力的概念，它由挪威生态哲学家阿伦·奈斯（Arne Naess）于 1973 年在《浅层与深层、长远的生态运动：一个概要》一文中首先提出。深层生态学的核心观点在于它的整体主义价值观。一方面，它认同许多生态伦理学派所持有的观点，即从有机整体视角看待人与自然的关系，把人看作生态系统中普通的一员，反对人类中心主义；另一方面，它对"人的存在"有更深入的认识，强调以生态学原则全面指导人类政治、经济、文化和信仰方面的改革和进步，大大拓宽了生态整体主义的价值视野。① 深层生态学提出了"自我实现"（self-realization）和"生态中心平等"两条最高准则。"自我"绝非西方传统意义上的与自然分离的个体自我，强调个人需求和利益的满足的自我，而是指"形而上的自我"，也可以称为"生态自我"，它不是指具体某一个人，而是囊括整个人类，还包括自然生态圈内的万物：动植物、山川、河流、土壤、大海等。这个"自我实现"，要求人类不断扩大自我认同范围，以至扩大到整个生态共同体，这样，人与自然万物的疏离感也会因此逐渐缩小，并最终实现人与自然的融合。

---

① 李培超：《伦理拓展主义的颠覆》，湖南师范大学出版社 2004 年版，第156 页。

华兹华斯《廷腾寺》(*Lines Composed a Few Miles above Tintern Abbey*,1798) 中有这样的诗句:

> 我感到
> 仿佛有灵物,以崇高肃穆的欢欣
> 把我惊动;我还庄严地感到
> 仿佛有某种流贯深远的素质,
> 寓于落日的光辉,浑圆的碧海,
> 蓝天,大气,也寓于人类的心灵,
> 仿佛是一种动力,一种精神,
> 在宇宙万物中运行不息,推动着
> 一切思维的主体、思维的对象
> 和谐地运转。①

"蓝天"、"碧海"甚至呼吸的"大气"已经"寓于人类的心灵",它们是"一种动力,一种精神",推动着宇宙万物"和谐地运转",足见诗人在自然的境界里心灵与自然景物的贴近。在诗人看来,自然界的山川河流、一草一木都是生命的载体,充满了灵性,享有同人类平等的尊严。在这样的环境中,诗人自身已经融入周围的一切,达到了物我交融,与大自然和谐一致,自身已成为这生态圈中的普通一员,实现了最大限度的自我认同。

柯尔律治(Samuel Taylor Coleridge)无疑最热心于从神性自然的角度表现自然,这使他的诗歌实际上具有对"生态自我实现"和"生态中心平等"的喻蕴。《老水手行》(*The Rime of the Ancient Mariner*,1798)中的信天翁代表着神圣、高洁的自然法则的力量,它紧随船行,表明自然对人类的呵护与关爱,体现着一种和谐共生的原始理

---

① 华兹华斯、柯尔律治:《华兹华斯、柯尔律治诗选》,第131页。

念。老水手无知地将其射杀，漠视了这种和谐，侵害了生命共同体中其他生物的生存权利，因此不可避免地遭到自然的惩罚。作者运用隐喻、象征手法带领读者经历了从整一到分离、再回归到整一的本体思维旅程。显然，在柯尔律治的自然观里，任何生命形式，无论强弱和大小，都享有平等的生存权利，平等地分享着自然的博爱与神圣；同时，也正是这种不同生命形式之间的相互依存，才使得大自然整体生态系统永久持续。

如果说彭斯（Robert Burns）对陪伴自己多年的老马给予同情、理解和关爱是人之常情的话，那么，田间地头的一个小田鼠又为何让诗人同样伤怀、怜悯呢？田鼠总被人类看成是敌对之物，破坏庄稼、偷食粮食，几乎是人人喊打。这难道仅仅是诗人的感伤主义情怀在无病呻吟吗？"人的统治，真叫我遗憾，/中断了自然界的交往相连"（I'm truly sorry man's dominion/Has broken Nature's social union.）。可见，诗人表达的不仅仅是对以小田鼠为代表的自然之物的同情与怜悯，而且更有对理性时代造成的人类中心主义的否定与批判。深层生态学的"生态中心平等"强调的正是人类作为生态系统中平等的一员而存在，没有特殊身份，也没有特殊权利。深层生态学彻底颠覆了人类中心主义，并谋求实现"生物圈的核心民主"。[①] 它所坚持的两条最高准则在英国浪漫主义诗歌中均能找到原型，诗人们把大自然中栖息的万物看作与自身平等的成员，把大自然看作万物共生共存的理想家园，在"自我实现"的过程中不断压缩个体的"小我"，放大生态的"大我"，并亲身实践着他们对自然的认同。

拜伦可谓英国浪漫主义诗人中政治上最激进的分子，但他的诗作中同样渗透着自然万物平等、和谐、共存的理念，且诗人身居异国他乡，以自然之子的身份自居，同自然景物取得了平等的地位。他在

① Nash, Roderick F.. *The Rights of Nature：A History of Environment Ethics*, the University of Wisconsin Press. 2001, p. 46.

《恰尔德·哈洛尔德游记》(*Childe Harold's Pilgrimage*, 1812)中有这样一段描述："月亮升起来了，然而夜幕还没下降，/夕阳和她两个平分了整个的天空；/蓝色的弗里乌利山脉的高峰顶上，/灿烂的晚霞像一片大海似的汹涌。/天上万里无云，而色彩变幻无穷，/西方，白日渐渐投进那儿织成一道彩虹；/另一方，在蔚蓝的太空中浮动徐徐，/是一弯柔和洁白的眉月，像一个幸福的岛屿。/只有一颗星辰出现在她的身畔，/和她一起统治着半边可爱的苍穹；/可是另一边夕照之海还在翻卷，/它的波浪溅泼着遥远的拉新山峰，/仿佛白日和黑夜两个还在争风，/直到造物把秩序端正：布兰塔河上，/浓浓的水悄悄流着，天上色彩缤纷，投下新开的玫瑰似的紫色和芬芳，/漂动在她的流水上边，闪耀着亮晶晶的光芒。"①这里的"月亮"、"天空"、"晚霞"、"弗里乌利山脉的高峰"以及"布兰塔河"不仅仅作为背景出现，用来衬托诗人的心境，而且获得了与诗人平等相处、和谐共存的身份。它们同样拥有自己的尊严，而不以人的欣赏和评判取得自身的价值。万物的存在本身就具有美，具有价值，而人类应当承认并且尊重这种自然的内在价值。

济慈(John Keats)在他的《秋颂》(*To Autumn*, 1819)、《夜莺颂》(*Ode to the Nightingale*, 1819)、《蝈蝈和蟋蟀》(*On the Grasshopper and Cricket*)等诗篇中，对自然万物的和谐共生都给予了充分的表现，既展示了自然之美，也蕴含了诗人在自然中放大了的"自我实现"和"自我认同"。

从有机整体和人与自然关系的角度来看，英国浪漫主义诗歌的神性自然观恰恰契合了这种深层生态意识，它超越了人类中心论的19世纪和20世纪，与当代生态伦理具有理论上的共性，即否定人类中心主义，主张人与自然和谐相处，人类不仅要重新摆正自己与自然

---

① 乔治·戈登·拜伦：《恰尔德·哈洛尔德游记》，杨熙龄译，上海译文出版社1990年版，第212页。

的关系，更要以生态学原则全面指导人类政治、经济、文化和信仰方面的改革和进步。这种生态整体主义意识为消除或至少减缓现代工业文明导致的生态危机和人性危机，提供了有益参考。

五、"诗歌是强烈情感的自然流露"

华兹华斯在《序言》中曾两次提到"诗歌是强烈情感的自然流露"。这种"强烈情感"便是英国乡村劳动人民的典型情感，它淳朴、自然，祛除了文明社会中一切虚饰与矫揉造作。因此，华兹华斯更倾向于选择微贱的田园生活作为诗歌创作题材：

> 我们一般都选择微贱的乡村田园生活作为题材，因为在这里人们心中的基本情感找着了更好的土壤，以便能够达到成熟的境地，少受束缚，并且说出一种更淳朴和有力的语言；因为在这种生活条件下，我们的各种基本情感共存于一种更加单纯的状态中，因此，可供更准确的思考，更有力度的交流；由于乡村生活方式产生于那些基本情感，产生于乡村职业的基本特征，所以更容易理解，也更加持久；最后，在这种情况下，人们的情感总是和美好而永恒的自然形式联系在一起的。①

这里，人与"自然"之间的交流并非人与物的关系，而是情感的交融，用布莱尔的话说，"人类的普遍情感必定是自然的情感，唯其自然，才是恰当的"（For the universal feeling of mankind is the natural feeling; and because it is the natural, it is, for that reason, the

---

① Merchant, W. M.. *Wordsworth Poetry and Prose*, Cambridge Massachusetts: Harvard University Press, 1963, p. 222.

right feeling)①。这正是浪漫主义诗歌超越古典主义局限的核心观点。因为古典主义作家过多地强调了文学艺术"工于优美和高雅"（excel in elegance and refinement）②，而浪漫主义诗人则强调"自然"地表达情感，力求展示自然状态的个人情感；揭示自然状态的人性的创作主张在一个人性日渐异化的时代显得尤为重要和必要。"华兹华斯权衡诗歌的最重要的标准是'自然'，而他所说的自然则有着三重原始主义含义：自然是人性的最小公分母（the common denominator of human nature）；它最可信地表现在'按照自然'（according to nature）生活，即处于原始的文化环境尤其是乡野环境；它主要包括质朴的思想感情以及用言语表达情感时那种自然的、'不做作的'方式（a spontaneous and 'un-artificial mode of expressing feeling in words'）。"③

　　华兹华斯的诗歌主张得到英国浪漫主义诗人广泛的认同和发展。柯尔律治在认同华兹华斯"诗歌是强烈情感的自然流露"这一论断的基础上，对此进行了提炼和增补。他认为，情感不仅来源于自然状态的人和生活，而且来源于"作诗这一活动本身……一种不寻常的兴奋状态"，具体说，就是诗人的创作激情，这种激情是由诗人的心灵迸发出来的，因而也属于自然的流露。在雪莱（Percy Bysshe Shelley）看来，诗人的这种创作激情几乎不受本人自觉意志的控制，奔涌而出。他说："在创作时，人们的心境宛若一团行将熄灭的炭火，有些不可见的势力，像变化无常的风，煽起它一瞬间的火焰；这种势力是内发的，有如花朵的颜色随着花开花谢而逐渐褪落，逐渐变化，并且

　　① Abrams, M. H.. *The Mirror and the Lamp: Romantic Theory and the Critical Tradition*, New York: Oxford University Press, 1953, p. 104.
　　② Ibid. p. 104.
　　③ Ibid. p. 105.

我们天赋的感觉能力也不能预测它的来去。"①因此,在英国浪漫主义诗人看来,诗歌中的情感,既来源于最贴近大自然的淳朴民众,又直接来源于诗人心灵中孕育创作的激情,这两种情感都绝非外在强加的,而是最贴近自然和人性的真情实感。

对英国浪漫主义诗歌中自然与人的情感的互渗关系作出诗歌理论提升的,是柯尔律治,他认为那就是诗歌的想象:

> 理想中的完美诗人能将人的全部身心都调动起来……他身上散发出统一性的色调和精神(He defuses a tone and spirit of unity),能借助于那种善于综合的神奇力量,使它们彼此混合或(仿佛是)融化为一体。这种力量我们专门用了'想象'这个名字来称呼,它……能使对立的、不调和的性质达到平衡或变得和谐(in the balance or reconciliation of opposite or discordant qualities)……②

柯尔律治把想象看做诗歌的本质,这与拜伦(George Gordon Byron)的主张是完全一致的。拜伦说:"诗歌是想象的岩浆,喷发出来可以避免地震"。而雪莱则把想象这一诗歌的本质赋以更伟大的蕴含,他从哲学的高度谈论诗歌的想象,认为正是想象所具有的超强的创造和整合能力,诗人才浑然忘我于永恒、无限、太一之中(partic-

① Shelly, Percy Bysshe. *A Defense of Poetry*, from Adams, Hazard & Leroy Searle. Critical Theory Since Plato(Third Editon), Beijing University Press, 2006, p. 538. 译文参考伍蠡甫、胡经之:《西方文艺理论名著选编》(中),北京大学出版社 1986 年版,第 78 页。

② Coleridge, Samuel Taylor. *Biographia Literaria* (1817) (ed. J. Shawcross), Oxford: Oxford University Press, 1907, Coupe. Laurence: *The Green Studies Reader: from Romanticism to Ecocriticism*, Routledge, London and New York, 2000, p. 21.

ipates in the eternal and the one)。"在他的概念中,无所谓时间、空间和数量。表示时间的不同、人称的差异、空间的悬殊等等的语法形式,应用于最高级的诗中,都可以灵活应用,而丝毫无损于诗本身(without injuring it as poetry)……"①

被称为英国浪漫主义先驱的布莱克实际上在哲学的高度上成为雪莱诗论的先声,他提出关于自然与想象(imagination)或灵视(vision)的理论早在《没有自然宗教》(*There is no Natural Religion*)、《一切宗教皆为一体》中就有清楚的表达:"诗的或曰创造的才赋(poetic genius)——想象——是创世前永恒世界和我们生活的现实世界中生命的源泉和内在的动力,因此也是人类一切活动的滥觞和生命力。"他在《书信集》1799年8月23日这样写道:"……一个富有想象力人的眼里,自然就是想象力本身(Nature is Imagination itself.)。"②在《天堂与地狱的婚姻》(*The Marrige of Heaven and Hell*,1790)等作品中,他把"诗性才思"(Poetic Genius)称作"第一原理"(the first principle),其他一切道理"不过是衍生而来"。他把想象这一激情的、自然的力量,作为文艺创作的源泉和人类生活的原动力,推到了前所未有的重要位置。

布莱克的观点实际上正是英国浪漫主义诗歌的本质论表述,它整合了主体与客体、情感与具象、流动与固定等多种要素完成了这一具象化。"布莱克在自己的诗歌创作中没有凭空建筑海市蜃楼,而是

---

① Shelly, Percy Bysshe. *A Defense of Poetry*, *from Adams*, Hazard & Leroy Searle. *Critical Theory Since Plato* (Third Editon), Beijing University Press, 2006, p. 539.

② Blake, William. Nature as Imagination, from Coupe, Laurence. *The Green Studies Reader: from Romanticism to Ecocriticism*, London and New York: Routledge, 2000, p. 16.

在一种理性的深邃思考中面对一切。"①在充满激情与理性的呼喊、预言、警告之间，我们听到了一种熟悉的声音，诉说着经验和经验的代价。正是在布莱克的这一创作理念的基础上，英国浪漫主义诗歌冲破了物质世界的束缚，获得了精神的自由、想象力的解放，从而使回归诗意自然成了浪漫主义诗人的最高价值追求。

浪漫主义诗人强调情感的自然流露，这种情感，不是简单层面上的浪漫情怀，更不是狭隘的个人主义情感，而是与普遍情感相一致的情感，是一种对自然与纯真无限崇敬、对自由与和谐强烈向往的革命情怀。他们期望通过自然的诗歌主题和自然的诗歌语言呈现自然生态系统的美与和谐，唤起人们内心对这种美与和谐的共鸣，警醒他们沉睡的、被压抑的审美意识和普遍情感，挖掘出埋藏在功利与污浊背后的人类美好天性。

浪漫主义诗人视自然的一切东西都是美好的，其自由观念和生命意识在"自然"的境界里找到了终极归宿，其深层不但蕴涵了释放人的非理性内容的潜在欲望，而且蕴涵着诗人们对人的处境及命运与前途的理性思考。这种思考是一种深层伦理标准的思考，而这种关于人与自然伦理标准的思考吻合了当今生态危机时代人们渴望亲近自然、回归自然的价值标准，也由此具有伟大的现实启示意义。浪漫主义诗人以崇尚自然、尊重自然为主题批判工业文明对自然的破坏、对人性的压抑与异化，期待通过人类灵魂的自然革命获得人与人、人与自然、人与社会的和谐，这是浪漫主义诗人进行自然诗创作的深层动机和对人类命运的终极关怀。

---

① 聂珍钊等：《英国文学的伦理学批评》，华中师范大学出版社 2007 年版，第 366 页。

■ 第一章

欧洲文学中人与自然关系
的否定之否定

本章主要研究欧洲文学作品和文艺理论中的自然观念,以期梳理出不同地域的人们在不同的时期对人类生存所依赖的大自然的不同认识与态度,并从这些认识与态度的诗化表述的规律中探索文学的精神与人类自身的精神。

早期人类眼中的自然具有与人相似的精神,如希腊神话中描述的那样,或显现为某种自然之物,或显现为肉眼不可见的精灵;它们有着与凡人相同的性格,只是在自然的变化中体现出它们的威力,如波塞冬扬起三叉戟所掀起的巨浪;而人类则或是在它们的任意蹂躏下哀告,或是向它们挑战赢得某些成功,但无论哀告的凄婉或是挑战的悲壮,人类在态度上总算是尊重了自然的神圣性。然而,人类自身的主体意识又使人自身必然走向主宰的地位,不断破除自然的神性,不断将自然物化,将自然还原至某些可以任意组合的微小单位,如古希腊哲学家所认定的气、水、火等。

欧洲文明的发展延续了古希腊人的这两种自然观:一方面是一神论的世界代替了古希腊人的自然神世界,如但丁《神曲》所描述的那样,上帝之爱在九重天之上推动宇宙的运作,从天体的运行到大地上火的燃烧都依循着这个法则;另一方面是无神论的自然还原,让我们想到哈姆莱特那句精彩的独白:"这覆盖众生的苍穹……只是一大堆污浊的瘴气的集合"。当然哈姆莱特尚不敢担当这重整乾坤的重任，但这不是由于他生性犹豫，而是由于他思考的深沉，如果我们对比一下歌德和伏尔泰的勇气，便看到了莎士比亚的谨慎：歌德把移山填海看做是人类精神的最终肯定，伏尔泰认为"还是种我们自己的园地要紧"，而莎士比亚则早在 1613 年便退出了这一讨论，用余下的不多时光来珍惜大自然赋予他的生命。

　　当历史终于肯定了启蒙思想家的理念，当歌德移山填海的梦幻已变成了全球无数的城市，或伏尔泰的菜园子里已经长满各种反季节蔬菜，人类又似乎在自己惊天地泣鬼神的创造中感到了一丝恍惚，因为那"自由土地上的自由国民"也能创造出毒瘤般致命的金融海啸，那广告里信誓旦旦地推介的某某牌奶粉里竟然有杀伤无数婴儿的三聚氰胺。人类似乎已惹怒了那个一直沉默不语的自然，它对人类行为的反应只是不动声色却毫无怜悯地报复着；它期待着人类还它以神性，期待着人们像尊重自己的神性一样尊重它的神性。而直到我们感觉到自然的这一层面，我们才如此深刻地体会了英国浪漫主义诗人在 18 世纪唱过的歌；我们仿佛看到柯尔律治那老水手忏悔的痛苦表情，他告诉我们那信天翁本不该杀。

第一节　欧洲文学源头的自然伦理叙事

　　赫西俄德(Hesiod)与狄德罗(Denis Diderot)的文学作品显示了一种自然伦理的演变，这就是人性的不断张扬与神性自然的不断物化。赫西俄德眼中从大地到天空无不是活生生的神祇在展现他们的意志，而狄德罗却说，如果要我相信上帝的存在，就要让我摸得到他——换言之，他所摸到的自然便只是物的自然，完全祛除了神性的魅力。

　　赫西俄德所描述的最初的神完全就是自然的物质模样，但这些神祇同时又是精神的，"在赫西俄德的精神里，大地、天空、星辰、河流皆为神圣，以致神谱与宇宙起源论几乎重合"①，它们具有人的思维、情感和行为方式。按《神谱》(Theogony)的描述，最先产生的是卡俄斯(混沌，Chaos)，其次产生该亚(Gaia)，她是宽胸的大地；该亚生出了乌兰诺斯(Uranus)，他是繁星似锦的上天，与该亚大小相同，并以周边相接覆盖着她；还生出了绵延起伏的山脉和大海；后来，她与乌兰诺斯交合，生出了洋流及众多子女：这些神祇后来变成了年轻神祇与人类活动的环境，但它们仍具有自己的精神，以自己的意志参与神祇与人类的生活。乌兰诺斯甚至在被阉割后仍没有死，他作为天空依然存在，并仍然发表他的意见。

赫西俄德的神话叙事表明古希腊人的自然观念，这是一种万物有灵的自然观念。该亚是大地，是自然之物，她所生出来的也都是自然之物；但这些自然之物一旦被赋予人的心理，物质的自然就变成了神性的自然。《神谱》用该亚的自述表现了她的心理：她对最小的儿子克洛诺斯抱怨他父亲即乌兰诺斯的罪恶，鼓励他用谋杀的方式惩罚这个父亲的罪行；而克洛诺斯所做的，就是用一把有齿的大镰刀割掉了父亲的性器并将其抛入海中。

从克洛诺斯弑父开始，赫西俄德的神话叙事由此转入了一个神性自然的更高阶段，这个阶段里诸神不再是自然直接的模样，而是以人的模样出现，而自然便成了诸神的专有领地，如奥林波斯山成了宙斯所建立的神圣家庭的领地，而赫利孔山是九位缪斯女神的居所；诸神从这里联系着各方，联系着人间的生活。这样，这个更高阶段的神性自然形象便具有了最生动、最丰富的人类精神活动。这些最生动最丰富的人类精神活动便构成了伟大的荷马史诗中的神灵意识。

赫西俄德是公元前 8 世纪的古希腊人，与荷马同时代；有人甚至说他们是同一个人，但显而易见的是，荷马史诗的神祇形象与赫西俄

---

① 居代·德拉孔波：《赫西俄德：神话之艺》，吴雅凌译，华夏出版社 2004 年版，第 78 页。

德《神谱》中最成熟的神祇相同；在荷马的描述中，诸神的心理已经达到了古希腊人最聪明、最敏感、最生动的精神境界，并且使物质的自然焕发出最大的人性魅力。当我们读到荷马描述的阿波罗把金光闪闪的毒箭射入希腊军中而引起瘟疫暴发，当我们读到返航的联军船队在汹涌的海涛中看到狂怒的波塞冬高扬着他的三叉戟，我们感受到的是古希腊人对自然与神的无比敬畏。

　　但人类的本质就是不断将自然物化，这实际上是把自己以往对自然的某种错觉纠正过来——按唯物主义的观点，神祇实际上是不存在的，存在的只是物质的自然，这种认识在古希腊时代的哲学家那里已经开始了。公元前 6 世纪的米利都学派是古希腊最早的哲学流派，这个流派的泰勒斯、阿那克西曼德和阿那克西美尼三代师生把世界的本原认定为水、气或事物的某些对立的属性；赫拉克利特则认为世界的本原是火，由火的不同运作规律演化出万事万物，而毕达哥拉斯则认为万物的本原是数。这种朴素的唯物主义思想由德谟克利特作出了最清晰而准确的论述，他提出，一切事物的本原是原子和虚空。他说原子是一种最小的、不可以再分的物质微粒，虚空则是原子运动的场所，这在认识模式上已经符合了当今物理学的科学结论。将古希腊无神论思想推向顶峰的是伊壁鸠鲁，他继承了德谟克利特的唯物主义学说，建立了人本主义的幸福观：他认为对人类幸福最大的威胁是人对神和死亡的恐惧，但人死后灵魂其实是不存在的，因为人的灵魂与肉体是统一的，肉体死亡后灵魂不可能继续存在。这样，伊壁鸠鲁便通过否定了灵魂的存在而否定了神的存在。马克思（Karl Heinrich Marx）在《德意志意识形态》（*The German Ideology*）一书中对伊壁鸠鲁作了很高的评价："他是古代真正激进的启蒙者，他公开地攻击古代的宗教，如果说罗马人有过无神论，那么这种无神论就是伊壁鸠鲁奠定的。"①

　　文学方面，公元前 5 世纪的古希腊悲剧已经开始怀疑或调侃伟大的神祇，显然那些被赫西俄德与荷马高高颂扬的神祇已经被曝光其虚弱与卑劣。埃斯库罗斯（Aischulos）的《被缚的普罗米修斯》（*Der gefesselte Prometheus*）虽然借用了赫西俄德《神谱》中的原型，但宙斯已不再是拥有无上权威的主宰者：他虽然能够发配并折磨普罗米修斯，但仍不能摆脱自己色厉内荏的小人心态，他派赫尔墨斯为他游说，要普罗米修斯交出那个让他一直恐惧的秘密，他当然已经失去了作为宇宙主宰的自信。诸神在索福克勒斯（Sophocles）的《俄狄浦斯王》（Oedipus）中已经不再直接作为，出现的只是那个狮身人面的妖怪斯芬克斯，而它根本不是俄狄浦斯的对手；俄狄浦斯所面对的是一个不与他正面敌对的命运，它既不公正也不明朗，只是阴阴地用些神谕干扰着英雄的正常思维，并且它虽然把俄狄浦斯逼上了杀父娶母的绝路，却仍无法面对俄狄浦斯的大无畏行动：俄狄浦斯并未被动地等待命运之神的惩罚，他主动刺瞎了自己的双眼并请求流放，在他的伟岸而高尚的行动里，命运之神的地位已经是非常可疑的了。与埃斯库罗斯和索福克勒斯相呼应的是古希腊三大悲剧诗人的第三位——欧里庇得斯（Euripides），在他的《美狄亚》（*Medea*，431 BC）中，不要说神意，就连率领阿戈耳斯号冒险航行获取金羊毛的光彩经历也被放在暗处，它展现的是一个为了地位而抛弃妻子并遭到残酷报复的小人形象。说他是小人，因为他的这一背叛竟然是为了某种利益，而不是为了古希腊人最能理解的爱情。

　　由此可见，在神性自然与自然伦理的角度上，古希腊文学已经与古希腊哲学殊途同归，摆脱了希腊先民自然观里的神性成分，并还原自然以"物"的本性。这种思想既然是人类认知世界的必然，它便深

---

　　①　马克思、恩格斯：《马克思恩格斯全集》第 3 卷，人民出版社 1956 年版，第 147 页。

刻地影响了它的承接者,即罗马文化。

古罗马民族是一个崇尚人的理性、热爱世俗生活的民族,他们以自己民族作为世界万民族的最高统治者,用自己民族的理性来统治这个世界。他们在生活上极尽奢华,不仅有精美的器皿,还有极世俗的罗马喜剧和残忍的竞技表演。从本书的角度来看,罗马的竞技场把人变成了赤裸裸的物——物化的角斗士的性命、物化的血淋淋的"艺术欣赏",完全排除了人对生命的敬畏。作为希腊神话的继承者,古罗马人表现出了极大的热情,他们把希腊诸神的形象接受过来,赋以罗马的名字,如宙斯变成了朱僻特,赫拉变成了朱诺,而雅典娜变成了密涅瓦,等等;而古罗马人又对这些神祇的故事加以改造,使这些故事读起来更有浓厚的趣味。我们阅读奥维德(Publius Ovidius Naso)的《变形记》(Metamorphoses),明显地感到是在读一种古老的故事,显然公元之交的奥维德(公元前43—公元17)在神话的趣味上下足了工夫。

如果我们把公元前8世纪的赫西俄德和荷马的作品看做是神的谱系与英雄业绩的光荣叙事,那么与之相比,公元1世纪之交的奥维德则更像是在进行现代意义上的文学创作,他的神话中的神祇与英雄的行为都是一个发生在作者与读者完全默契的虚拟境界里的故事,神话与现实之间被赋予毕达哥拉斯的灵魂轮回理论作为维系模式,神祇或英雄最后总不免化作某种特定的自然物,作为自己的终结。这种叙事模式产生了一种不折不扣的文艺欣赏效应:一旦读者走出了故事的虚拟境界,所有的神祇与英雄的轰轰烈烈壮举便荡然无存,如同翡绿眉拉所变成的那只燕子,在它矫健的飞行中,人们感受最真切的仍是大自然的神奇而不是那一对被残害的姐妹的悲诉。

稍前于奥维德的罗马哲学家卢克莱修(Carus Lucretius,公元前99—公元前55)是罗马理性主义哲学的最高总结,他的《物性论》(On the Nature of Things)继承了伊壁鸠鲁的无神论学说,彻底地摆脱了神的观念。他称颂伊壁鸠鲁是首先敢于抬起凡人的眼睛抗拒宗教迷信恐怖的人，"没有什么神灵的威名或雷电的轰击或天空的吓人的雷霆能使他畏惧；相反地它更激起他勇敢的心，以愤怒的热情第一个去劈开那古老自然之门的横木"①。卢克莱修在这里也彻底地剥去了自然的神秘外衣，把自然完全看做是物化的自然，使古代人类对自然的敬畏全然走向终结。他说万物绝不是神力为我们而创造的，而是从土地中自然发生的："大地获得了母亲这个称号，是完全恰当的。因为一切东西都是从大地产生出来。甚至现在，从泥土里面也能有多少由雨水和太阳的热所形成的生物长出来。"②

不过，在古罗马时代，仍有赫西俄德与荷马的自然伦理思想的伟大继承者，这就是古罗马诗人维吉尔。维吉尔（Publius Vergilius Maro）的史诗《伊尼特》（*Aeneid*）模仿了荷马的《伊利亚特》（*Iliad*）与《奥德赛》（*Odyssey*），而《伊尼特》对自然的描述也是荷马式的，史诗中英雄艾涅阿斯活动的背景是现实世界的海洋和陆地，但在这个现实世界中，诸神仍然参与到凡人的生活中来。艾涅阿斯是爱神的儿子，当他在海上九死一生漂流到迦太基并遇到了孀居的女王狄多，爱神便亲自出现了，结果是女王狄多奋不顾身地爱上了艾涅阿斯，最后为他的离去自焚殉情（艾涅阿斯按神意将前往拉丁姆地区建立强大的国家，这也是神对人间生活的参与）。

维吉尔对世界的自然结构描述也继承了古希腊的神学思维，在这个世界之外仍存在着一个死神的国度——古希腊人称之为塔耳塔洛斯或哈得斯的国度。维吉尔的史诗英雄艾涅阿斯便从这里走过，遇到死去的先知，向他们了解未来的命运。这个情节来自荷马的《奥德赛》：当英雄奥德修斯走进冥府，他遇到了自己母亲的灵魂；而这个情节对但丁的自然观也无疑是一种启示，因为13、14世纪之交的意大利诗人但丁便描述了一个具有地狱、炼狱和天堂的世界，而维吉尔

---

① 卢克莱修：《物性论》，商务印书馆1982年版，第4页。

② 同上，第272页。

则被但丁写进《神曲》，让他在地狱和炼狱两个境界里做自己的向导。因此可以说，维吉尔在欧洲人的自然观中具有一个非常重要的桥梁作用，他维系并发扬了古希腊人开创的神性自然的观念，并把它传递下去，形成了一个与以古希腊自然哲学为源头的物化自然相对应的思路。

第二节　基督教平台上的自然伦理生死对话

基督教在中世纪欧洲的全面统治将神性重新归还给自然，因为人们都无法否认圣经中提出的上帝创世说，《旧约·创世纪》说世界是上帝用语言创造出来的，上帝说"要有光"，于是就有了光，上帝看光是好的，于是就造了穹隆、大地、万物和人类的始祖亚当、夏娃。这一神圣自然观伴随着基督教对欧洲至高无上的精神统治而渗入人的心灵，人们甚至极为热心于自然之物的形态和属性背后的神意，他们建起的哥特式教堂，那挺拔坚定的尖塔造型将人的心灵与上帝的天国神秘地联系在一起。

因此可以说，中世纪长达一千年的时间里，自然的神性得到了几乎是无限的张扬。

中世纪里自然的文学形象，最生动地体现在但丁的《神曲》之中。但丁在《神曲》中让早于他一千多年的维吉尔做他的导师，这也说明他对维吉尔所继承的古希腊神性自然观念的接受。但丁在他所生活的这个物质的世界内外又着附了一个更伟大的精神的世界，包括地狱、炼狱和天堂，这个伟大的精神世界里包含了人类伦理精神的最高境界，上帝的意志通过这个精神世界的各个区域里的各种神圣形象，对曾经生活在物质世界中的人们做崇高神性的伦理评判。

《神曲》中的这个精神的世界，其实与现实的世界是相通的：地狱有一个入口，它就在耶路撒冷城下，当然凡人是不能到达那里的，须乘船渡过那条阴阳分界的冥河;炼狱则是南半球海上的一座山上,底部与耶路撒冷相对,那里也有亡魂的入口,是那些生平罪孽较轻的人们;天堂是地球之上太阳系的诸天体,那里是基督教伦理观念中美德的所在,在那里,基督教的最高美德境界即信、望、爱与古代传统美德即智、义、勇、节的代表,被安放在月轮天、金星天、日轮天等天体上,智者如托玛斯·阿奎那,正义的代表如修法典的查士丁尼皇帝,他们处在这真理的境界里对人间的政治行为予以评判。但丁在《地狱篇》中提到古希腊英雄奥德修斯晚年曾来到炼狱的山前,这位完成了复仇大业的英雄晚年时不甘寂寞,于是鼓动了一批水手航行到海上,当他们正要接近岸边时船毁人亡,奥德修斯也只好按其欺诈罪被发配到地狱第八圈第五断层,这里被火团围,他在极度痛苦中追忆自己那次勇敢的航行。

《神曲》的自然思想并不仅限于将一个灵的世界(老舍语)着附在一个现实的世界之上,如同维吉尔或荷马那样;但丁的这个世界更具有一种伟大的"原理的力量",它支配着整个《神曲》的三界,更支配着我们所生活的这个自然世界。这个支配点就在九重天的高处,是为宗动天,这里是一切运动起源之地,从天体的运行到火的运动规律,无不源自这里的运动,而策动万物运动的则是上帝之爱。但丁在整个《神曲》结束时最后说到这种爱:

> 是爱也,
> 动太阳而移群星。

但丁的这种神性自然观并不应被看做是"旧时代的痕迹",因为他在这里坚持了古希腊人关于自然的智慧,他以崇高的上帝的观念向人们警示着自然的崇高。但丁在《神曲》中描述了基督教的原罪思想与"七罪宗"伦理观念,把骄傲视为人性的第一大罪,这不仅仅是在重申基督教的伦理观念,而且具有重大的生态伦理启示意义,因为人在与自然相处的关系中切不可骄傲。因为骄傲不是一种成就的感受，而是一种人性的致命错误，它的逻辑并不是要求人类在自然或神的面前永远自甘卑贱、躬身屈膝，它要求的是人类绝不能否认自己犯错误的可能性。从这个意义上讲，人类出自这一原因曾犯下许多严重的错误，尤其是在近代。工业革命所带来的科学崇拜更轻易地创造出罪恶与污染，社会变革所带来的世界秩序之争已通过两次世界大战和无数其他的战争剥夺了无数人的神性的生命。

但丁是古代神性自然的最后的热情歌者，是呵护人神和谐观念的最后一位骑士，而他所面对的竟然是这个世界对他的几乎是完全的拒斥。尽管当时他作为故乡佛罗伦萨的一名执政官坚持真理勇于斗争，但他还是在故乡的激烈党争中被迫害、被放逐了；尽管他已经享有了不起的诗人声誉，但他死后的几百年里竟然仍然是诗名寂寞，因为此后的文艺复兴运动中，人们把彼特拉克奉为第一个人文主义者，而但丁只能在冥冥中承受后人对他更不公正的否定——例如伏尔泰，他就认为但丁只不过写了几个谁也不认识的佛罗伦萨人，这种怪异的书不会有人再读。从本书的角度来看，但丁被否定意味着古代人类的神性自然观走向了它的否定，因为此后的欧洲精神主潮中，再也没有人像他那样，把自然的地位放到神的意志的高度。

文艺复兴所带来的自然观是人性的自然。所谓人性的自然，是指一种把自然视作人类活动环境或象征的自然观，它是作为宇宙中心的人类的一种附属，就像彼特拉克把鲜花、乡土和时间都放进他的歌里，而这一切只是因劳拉之美而美；也像乔叟笔下四月的生机：

> 夏雨给大地带来了喜悦，
> 送走了土壤干裂的三月，
> 沐浴着草木的丝丝经络，
> 顿时百花盛开，生机勃勃。
> 西风轻吹留下清香缕缕，

> 田野复苏吐出芳草绿绿；
> 碧蓝的天空腾起一轮红日，
> 青春的太阳洒下万道金辉。
> 小鸟的歌喉多么清脆优美，
> 迷人的夏夜怎好安然入睡——
> 美丽的自然撩拨万物的心弦，
> 多情的鸟儿歌唱爱情的欣欢。

乔叟（Geoffrey Chaucer）《坎特伯雷故事集》（The Cantebery Tales）开篇的这些优美诗句可说是人类歌颂大自然的范本，那生机勃勃的草木和百花似乎正喧闹着迎接英格兰人文主义的春天，并且诗人拟人化的表述"自然撩拨着万物的心弦"（Nature so prompts them, and encourages）①使人感到仿佛他仍继承了赫西俄德对自然神祇的描述，但他这美妙的开篇语只是为了引出故事的主体框架，那一群朝圣者就是在这样美妙的气氛里出行了，并且为打发无聊而讲了一个又一个来自现实生活中的故事。

我们在这里应当注意的是乔叟这种与人类心境相呼应的自然观。表面看来，乔叟这美丽的自然之花与华兹华斯《水仙》中对黄水仙的咏唱也没什么区别，但实际上二者的主体地位却是有本质的不同：乔叟可以转眼间便丢开这美丽的自然叙事而进入那些诙谐的故事；而华兹华斯则不然，他是在同他的黄水仙进行心灵的交流，那美丽的跃动的无数水仙也能时时浮现在他眼前，一扫他心中的抑郁。

乔叟这种"环境气氛"式的自然观在莎士比亚那里达到了高峰，他的哈姆莱特对自然既有美好热烈的礼赞，又有阴冷抑郁的厌倦；从热烈赞美到否定舍弃只在主体的一念之差，仿佛是哈姆莱特"生存还

---

① Chaucer, Geoffrey. *Canterbury Tales*，外语教学与研究出版社·牛津大学出版社 1995 年版，第 1 页。

是毁灭"的心理活动：

> 我近来不知为了什么缘故，一点兴致也提不起来，什么
> 游乐的事都懒得过问，在一种抑郁的心境之下，仿佛这负载
> 万物的大地，这一个美好的柜架，只是座不毛的荒岬；这覆
> 盖众生的苍穹，这一顶壮丽的帐幕，这个金黄色火球所点缀
> 的灿烂的屋宇，只是一大堆污浊的瘴气的集合；人是一件多
> 么了不起的杰作，多么高贵的理性，多么伟大的力量，多么
> 优美的仪表，多么文雅的举动，在行动上多么像一个天使，
> 在智慧上多么像一个天神，宇宙的精华、万物的灵长！可是
> 在我看来，这个泥土塑成的生命又算得了什么！①

　　莎士比亚与乔叟的相通之处，在于他们都把自然看作人的心情
的映衬，这种自然观的最直接作用，就是牢牢建立了人对自然的主体
地位。在莎士比亚那里，人对自然而言，后来发展成一种主宰，正如
《暴风雨》中的普罗斯彼罗那样，他手中的法术可以让他呼风唤雨，指
挥精灵，甚至可以让他奴役凯列班——一个智力、文明程度都落后于
他的"野蛮人"，而这个奇丑无比的人事实上也有常人的心理，尤其对
被奴役的命运有一种深深的怨怒，正如现实世界中一切被压迫者一
样。不过，骄傲的普罗斯彼罗绝不愿意承认这个丑八怪竟然与他同
为上帝所创造，普罗斯彼罗在坚信人类善良天性的良知里仍保留了
这一个小小的毒瘤，这是莎士比亚"诗的遗嘱"中最耐人寻味的地方。
莎士比亚似乎不曾提到过但丁，但此刻他似乎像炼狱山第一坡上的
但丁一样，思量着骄傲究竟为何成为人类如此普遍的罪孽。②

---

　　① 莎士比亚：《哈姆莱特》，朱生豪译，《莎士比亚悲剧六种》，山东文艺出
版社 1992 年版，第 300 页。

　　② 但丁在《神曲·炼狱篇》中承认自己有骄傲罪。

乔叟和莎士比亚的这种自然观在当时并未显示出任何负面的影响。人(特别是人的个体,individual)的主体意识的上升是对中世纪神权压抑的正常反动,无可厚非;但是这种自然观在哲学上开辟的思路则对人类产生了极为深远的影响。这种自然观在启蒙运动中走向了极致。

欧洲的启蒙运动是人类历史上的一次伟大的进步,这一运动的最突出特点,就是把以往的价值观念统统拿过来,在理性的尺度下重新检验;启蒙思想家们从文艺复兴的先辈手中接过了反封建反教会的精神旗帜,他们凭理性认识了完美的人类社会的理念,并且要以这种理念为蓝图,建立新型的社会关系,当然也包括人与自然的关系。

欧洲启蒙运动的伟大思想家们同时也是伟大的文学家,他们在这个特定的时代展开了理性的思考,对哲学、宗教、社会都提出了自己的理念。不少启蒙思想家在文学作品中都表现出重新安排世界的愿望,正如伏尔泰(Voltaire)的《老实人》(Candide)中老实人康第德在游历了现实世界和一个叫做"黄金国"的理想境界后得出的结论,要"种自己的园地",不少西方学者把伏尔泰的这个结论比作上帝对伊甸园的创造,这实际上也恰如其分地表达了伏尔泰当年的愿望。

不过伏尔泰并没有表现如何去种他的园子,而如何种植园子,即如何建立理想的人间共和国,这一行为方式被歌德(Johann Wolfgang von Goethe)在他的巨著《浮士德》(Faust)中作出了形象的描述。浮士德在第五幕追求中获得了一片海边封地,于是他靠着魔鬼靡非斯特非利斯的力量,移山填海,要建立理想的共和国,这个国度里人人劳动并且各得其所,过着幸福的世俗生活,这正是启蒙思想家的伟大社会理想:

> 我愿意看到这熙熙攘攘的人群,
> 在这自由的土地上生活着自由的国民

　　但歌德在上述表达中仍然保持了哈姆莱特式的深沉,我们从《浮士德》的叙事中,从魔鬼靡非斯特非利斯"协助"浮士德的行为方式中,感受到了歌德对启蒙运动理想的一种沉思。毕竟离开了魔鬼,浮士德寸步难行,而利用恶的力量去实现善的理念,这在建设伟大的理想共和国的行动中又会出现什么样的情形呢?

　　虽然歌德把靡非斯特非利斯定义为"作恶造善之一体",也就是说,从理论上讲利用恶的力量有可能实现善的目标,但他的叙事仍是极有保留的。在这项移山填海的工程里,有一对老夫妇做了现代意义上的"钉子户",不肯搬迁;魔鬼按浮士德的命令前去动员,但他的行为方式只是露一下面,就让那可怜的老夫妇"见了鬼"。浮士德由此忧愁而瞎了双眼。

　　歌德把这个描述的思考藏在一个小小的细节里,这个细节就是这一对老夫妇的名字,男人叫费莱蒙(Philemon),女人叫鲍琪丝(Baucis)。根据罗马神话,这一对老夫妇是极虔诚而善良的人。当时大神朱僻特和神使麦鸠利以凡人的模样来到弗里吉亚(Phrygia),他们处处碰壁,终于被这一对老夫妇收留了。大神心存感激便将他们的茅屋变成了神殿,并请他们表达自己最大的愿望;而他们最大的愿望就是双双生为这神殿里的祭司,死则同年同月同日同时。朱僻特最后应许了他们的请求。

　　这个神话故事对理解歌德的社会理想与自然观念都有十分重要的启示意义。首先是一对老人,他们是世界上最善良的人,但为达到建立美好人间共和国的目标而必须让他们死去,那么这个理想是否会因此打折呢?其次,更重要的是,这一对老夫妇是神意留在这个地方的,他们住的屋子虽然破败却真正是大神的圣殿;换句话说,这是神所安排的造物,与自然界有完全等同的意义,那么,这具有神性的自然,究竟应不应该改造呢?歌德在这里显然怀疑了浮士德移山填海的初衷,也怀疑了他自己和一切启蒙思想家们关于人间共和国的最高理念。当然,歌德在这里表现出了人类精神界一流大师的深沉,他并未使浮士德获得的那块海边封地真正变成一个人间共和国，那令浮士德为之动容、为之唱出他那天鹅之歌的共和国形象，实际上只是他失明后的幻觉——当时魔鬼看他快要死了，便命人给他挖墓坑；可怜的老浮士德还以为是移山填海的人间共和国工程已经开工了呢！

歌德的深沉与谨慎使他仅仅肯定了人类永不停息的追求精神，但他从不认为人会一贯正确不犯错误，而浮士德的五幕追求全都是错误、全都是悲剧，这也说明歌德对浮士德最后的这个追求，即启蒙运动的理想王国，开始感到了忧虑，他不能再向前走了。

而沿着这条启蒙主义道路继续高歌猛进的是尼采。从文艺复兴到启蒙运动形成的自然观最终到尼采那里迈出了真理通向谬误的关键一步，尼采宣称上帝死了。尼采针对的不是自然，而是传统的基督教道德，是人类社会和人类自身，但同样可以推论的是，人是自然的精华，是自然的最高境界；而在他的观念里，自然和人类都失去了以往的神性；人类全凭自己的理性来裁定是非，安排人类自己的命运，而理性则有些像潘多拉魔匣上的一把锁（如果它曾经有一把锁的话），而掌握这钥匙的仍是理性自己，这就像是财务室里的会计与出纳使用了同一个人。

于是自然伦理也死了，变成了人类中某些精英分子任意宰割的畜群，最终实际上大部分人类都被物化，被扔进了这个大畜群。它的终极结果预示着人类的毁灭，因为全球的核武器已经蓄积了毁灭地球数十次的能量，而人类究竟是否有必要动用这些核武器，全凭少数精英人物之间心里感觉的平衡；而一旦这种平衡被破坏，地球就会变成广漠宇宙里任何一个无生命的星体，这是常识而非危言耸听。也只是到了这种境地，自然伦理才如同浴火凤凰一样重新建起它再也不需要证明的权威。

第三节 浪漫主义文学的自然观

在欧洲文学史上，人的主体意识对自然的否定终于在启蒙运动和尼采的宣告里达到顶峰，然而，启蒙文学在提出改造世界、建立理性王国或人间共和国的同时，也提出了与之相对立的思想，那就是卢梭作品中表现的返回自然的思想，它启迪欧洲浪漫主义文学热爱自然的传统，进而形成了自古希腊起人与自然关系的否定之否定，人对自然的认识又试图回归以往的神性。当然卢梭并不能完成这一否定，他的返回自然也不是主张让人回归森林与熊罴为伍。完成这一过程的是英国浪漫派诗人，在他们的诗中自然回归了以往的尊严，并在与人的心灵交流中与赫西俄德时代的神性自然相媲美。

浪漫主义诗人所带来的这种人与自然关系的否定之否定在哲学上根植于启蒙运动中自然神论的哲学思想，在文学上则重启了神话时代的自然观。启蒙运动在反教会的斗争中抬出的是泛神论（Pantheism），这是一种认为神等同于自然的哲学观点，认为神就存在于自然界一切事物之中，由此否定了超自然的主宰或精神力量。就本质而论，泛神论属于唯物主义的无神论，只是仍然使用了神学的语言来进行其学说阐释。泛神论代表人物斯宾诺莎便认为精神和物质皆由"实体"派生而来，而这个"实体"便只能是神。

哲学上的否定之否定规律是一种螺旋式的上升，它在回归起点的时候其实又实现了新的升级，这种哲学的演变模式实际上也恰恰描绘着自赫西俄德时代到浪漫主义的自然观升级。这种升级就表现为泛神论自然观的唯物主义属性和它的神学思维模式的结合。于是浪漫主义文学在强调自然的神性的时候，描绘了比神话时代自然观更准确更优美的人与自然和谐关系的新篇章，这时的人类不再是宙斯掷出的雷电下瑟瑟发抖的弱势群体，也不是莎士比亚所说的宇宙精华、万物灵长,它是一种心灵的态度,其中既蕴含着自己神性的尊严,也赋予自然以神性的尊严,以此实现宁静而和谐的共存与交流。

神性自然(divine Nature[①])是英国浪漫主义诗歌最富有魅力的特征,其中蕴含着更加丰富的诗歌主张,我们或可以称之为"隐性的诗学思想"。它的内容主要是从认识论的角度表达人与自然的关系,而这一关系的最重要特征是从泛神论的出发点体察大自然的神性(the divinity of nature)。神性自然一词是对英国浪漫主义诗歌自然观的概括,与华兹华斯"崇高景物"(high objects)同义:华兹华斯称大自然是"博大的灵魂,永生的思想",其中蕴含着"无所不在的宇宙精神和智慧(wisdom and spirit of the universe)"[《自然景物的影响》(*Influence of Natural Objects*)]。正如国内学者在评论华兹华斯的自然诗时指出的那样:"华兹华斯的泛神信念则是将上帝引入到所有存在物,将超出经验世界之外的绝对价值引入世俗世界中,使世俗世界充满神性的辉映,获得神性的终极依靠与终极关怀,因而改变了生存的有限性与世界的无目的性。自然或卑微之物就在神光的普照中而拥有神性。"[②]正是基于这种认识,浪漫主义诗人几乎无一不尊重自然、崇尚自然,把自然看成是朋友和伴侣,不仅陶冶人的道德与情怀,更能激发人的灵感与智慧。

英国浪漫主义诗人在许多诗歌中都热烈表达了神性自然的意识:柯勒律治在其诗歌中表达了"上帝与自然合一"(divine unity)的观点,在《致自然》(*To Nature*)中,他宣称上帝蕴涵于自然之中,自

---

① "Nature"一词是华兹华斯《序曲》或《一个诗人心灵的成长》自始至终的中心词:"O Nature! Thou hast fed /My lofty speculations"(Book Second, Line 463—462);"For, I, bred up in Nature's lap, was even/As a spoil'd Child"(Book Third, Line 358—359),充分证明了华氏的神性自然观,所有的自然景物在诗人心中永远都是大写的、神圣的、崇高的,更是值得尊重的生命共同体中的一员。

② 易晓明:《华兹华斯与泛神论》,《国外文学》2000年第2期。

然是唯一上帝,对自然的敬畏便是对神的虔诚。雪莱也曾把上帝看成"一个温文尔雅、高贵威严的人,他临危不惧、处变不惊,有着自然、朴素的思想习惯,深受其信徒的爱戴与崇拜"①。英国浪漫主义诗歌的神性自然观也许最典型地体现在华兹华斯的《永生的信息》(Ode: Intimations of Immortality, 1807)中。在这首诗作中,诗人赋予自然以崇高的神性。诗人说大地的千形万态都呈现天国的明辉(celestial light),而人自身也是来自上帝这个家园的自然之物:

> There was a time when meadow, grove, and stream,
> The earth, and every common sight,
> To me did seem
> Apparelled in celestial light,
> The glory and the freshness of a dream.
> It is not now as it hath been of yore;—
> Turn wheresoe'er I may,
> By night or day,
> The things which I have seen I now can see no more

华兹华斯在描述孩童的特有的禀赋的同时,还向我们展示了更深刻的思考,他说自己已经看不到童年时曾看到过的天国明辉,这当然是人类成长的必然规律:儿童生活在一个灵性的世界里,他把自然即周围的万事万物都看作和自己同样的灵性体,通过语言或其他行为同万事万物进行充分感觉的交流;成年人是从这灵性世界中走过的,他用自己的逻辑思维能力把握了这个世界的越来越多的现象与规律,从而使自己的自然观发生了质的飞跃,而自然的灵性便永远地

---

① 江枫:《论基督教》,《雪莱全集》第 5 集,河北教育出版社 2000 年版,第305 页。

在他心目中失却了神性,失却了华兹华斯所说的"神圣的明辉"。在华兹华斯描绘的这一过程里,人长大了,认识力增强了,却未尝不是一种遗憾,因为他再也看不到那个灵性的世界,正像亚当和夏娃吃了禁果便再也无法回到那象征着本初世界的伊甸园一样。他在这里向我们提出了一个貌似极浅显实则极深刻的问题:儿童眼里的带着神圣明辉的世界与成人眼里的物质世界,哪一个更接近世界的本质呢?

显然,这看来与《旧约》神话、柏拉图的理念说都极为相似的"明辉说",其实有它更接近世界本质的地方:因为从欧洲文艺复兴到启蒙运动所建立的人类中心主义观念已经在真理的顶峰开始迈出了致命的一步,而这致命的一步,就是人在科学主义的极端狂热中任意地榨取自然、宰割自然并招致自然强烈的报复,而只是到了这时,人们才恍然悟出与自然和谐相处的道理,而人与自然的和谐相处则要求人在尊重自己的神性的同时尊重自然的神性。当我们开始感觉到自然的神性的时候,我们就想到了华兹华斯,他那孩童般的眼光,将我们带回到自然的神性中来。

把自然与儿童联系在一起是浪漫主义诗歌的又一特征,在浪漫主义诗人眼里,儿童、童心与自然一样是单纯、美好、未受污染的。华兹华斯的"儿童乃成人之父"这一有悖常理的惊人之言并非出于他的痴狂,而是华兹华斯以其诗性慧眼看到了儿童身上蕴藏着伟大而永恒的灵性。在《永生的信息》里,诗人强调"婴儿时,天堂展开在我们身旁"。显然,在华兹华斯看来,人之初,性本善,"我们披祥云,来自上帝身边",婴儿时,天堂就在我们身边。然而,随着"儿童渐渐成长",是什么样的"牢笼的阴影""便渐渐向他逼近"并进而使得"明辉便泯灭"呢?正如圣经里的隐喻一样,人类的孩提时代是伊甸园时代,儿时的人类不知善恶之分,生存在纯粹的自然之中,与之相伴的是山川虫鱼鸟兽,换言之,免于物质社会的浸染。随着人类的成长,人开始产生物性的欲望,也正因如此,夏娃才受到了魔王撒旦的引诱,从而走上了歧途。显然,华兹华斯在提醒人们是人类现代工业文

明泯灭了人类原有的纯真与自然，成人应从儿童那里得到启示，不要
被社会生活变得老于世故，应留一份纯真和一颗敏于感受自然的心。
拜伦在《但愿我是个无忧无虑的孩童》(*I Would I were a Careless
Child*)中明确地表示：“我憎恨去碰一双双卑恭的手臂，/我憎恨奴隶
们围绕着我点头哈腰；/让我回到我心爱的岩石群/置身其间，倾听大
海咆哮激荡。/我别无他求——但求重温/我少年时就熟悉的自然风
光。”可见，儿童善良、天真的本性是浪漫主义诗人们共同的追求，他
们把拯救人类灵魂的希望寄寓于儿童，就是因为儿童具有自然的纯
洁的心灵。

　　浪漫主义诗人对自然的虔诚不变、对自然的敏锐观察力和感受
力不变(见华兹华斯《*My Heart Leaps Up*》一诗)，他们认为自然是
快乐之源。他们认为乡村百姓的淳朴与自然同样保持着儿童的灵性
和纯洁。与他们相比，现代人远离了自然，亲近只是偶尔之举，蓝天
白云、羔羊溪水、花草树木、鸟兽虫鱼等大自然景色很少引起麻木双
眼的注意和麻木心灵的惊叹。人的悟性离开了大自然，失去了自然
的支撑和依托，精明多了，智慧却少了，人的心灵被金钱和物欲所牵
制，因而变得孤独、绝望，当然毫无快乐可言。相反，华兹华斯笔下的
老迈克尔虽然生活清贫，但他挚爱羊群、了解自然、自食其力又有爱
妻相伴，因而其精神世界是丰富的。济慈在《秋颂》第二节写道：“伴
着谷仓”“背着谷袋”“随意坐在打麦场上，/让发丝随着簸谷的风轻
飘；/有时候，为罂粟花香所沉迷，/你倒卧在收割一半的田垄，/让镰
刀歇在下一畦的花旁”。开仓、打麦、捡穗、运粮，在田垄边美美地打
盹，看榨果架上徐徐滴下的酒浆。庄稼人秋收后的喜悦与幸福充溢
在字里行间，还有什么比这种生活状态更悠闲自在、更让人神往呢？
人只有在这种自然的、未受工业文明侵扰的环境里保持人的天性纯
真，获得真正的快乐和身心健康，也只有这里才是人性得以复归的理
想之地。浪漫主义诗人之所以把自然与儿童和乡村百姓联系在一
起，就是因为他们距离大自然最近，他们与大自然的交往是直接的、

面对面的、不需要任何中介和矫饰的，他们身上还保持着自然的灵性和纯洁，因而，他们应该成为现代人返回自然、重返精神家园的中介。

如果说回归自然代表着湖畔派诗人们面对资本主义工业化造成人性异化而渴望与自然相亲、相融进而净化心灵，老水手杀死信天翁遭到惩罚喻蕴着生态整体的不容破坏，那么，诗人们对生与死同一的超然理解则最终诠释了人生于斯、长于斯、最终归于斯的自然伦理情怀。人世间的"生"与"死"常常是文人志士们抒发情怀的主题，或赞叹生命的伟大与奇迹，或感叹死亡的无奈与悲凉；而在英国浪漫派诗人那里却有着不同的含义，无论是华兹华斯、柯勒律治还是济慈、雪莱等对"生"与"死"的描述或认识，都有一个惊人的相似之处：生就是死，死也是生，生死界限模糊化。《我们是七个》(*We Are Seven*) 是华兹华斯最著名的诗篇之一，诗人生动地描绘了在威尔士古德里奇城堡附近遇见一个乡村小姑娘时的情景。这位乡村小姑娘家原先有兄妹七人，后来珍妮病死，约翰冻死，只剩下五个。然而这位年仅八岁的小姑娘并没有按照一般数学公式来计算家庭成员，相反，她本能地认为躺在她家附近墓地里的珍妮和约翰仍然与她朝夕相伴，情同手足，因而他们并没有离她远去，他们虽死犹生。所以，诗的最后，小姑娘坚定地回答："不，我们是七个！"柯勒律治在《墓志铭》(*Epitaph*)中面对他友人的死去这样写道："他多年来劳作不辍、艰难辛苦，/昔在生中寻觅死，愿今死中寻到生！""生"与"死"哪个更有意义，在基督徒柯勒律治那里似乎并不重要，重要的是无论在哪里，我们与自然万物都是"上帝的儿女"，是相互依存在一个生态整体中的平等成员。济慈在《夜莺颂》里写道："我在黑暗里倾听；呵，多少次／我几乎爱上了静谧的死亡。"在诗人看来，自然界"夜莺的世界里"是没有死亡的，只有永恒的光芒。因此，诗人接着发出感叹："永生的鸟啊，你不会死去！／饥饿的时代无法将你蹂躏。"难怪华兹华斯写道："诞生"其实是"入睡""忘却"，那么"死亡"就是重回"上帝身边"、"我们的家园"，人、自然与上帝浑然一体。这些都是浪漫主义诗人的一种生死同一、人与自然相融的超然境界。

浪漫主义诗歌中的自然并非单纯的外在的物质自然，浪漫主义诗人在表现自然之美的同时，更多的是把自然视作连接诗人内心世界与外在世界的桥梁，通过描写自然使诗人内在情感客观化，真正地实现物我相融的和谐境界。雪莱的抒情诗《致云雀》(To A Sky-Lark，1820)就是他自我形象的象征。这只在蓝天上展翅高翔、放声歌唱的云雀，鄙视尘世的污浊，厌恶空洞浮华的腔调，以其真挚热烈的感情、优美朴实的歌声诉说着内心的忧伤和对人类的热爱，饱含着纯洁的、自由精神。可以说，云雀寄托了诗人的精神境界、社会理想和艺术抱负，表现了诗人不倦地为人类寻找出路的使命感。《云》(The Cloud，1820)中的云"从海洋、从江涛"给人类带来"清新充沛的甘露"、"冰雹的链枷"、"纷纷雪片"，往来于海洋、天空、陆地，威武自由，造福万物。诗人也渴望自己像这旷野的流云一般自由穿行。《西风颂》(Ode to the West Wind，1819)中的西风，在作者笔下更是自由的象征和一股巨大的精神力量。西风所到之处，落叶四散飘舞；而"有翅的种子"又被撒向冬天黑色的土壤。西风越过高山丛林，穿过大地海洋，气势磅礴，威力无穷。诗的结尾，诗人对未来充满了希望，表示了坚定的信念："既然冬天已经来临，春天还会远吗？"诗人在这里以生动的比喻和丰富的形象，表达了自己对自由的渴望和对未来的追求。由于他对人类的无限热爱及对理想和自由的执著追求，他本身就已成为自由精神的化身，在他所倾注了情感的自然身上，也就无所不在留下他心灵的美丽火花。

济慈的《夜莺颂》表现的同样是诗人的内心情感：面对现实的痛苦，诗人试图凭借酒力达到忘我的境地，并随着夜莺的美妙歌声进入一个欢乐和理想的世界。诗人一边倾听夜莺的歌唱，一边驰骋自由的想象，不由自主地达到了一个永恒的境界。夜莺是欢乐和幸福的象征，代表着一种永恒的原则和崇高的境界。当然，彭斯的《小田鼠》(To A Mouse)、布莱克的《病玫瑰》(The Sick Rose，1794)以及华兹华斯的《水仙》等等,无一例外地表现着诗人的内心世界,使诗人的内在世界与外在世界浑然一体,你中有我、我中有你,难分彼此。

浪漫主义诗人融自己的情感于自然山水之间,视人与自然平等、人的生死同一,进而沟通着人与人、人与自然、人与社会之间的种种关系;同时,浪漫主义诗人把工业文明重压下的人的主体精神的自由、自然在人的生存与发展中的作用以及以上帝为中心的宗教教义统一起来看待,以期建立起一种人与自然、人与社会、过去的人与现在的人与将来的人联系起来的伦理道德原则。① 因而,我们从生态伦理角度关注浪漫主义诗歌,可以看到它们绝对不是简单意义上的山水自然诗歌,更不是缺少历史关注和社会关怀的无病呻吟。浪漫主义诗人们的自然观虽然有其超自然的、非理性的一面,但是它是以拯救人类灵魂、促进社会和谐发展的生态整体主义思想为其价值标准的理性思考。

---

① 聂珍钊等:《英国文学的伦理学批评》,华中师范大学出版社 2007 年版,第 388 页。

■ 第二章

生态视野中的英国浪漫主义诗歌理念

第一节　生态视野中的英国工业革命反思

一、工业化和城市化的反思

英国是世界上最早开展工业革命并率先实现资本主义工业化的国家。英国的工业革命始于 18 世纪后半期,大约持续了半个世纪之久,它以纺织行业的技术革新为发端,以蒸汽机的改良和应用为标志,迅速实现了由工场手工业向机器大工业生产、由自然经济向商品经济的转变,实现了社会生产力的巨大跨越。它以雄辩的事实和大量的数据展示了在促进资本主义规模生产和改变人类生活方式上的巨大威力:几倍乃至几十倍地提高劳动生产率,大大促进了生产和贸易的发展,改变了大国之间力量的对比,使不列颠王国一跃成为"世界工厂",从而扭转了世界格局。然而伴随工业革命而来的是城市化进程的加速发展。这一过程不可避免地涉及一系列社会问题,如能源、资源、人口、环境以及人们的生活方式、价值取向、道德观念和宗教信仰等问题。近代西方工业化所带来的城市化进程没有前车之鉴,它完全不同于历史上的城堡文化,而属于一种开放型、扩张性文化,其发展规模和速度是空前的,其建设性和破坏性也是空前的。而且英国工业革命的扩张性又引发了战争和殖民问题、全球战略问题以及人类所共同面临的生存和环境问题。这一切都值得当代人进行深入反思。

第一,能源有限和过度开发。

自工业革命开展以来,蒸汽机被当作主要动力广泛应用于生产领域,而蒸汽机的运转又是以煤炭的开采和供应为基本条件的。这样一来,素有"黑色黄金"之称的煤炭便成为工业生产中的基础能源和战略性物资。传统农业和手工业生产所消耗的能源绝大多数是在自然能源的正常循环圈内获得的,并能及时以各种形式得以补偿,而且所耗能源占能源总量的比例较低,容易实现及时补偿和再循环利用。"所有前工业化时代的经济所需的能源几乎都依赖于动、植物资源,其表现方式很多,有的是为人类提供食物,有的是为牲畜提供饲料,有的表现为燃料的形式用于人们的取暖、烤制食、烧砖、熬制染料、酿制啤酒、冶金、熬盐,等等,正是从这个意义上讲,所有前工业化时代的经济是有机物经济。所有这样的社会都必须在一定的能源框架内运转……"[1]与这种传统可循环利用的地表能源不同,"煤层的能源是经过上百万年的时间积累起来的,而非千百年贮存的结果"[2]。因此,煤炭虽然可以取代有机物能源被广泛应用于大规模的制造业和运输业,从而大大提高效率,但它毕竟属于不可再生资源,其地下储量终归是有限的。而资本主义工业生产从一开始就具有无限扩张性,随着生产规模的不断扩大、生产领域的不断拓展,有限的能源储备终将无法摆脱枯竭的命运。对自然资源和能源进行掠夺式的开发,不仅加速了自然生态的破坏,打破了人与自然之间的某种平

---

① E. A. 里格利:《探问工业革命》,俞金尧译,《世界历史》2006 年第 2 期,第 70 页。

② 同上,第 71 页。

衡,而且严重损害了代内和代际公平,残忍地剥夺了他人及后代公平利用资源、能源的权利。同时,为了保证本国工业生产一定的规模和速度,英国开始了它的全球殖民扩张战略,不遗余力地同竞争对手争夺殖民地能源、资源的开采权,为了自身的发展,超前消耗了原本属于殖民地人民的能源储备。时至今日,占世界人口四分之一的发达工业国家消耗着占世界四分之三的能源物资。即使如此,众所周知,全球的能源储备相对于巨大的需求来说也是极其有限的。现代人为了当前的发展迅速消费掉了地球集聚了百万年的能源,工业国家消费掉了别国的能源,当代人消费掉了原本属于后代人的能源。人类为求得物欲的不断满足,"把大自然看作是一个取之不尽、用之不竭的资源库,把掠夺自然资源当作实现人生价值的必由之路。正是在这种自然人性观念的指导下,人类疯狂地展开了向自然界的战争,把天空飞的、地上跑的、水中游的、地下藏的统统都纳入掠夺的战车中,同时还把大量的废气、废水、废物倾泻给自然生态环境。工业文明把自然界破坏得千疮百孔"①。能源与环境危机已经成为国际社会的共识,也是全人类面临的最大尴尬。

第二,人口集中和城市膨胀。

工业化和城市化如同一双孪生兄弟,相互伴随并互为条件。"英国工业化起源于乡村,但随着工业化的发展,英国不可避免地出现城市化的趋势,即乡村变成工业城镇,城镇变成大的工业城市。英国城市化既是工业化的结果,又是工业化发展的需要。"②自然经济条件下的农业和手工业生产适于分散进行,与之相匹配的劳动力也分散而居,而工业化客观上要求大量的劳动力集中到城市,以便于工厂的

---

① 曹孟勤:《人性与自然:生态伦理哲学基础反思》,南京师范大学出版社2006年版,第84页。

② 黄光耀、刘金源:《成功的代价——论英国工业化的历史教训》,《求是学刊》2003年第4期,第119页。

规模化生产和运营。因此，城市化首先意味着人口的大规模转移和集中。英国在 18 世纪末到 19 世纪初大批农村人口向城市转移。一方面，农村手工业和商业发展较充分的地区吸引了城市资本的流入，从而促进了当地的城镇化；另一方面，圈地运动迫使一大批无地农民涌向城市，成为只能靠出卖劳动力为生的产业工人，使城市人口剧增，城市规模扩大。"一般来说，当城市化达到或超过 50％时，一个乡村社会开始变为一个城市社会。"[①]"1851 年，英国城市人口第一次超过农村，达到总人口的 50％，实现了初步的工业化。"[②]和工业革命相对应，英国的城市化道路也走在了欧洲的前列。18 世纪下半期，英国城市增长十分明显，其增长份额占到这个时期欧洲全部城市增长的 70 ％左右，而英国的人口在欧洲总人口中所占的比率只有 8％。城市化作为一种必然趋势，既是工业社会发展的基本条件，又是工业化道路的必然结果，同时也带来了一系列的社会问题，使人类的生存和发展受到前所未有的考验。

第三，环境恶化和公害蔓延。

伴随着工业化和城市化而来的除了经济的增长和商业的发展以外，则是人居环境的恶化。"工业化和与之俱来的城市化如此迅速，大大超出了人们的想象。它带来的福祉和祸患同样使人感到措手不及。于是，由工业化和城市化所引发的一系列'城市病'便发作起来。"[③]这主要表现在城市生态环境和公共卫生状况的恶化。

环境恶化最为典型的是水体污染和大气污染。城市水体污染有两大源头：一是工业废水，一是生活污水。工业化进程不断加快，城

---

① 高汝东、张玉珀：《工业革命与英国城市污染》，《中学历史教学参考》2003 年第 5 期，第 8 页。

② 同上，第 7 页。

③ 黄光耀、刘金源：《成功的代价——论英国工业化的历史教训》，求是学刊 2003 年第 4 期，第 119 页。

市人口急剧膨胀,大量的工业废水和城市生活污水被就近排放到河流或湖泊里,造成了严重污染,直接威胁着水生生物和当地居民的生命健康。以棉纺织业为代表的主要工业部门,直接将工厂建到了一些重要的河流旁边,一方面便于利用充足的天然淡水资源,另一方面可以将经过工业流程的废水就近排放到河流里面。这对于毫无环保意识、急于扩大生产、追求利润的工厂经营者来说,既方便快捷又节约成本。由于当时没有处理废水的净化设施,也没有良好的城市排污系统,许多昔日清澈的河流迅速沦为排污渠和臭水沟。恩格斯如是描述了流经利兹的艾尔克河:"这条河像一切流经工业城市的河流一样,流入城市的时候是清澈见底的,而在城市另一端流出的时候却又黑又臭,被各色各样的脏东西弄得污浊不堪了"[①],竟成了"一条狭窄的、黝黑的、发臭的小河,里面充满了污泥和废弃物,河水把这些东西冲积在右边的较平坦的河岸上。天气干燥的时候,这个岸上就留下一长串龌龊透顶的暗绿色的淤泥坑,臭气泡经常不断地从坑底冒上来,散发着臭气,甚至在高出水面四五十英尺的桥上也使人感到受不了。此外,河本身每隔几步就被高高的堤堰所隔断,堤堰近旁,淤泥和垃圾积成厚厚的一层并且在腐烂着。桥以上是制革厂;再上去是染坊、骨粉厂和瓦斯厂,这些工厂的脏水和废弃物统统汇集在艾尔克河里。此外,这条小河还要接纳附近污水沟和厕所里的东西。这就容易想象到这条河留下的沉积物是些什么东西"[②]。号称伦敦母亲河的泰晤士河,到了 19 世纪 50 年代,污染竟达到了惊人状况,鱼类几近灭绝。1858 年被称为泰晤士河的"奇臭年"。

　　和水体污染并列的大气污染是城市生存环境的又一症结。煤炭作为英国工业革命时期主要的能量来源,它不仅给生产生活带来了巨大利润和便利,而且带来了人类历史上前所未有的大气污染。工

---

① 　恩格斯:《英国工人阶级的状况》,人民出版社 1956 年版,第 76 页。

② 　同上,第 87—88 页。

厂排放的各类硫氧化物和碳氧化物充斥着城市上空，不见天日。笼罩于其中的城市居民和各类生物深受其害，生命健康受到严重威胁，传染病不断蔓延、扩散，许多动植物逐渐销声匿迹。曼彻斯特及其周围城市"到处都弥漫着煤烟，由于他们的建筑物是用鲜红的、但时间一久就会变黑的砖（这里普遍使用的建筑材料）修成的，就给人一种特别阴暗的印象……位于曼彻斯特西北11英里的波尔顿算是这些城市中最坏的了。……即使在天气最好的时候，……也是一个阴森森的讨厌的大窟窿，……一条黑水流过这个城市，很难说这是一条小河还是一长列臭水洼。这条黑水把本来就不清洁的空气弄得更加污浊不堪。……斯托克波尔特在全区是以最阴暗和被煤烟熏得最厉害的地方之一出名的，……在……埃士顿－安得－莱茵，工厂全都挤在一起，从烟囱里喷出浓烟。……斯泰里布雷芝（同样）被煤烟熏得黑黑的"①。至于伦敦，恩格斯这样描述："伦敦的空气永远不会像乡间那样清新而充满氧气……呼吸和燃烧所产生的碳酸气，由于本身比重大，都滞留在房屋之间，而大气的主流只从屋顶掠过。住在这些房子里面的人得不到足够的氧气，结果身体和精神都萎靡不振，生活力减弱。因此，大城市的居民……患慢性病的（比农村）多得多。"②

这是英国工业革命时期城市污染状况的真实写照，而且污染不断加重、人口日益集中，加上配套的市政设施和公共卫生服务跟不上，这一切造成了英国城市居民，尤其是贫困人口的生活条件极其恶劣。"在梅德洛克河的一个河湾里，有一块相当深的凹地，……在这块凹地里，密集着两片小宅子……小宅子都很破旧，肮脏，小得不能再小；街道坑坑洼洼，高低不平，大部分没有铺砌，也没有污水沟。到处是死水洼，高高地堆积在这些死水洼之间的一堆堆垃圾、废弃物和令人作呕的脏东西不断地散发出臭味来污染四周的空气，而这里的

---

① 恩格斯：《英国工人阶级的状况》，第80—82页。
② 同上，第138—139页。

空气由于成打的工厂烟囱冒着黑烟,本来就够污浊沉闷的了。"①更糟糕的是,在这样的人居环境中,各种流行疾病肆虐,城市卫生公害非常普遍,人们生命安全毫无保障。据统计,从 1832 年到 1886 年,仅伦敦就发生了四次大规模霍乱,其中 1849 年就死亡 14000 人。其他城市均有类似事件发生,只是程度和范围上的差异而已。

第四,人性异化和信仰危机。

英国工业革命所造成的污染是全方位的,它不仅涉及自然环境和人居状况,而且渗透到人性、道德、价值、信仰、灵魂的层面。这种污染使自然经济条件下原本朴素、健康、和谐的人与自然之间的关系以及人与人之间的关系变得紧张、脱节,导致人性异化、道德滑坡、价值扭曲、信仰危机和灵魂失落。工业文明的巨大发展把人类引向了苦难与堕落。人类的不平等和不自由程度空前加深,人性的扭曲日益凸显。工业污染对自然的破坏和对人性的摧残令人触目惊心。华兹华斯曾在《伦敦,一八〇二》中就把伦敦描述为"一潭死水"。它已经完全丧失了"祖传的内心欢畅"和昔日的勃勃生机。可见,工业革命的负面影响不仅作用于自然环境,而且直接作用于人的肉体和精神。

首先,机器大工业生产取代了分散的手工劳动,客观上要求部门内部和部门之间都要实行社会分工。社会分工是提高劳动生产力的重要条件,但也抹杀了人的主体性,意味着人作为完整的人的特质的丧失。在这一社会背景下,工人们认识到自己不过是整个过程中的一个部分,或者说仅仅是"一只手"。由于整个工业流程的复杂性,单个工人不可能独自完成一种产品从原料到制成品的所有工序。通过分工,工业流程被分解成若干环节,每道环节都有专人负责。事实上对于每一个工人来说,只要熟练操作这一个环节的生产即可,无需掌握整个商品的制作全过程。而且即使这一个环节,也只是涉及如

---

① 恩格斯:《英国工人阶级的状况》,第 99 页。

何操作机器、搬运、对接、检验等几个具体动作，这些动作需要成千上万次、无休止地重复。至于制作工艺的原理、产品的性质、用途、市场供求等因素不是他应该和想要考虑的，那似乎跟他没有关系。他所关心的无非是能否按时保质保量完成自己手中那部分工序，希望得到资本家按时足额发放的工资，得以养家糊口，为生产和再生产劳动力提供最基本的保证。在这种情况下，每一个工人的劳动产品只能是整个商品的一部分。他们的劳动对商品的生产作出了自己的贡献，但制成品并不能体现单个人的劳动，因此，他既不占有也不属于商品本身。马克思认为，劳动最能体现人的价值或人的创造性，而劳动产品又体现着劳动的价值。可是在机器大工业生产和社会分工条件下，劳动者无法宣称生产出的产品是自己劳动的结果，劳动产品也无法体现劳动者的创造性和聪明才智。因为劳动者所能做的，只是按照事先安排好的程序，机械地完成某一个步骤而已，而且在整个劳动过程中，基本上不允许劳动者作为个体自由发挥他的创造性，充其量只是作为产品制造主力的机器设备的助手，其工作完全从属于机器的运作。这种所谓的劳动，事实上和真正意义上能体现人的价值的劳动是有着本质区别的。它严重压抑了人的创造性，剥夺了人之作为人有展现自身价值和从产品中享有创造快乐的权利。因此，工业革命条件下的社会分工和机器大工业生产是压抑人性的，或者说是反人性的。

其次，工业革命的突出特点之一就是科学技术的推广和应用。一方面，科学技术在工业化进程中扮演了主导角色，劳动者作为创造主体的地位丧失了，其作用退居次要地位，人成为科学技术的附庸；另一方面，科学技术的进步和巨大威力滋生了科技崇拜和信仰的危机。"按照当前的本土理解，现代科学被认为始于1543年，即哥白尼和维萨利出版他们巨著的那一年。……明显的西方科学传统始于17世纪晚期，是伴随着大规模将阿拉伯和希腊科学著作译成拉丁文的运动而兴起的。"①自诞生之日起,科学技术就以其独特的身份登上了历史的舞台,并不断改写着人类的历史。科学技术以其精密的计算和严密的逻辑推理为前提,以反复的论证和大量的实验数据为依据,以理论与实践相结合为基本研究方法。它几乎以无懈可击的证据推翻了一个又一个假说,确立了一个又一个新的科学命题(定理)。这种科学的研究方法、科学的探索精神以及科学的怀疑态度日益为人们广泛接受。18 世纪末至 19 世纪中叶的英国工业革命首次真正将科学技术应用于工业生产,几倍、几十倍甚至上百倍地提高劳动生产率,大大促进了生产力的发展,在短短几十年内创造出比以往几百年更丰富的物质财富。至此,科学技术以无可争辩的事实证明了自身的强大威力和巨大潜能。而作为普通劳动者的产业工人和城市平民,乃至工厂的所有者和经营者都不得不对这种威力和潜能望洋兴叹。相比之下,人在生产劳动和推动历史进程中的作用中倒显得无足轻重了。资本家竟借题发挥,声称生产经营所获利润完全是依靠资本、技术和悉心经营得来的。因此,科学技术在一定程度上改写着社会的价值评判标准,影响着一定时期新的社会道德体系的构建。科技进步所引发的科技崇拜自然也在情理之中,因为科学论证推翻了自然经济条件下的传统权威和迷信盲从,越来越多的人会转而向往科学技术,崇拜科学技术。同时,科学的怀疑态度使人们开始怀疑一切,包括神灵的存在。然而对科学技术的"这种新的稳定仪式本身充满了空幻,而旧的信念又不复存在了"②。这便产生了"信仰

---

① Lynn White, JR. The Historical Roots of Our Ecologic Crisis, from *The Ecocriticism Reader: Landmarks in Literary Ecology*, edited by Glotfelty, Cheryll & Harold Fromm. Athens: the University of Georgia Press, 1996, p. 7.

② 赵一凡:《〈资本主义文化矛盾〉中译本绪言:贝尔学术思想评介》,[美]丹尼尔·贝尔:《资本主义文化矛盾》,赵一凡、蒲隆、任晓晋译,生活、读书、新知三联书店 1989 年版,第 15 页。

危机"。

再次,伴随着工业革命和商品经济而来的,是货币流通速度的加快和金钱地位的凸显。金钱作为一种便捷的流通工具和社会财富的象征,在社会生活中,尤其是资本主义上升阶段,发挥着不可替代的作用。但以金钱为导向的价值观念一旦确立,人则不可避免地变成金钱的奴隶、拜金主义的俘虏。这样一来,人失去的将是更多的自由和贴近自然的本性。在《写于伦敦,一八〇二年九月》中,华兹华斯写道:他无处去寻找心灵的安适,因为人们不再赞赏"自然之美",失去了古老的美德,没有了"高洁的思想",并"断送了伦常准则,纯真信仰",因为人类的拜金主义已发展到极致,"最大的财主"成了"最大的圣贤";劫掠、贪婪、浪费成为人们"崇奉的偶像"。① 人性被金钱所异化,美德被贪欲所玷污,自由被功利所驱逐。在这样的社会环境中,现代人不可避免地长期受到精神危机的困扰。究其原因,不难发现在资本主义工业生产中,资本始终处于绝对的优势地位。对于资本家来说,拥有资本和拥有多少资本,将决定着他在市场竞争中的生死存亡,无休止地追求利润最大化也是为了更快地赚取更多的资本。对资本的占有和支配也终将决定着他所享有的物质条件以及未来的政治和社会地位。如果从另一个角度考察,我们就会发现,资本家为了获得更多的利润,就必须不断地追加资本投入,扩大生产规模,改进流程,提高技术。由于人的这种贪欲是无穷的,资本家必然要为不断增加的利润所累,最终不是支配资本,而是为资本所支配。同时,随着自然经济向商品经济的转变,商品生产和贸易往来日益活跃。金钱在普通人的生产、生活中所发挥的作用越来越突出,而金钱的导向性也越来越明显。因此,自然经济条件下传统的自给自足的财富观念和价值体系受到了严重冲击取而代之的则是资本主义金钱价值观。由此看来,在这种价值观念的指引下,人类创造的社会财富越

---

① 华兹华斯、柯尔律治:《华兹华斯、柯尔律治诗选》,第199页。

多，其不自由的程度就越深，也就越远离自然的平衡态。

第五，和谐破坏和诗意丧失。

工业革命以前，人类社会发展相对平稳而缓慢，农业向来是社会生产的主导产业。在这种社会状况下，人类生活更直接地贴近自然，融入自然。虽然社会生产力相对低下，但人与自然的关系趋向和谐共存；虽然生活方式相对简单，但人们的物质生活更健康，精神生活更充实。越是贴近自然状态的淳朴的生活方式，越能体现人类理想的、充满诗意的生存状态。正如海德格尔（Martin Heidegger）所说的，"人类诗意地栖息"在这块土地上，并始终依托和向往着这种"诗意地栖息"。但是自从 18 世纪后期英国工业革命以来，工业化进程和科学技术的飞速发展迅速破坏了这种传统的和谐与生态，加速着人与自然生存状态的偏离。因为"工业和科技的发展并不都表现为正确认识自然、合理利用自然、在自然能够承载的范围内适度地增加人类的物质财富；在很多情况下，却表现为干扰自然进程、违背自然规律、破坏自然美和生态平衡、透支甚至耗尽自然资源"①。这种掠夺式开发和冒进式的发展模式不仅破坏了有形的生态环境，改变了人类朴素健康的生存方式，而且严重摧毁了人类原本充满诗意的精神家园。没有审美关照的发展模式是不可想象的，同样，失去了控制和监管的科技和工业革命就如同脱缰的野马，人类和自然犹如千里农田，终归难免遭受践踏的厄运。工业革命以后，由于城市化进程的加快，工业废水、废气和生活垃圾的大量排放严重污染了生态环境，以往那种清泉溪流、鸟鸣山幽的充满诗情画意的美好自然图景一去不复返了，取而代之的是恶臭的排水沟、堆积如山的垃圾站。伦敦上空没有了蓝天白云和袅袅炊烟，只有弥漫于城市中无孔不入的烟尘和经久不散的浓雾。这样的景象无论如何不能不让山水诗人感到辛酸和失落，因为在这里再也没有了自然美、和谐美，没有了人类赖以

---

①　王诺：《欧美生态文学》，北京大学出版社 2003 年版，第 177 页。

生存的精神家园。

二、科学技术和理性主义的反思

科学和理性在人类文明史上一直是两个古老而崭新的名词,二者相互联系、相互渗透,互为因果,为推进人类社会历史,尤其是近代历史的发展起到了不可估量的作用。自欧洲启蒙运动以来,科学和理性以空前的规模结合起来,大大促进了整个社会的理性化、功利化,也加速着神学和宗教势力的削弱。这就造成了两方面的结果,一是科学技术的突飞猛进和工业化进程的加速;一是人类的贪欲和狂妄日益膨胀,强化了对自然环境构成巨大威胁的人类中心主义理念。

当前,"科学技术"一词通常是被当作一个完整的术语来理解的。事实上,"科学"和"技术"是两个完全不同的概念,二者在历史上的地位也不尽相同。科学看重的是理性,它的意义在于对人类意识和行为的指导性和宏观把握;技术更注重应用性,它的意义在于,一旦为人类所利用,便可以充分发挥其作为工具的特殊作用,帮助人类完成靠自身生理器官无法完成的任务,实现认识自然和改造自然之目的。"科学从其诞生意图上来讲,一般属于贵族的、推理的、智慧的;而技术则属于下层的、经验的、实际行动的。到了19世纪中叶两者突然迅速融合……"①这种"科学与技术联姻,……是在自然环境上进行的理论与实践的结合"②,并且这种结合迅速地渗入到思想和文化领域。科学技术的大军每前进一步,神学的力量则相应地撤退一步,直至科学和理性最终占据了神学原有的领地。科学技术成了人类探索、认识和改造世界的全新工具。它的便捷性、精确性和高效性令人

---

① Lynn White, JR. The Historical Roots of Our Ecologic Crisis, from *The Ecocriticism Reader: Landmarks in Literary Ecology*, edited by Glotfelty, Cheryll & Harold Fromm. Athens: the University of Georgia Press, 1996, p. 5.

② Ibid. p. 4.

类对其深信不疑,大大增加了人类认识和改造世界的潜力和自信,使人们有理由相信这个世界没有神秘,没有玄奥,没有迷信,没有任何值得敬畏的事物,包括大自然本身。只要利用好科学技术这把利剑,人类将无往而不胜。人类完全可以随心所欲地利用自然,改造自然,从而不断满足自身的欲望。弗罗姆认为:"人类文明是以人对自然的积极控制为滥觞的,然而这个控制到工业化时代开始就走向了极限。……工业的进步强化了这样一个概念,即……我们正借助技术日趋无所不能;借助科学日趋无所不知。我们曾想成为神,曾想成为一种强有力的生物,它能创造一个第二世界,在那个世界里,大自然只需为我们的新创造提供材料而已。"[1]海德格尔认为:"技术正变成'一种邪恶的力量',提出'拯救地球','由拯救地球而更新世界'。虽然存在一些消极之处,但海德格尔哲学突出体现了对人类未来生存和发展的终极关怀。"[2]但在科技崇拜者眼里,自然的存在已不是目的,而完全成为工具。这种理念的急剧膨胀正是人类中心主义的典型表现。

事实上,人类中心主义由来已久,早在《创世纪》诞生之日就已隐含在基督教教义当中,并不是在工业革命条件下突然产生的,只是科技革命使这一理念以空前的势头表现出来了。人类中心主义是人类对待自然的一种态度,确切地说,是人类狂妄自大的以自我为中心、掠夺式开发自然的一种态度。著名生态思想家罗切尔·卡森认为,人类这种狂妄对待自然的态度,源于一直支配着人类活动的人类中心主义。"犹太—基督教教义把人当作自然中心的观念统治了我们

---

① 弗罗姆:《占有或存在》,杨慧译,国际文化出版公司,1989年版,第1—2页。

② 张艳梅、蒋学杰、吴景明:《生态批评》,人民出版社2007年版,第35页。

的思想"①。生态思想家帕斯莫尔认为，"这种狂妄自大在基督教兴起后的世界里一直延续，它使人把自然当作'可蹂躏的俘获物'而不是'被爱护的合作者'。""基督教鼓励人们把自己当作自然的绝对主人，……""基督教的这种对待自然的特殊的态度在很大程度上来自它的人类中心主义。"②而"犹太－基督教的人类中心主义"则是"生态危机的思想文化根源"③。英国工业革命进程中因超前消费和过度开采造成的能源危机，因任意排放污水、废气而导致的水体污染和大气污染，使生态环境和生存环境遭到严重破坏，这从根本上来源于人类中心主义这一深层思想渊源，同时科学技术的发展和运用无疑起到了推波助澜的作用，加大了人类对自然的贪婪和狂妄。

同科学技术相呼应，在意识形态领域，理性主义占据了主导地位，并深刻地影响着人类认识和改造客观世界的方式。美国当代著名思想家丹尼尔·贝尔（Daniel Bell）认为，"西方意识里一直存在着理性与非理性、理智与意志、理智与本能间的冲突，这些都是人的驱动力。不论其具体特征是什么，理性判断一直被认为是思维的高级形式，而且这种理性之上的秩序统治了西方文化将近两千年。"④近代以来，理性逐渐在人们的思想领域取得了绝对优势地位，而且启蒙

---

① Gartner, Carol B. *Rachel Carson*, New York: Frederick Ungar Publishing, 1983, p. 120.

② Passmore, John. *Man's Responsibility for Nature: Ecological Problems and Western Traditions*, Second Edition, Gerald Duckworth & Co. Ltd., 1980, pp. 5, 13.

③ Lynn White, JR. The Historical Roots of Our Ecologic Crisis, from *The Ecocriticism Reader: Landmarks in Literary Ecology*, edited by Glotfelty, Cheryll & Harold Fromm. Athens: the University of Georgia Press, 1996, pp. 6—14.

④ 丹尼尔·贝尔：《资本主义文化矛盾》，赵一凡、蒲隆、任晓晋译，三联书店 1989 年版，第 97 页。

运动和科技革命又以前所未有的势头推动了理性的普及。"17 世纪，随着笛卡尔（René Descartes）的唯理主义在法国兴起并迅速传遍欧洲，文艺复兴以来的一切思想和文化现象得到一次冷静地反思与批判。唯理主义的核心是崇尚理性，崇尚普遍性与一致性。它带来了欧洲自然科学的巨大发展……①笛卡尔"把'理性'推举为实现真理的最高原则"②，主张一切应以合乎理性为原则，主张抛弃传统偏见，反对中世纪的神学观念，反对宗教盲从和经院哲学。他把理性看成是知识的唯一源泉，认为感性材料会欺骗人，只有通过理性才能认识世界。

17 至 18 世纪的欧洲启蒙运动（Enlightenment）是继文艺复兴之后近代人类历史上第二次思想解放的潮流，其宗旨就是以理性为武器，将反叛的矛头直指中世纪的神学教条和迷信偏见，力主将人们从封建主义的传统和愚昧中解脱出来，企图建立一个合乎理性的社会。在理性主义的影响日趋扩大的同时，随着近代科学技术的发展，特别是英国物理学家牛顿万有引力的发现，人们逐渐认识到，自然科学领域的研究方法同样适用于对人类社会历史和现状的研究。启蒙思想家开始用自然科学原理来解释世界，用无神论来反对上帝和宗教，在哲学上以机械唯物论批判中世纪的经院哲学，以理性和自由的原则批驳中世纪的等级特权，用科学知识开启人类的愚昧无知，打破传统习俗的偏见，从而为自由竞争和工业化道路扫清障碍。

自启蒙运动以来，理性开始逐渐进入人们的头脑，并且亦步亦趋，以不可阻挡之势排挤着神学在人脑中的统治地位。17、18 世纪欧洲一批思想家、哲学家、学者为推动启蒙运动的发展、呼唤理性时代的到来，纷纷著书立说，推动了社会的理性化。例如，英国唯物哲学家弗兰西斯·培根（Francis Bacon，1561—1626）反对中世纪经院

---

① 董学文：《西方文学理论史》，北京大学出版社 2005 年版，第 92 页。
② 同上，第 120—121 页。

哲学，肯定世界的物质性，提出"知识就是力量"的著名口号，强调发展自然科学的重要性。他的《新工具论》等著作较为系统地阐述了他的这些思想。机械唯物经验论者洛克认为知识源于感知和经验。史学家赫伯特（Edward Herbert, 1583—1648）创立自然神学说，他视理性为寻求真理的根本依据。法国启蒙思想家伏尔泰推崇牛顿和洛克的哲学，抨击天主教和基督教教义，倡导人类的自由、平等和理性观念。他还赞誉孟德斯鸠（Montesquieu）的《法的精神》（*The Spirit of the Laws*）为"理性和自由的法典"。经济学家杜尔哥（Anne-Robert-Jacques Turgot）甚至把整个人类社会的历史看做是人类理性进步的历史。启蒙哲学家孔多塞（Marie Jean Antoine Condorcet）则把历史看作理性对无知和偏见进行斗争的历史。其他著名思想家、学者如霍尔巴赫（Paul-Henri Thiry, Baron d'Holbach）和卢梭（Jean Jacques Rousseau）也抨击基督教的反理性，并详细阐述了自由、平等、人权和理性的思想。

尽管宗教和神学并没有完全退出历史的舞台，甚至还有着一定的影响力，但随着科学与技术的结合，并深入实践，理性开始在人类思想中占据了主导地位。如同马克思所说的"理论一经掌握群众便会产生无穷的力量"一样，理性作为一种主导意识形态在工业革命时期必然发挥着巨大的作用。这种作用固然有积极方面，但其破坏性也不容忽视。其中最明显的表现就是理性使人类对自然的态度更加狂妄自大，对待破坏自然生态的后果更加有恃无恐。"失去了'上帝'这个价值中心，人便成了最高目的，……于是人们在物质财富的'丰饶'中纵欲无度；科学技术似乎可以保证人们享乐欲望的无限满足，于是对全智全能的上帝的崇拜转变为对科学技术的崇拜，科学技术之外的精神价值被忽视了，甚至在人们的视野中消失了"；伴随着神的消亡和理性的增长，人的主体性得到明显增强，"而主体性的张扬主要体现为人对自然的疯狂征服，体现为获取越来越多的可供人享乐的能源和资源的努力。这就是西方宗教文化衰落之后的世俗文化图景,也就是现代文化图景或工业文明图景"。① 这种人类自我主体意识的凸显以及对自然的狂妄傲慢是人为理性主义所控制的突出表现,也是人的本质或自然本性的重要体现。斯宾诺莎认为,人性即人之自然本性,它从根本上要求自我保存与自我满足。他说:"理性既然不要求任何违反自然的失误,所以理性所真正要求的,在于每个人都爱他自己,都寻求自己的利益——寻求对自己真正有利益的东西,并且人人都力求一切足以引导人达到较大圆满性的东西。并且一般来讲,每个人都尽最大的努力保持他自己的存在。"而在黑格尔看来,人类这种主体意识和狂妄傲慢源于人的自我超越和无限扩张精神,同时又体现着这种精神。② "黑格尔所谓的'苦恼意识'已经认识到,……现代人最深刻的本质,它那为现代思辨所揭示的灵魂深处的奥妙,是那种超越自身、无限发展的精神。……在现代人的千年盛世说(chiliasm)的背后,隐藏着自我无限精神的狂妄自大。因此,现代人的傲慢就表现在拒不承认有限性,坚持不断的扩张;现代世界也就为自己规定了一种永远超越的命运——超越道德,超越悲剧,超越文化。"③近代英国工业革命以来,在科学技术和理性主义的大旗指引下的人们,误以为科技的进步和物质财富的积累便是整个社会的进步和历史的跨越,殊不知这是一个巨大的假象。史怀泽在《敬畏生命》一书中提出了衡量社会文化进步与否的三项重要尺度,分别为"知识和能力的进步"、"人的社会化的进步"和"精神的进步"。④ 按照这一尺度来衡量,用科学技术和理性的进步这一唯一评判标准作

---

① 卢风:《人类的家园——现代文化矛盾的哲学反思》,湖南大学出版社1996年版,第1页。

② 斯宾诺莎:《伦理学》,贺麟译,商务印书馆1983年版,第183页。

③ 丹尼尔·贝尔:《资本主义文化矛盾》,赵一凡、蒲隆、任晓晋译,三联书店1989年版,第96页。

④ 史怀泽:《敬畏生命》陈泽环译,上海社会科学院出版社1996年版,第34页。

出的判断是何等片面与荒谬。"启蒙理性使人从信仰中解放出来又成为机器的同类。……(它)本质上是一种工具理性，关注的是'怎么做'而不是'做什么'……因此必须警惕急功近利的价值观和可能造成人与自然对立的技术应用。这并不是说单纯保护生态，不需要科学和技术了，而是超越对技术的工具性理解。"①单纯的科学理性评判让人类相信世间没有不可逾越的屏障，欲望没有自我限制的必要性；人类所面临的一切问题都可以用理性和科学加以解决，理性思辨可以跨越历史上一切人类不曾或不敢跨越的樊篱，可以满足人类日益膨胀的贪欲，同时过分相信人类自身探索潜力的无限性，忽视了自然承载力的有限性。人类崇拜科技胜过崇拜自然，重视机器胜过重视生态，追求利润胜过追求和谐，爱自己胜过爱世间万物。利安·怀特在论及人与自然关系时说："人与土地的关系发生了深层次变化。以前人是自然的一部分；如今却成为自然的开发者。"②这种狂妄自大和孤注一掷必然让整个人类为之付出沉重的生存代价和发展代价。

第二节　自然神论对英国浪漫主义诗歌的影响

一、自然神论及其基本特征

自然神论又称理神论或自然宗教。与正统神学教理根基于神的

---

① 张艳梅、蒋学杰、吴景明：《生态批评》，人民出版社 2007 年版，第 97—98 页。

② Lynn White, JR. The Historical Roots of Our Ecologic Crisis, from *The Ecocriticism Reader：Landmarks in Literary Ecology*, edited by Glotfelty, Cheryll & Harold Fromm. Athens：the University of Georgia Press, 1996, p. 8.

启示不同,自然神论重视人的理性,贬低神的启示。它把上帝解释为非人格的"始因",反对蒙昧主义和神秘主义,否定迷信和各种违反自然规律的"奇迹"。"自然神论作为西方近代的一种重要神学思想,于17世纪肇端于具有宽容精神的英国,并且由英国传播到荷兰、法国和西欧其他国家,最终汇入强调理性精神的启蒙运动。自然神论的哲学基础是经验论,英国经验论的重要哲学家如霍布斯、洛克、托兰德等都是著名的自然神论者,英国实验科学的巨擘牛顿也是自然神论的重要代表人物之一。"①

自然神论的出现有两个重要的历史背景:其一是17世纪欧洲的宗教派别纷争。天主教和新教之间的分歧和斗争使后来一些自然神论者对基督教所谓倡导和谐、避免宗派冲突的福音产生了怀疑,于是试图在建构神学方面寻找新的理论突破。其二是17至18世纪席卷欧洲大陆的启蒙运动。这是一场高举理性大旗的思想革新运动,涉及宗教、政治、法律、文艺等诸多领域,渗透到社会生活的各个角落,影响深远。自然神论正是在启蒙运动所倡导的理性思潮的驱使下应运而生的。一方面17—18世纪的理性主义以前所未有的势头和冲力动摇着传统宗教教义体系,但"科学理性尚未壮大得足以与宗教信仰正面抗衡,因此它不得不采取自然神论这种'犹抱琵琶半遮面'的形式,借助上帝的权威来为理性开道"②;另一方面,自然神论者也试图借以全面更新基督教传统教理体系以开创全新的宗教信仰局面,以符合时代精神。他们试图以理性为核心理念,以经验论为哲学基础,完全跳出传统的教会范畴来构建一种全新的神学架构。鉴于此,自然神论有时也被称作"启蒙运动的宗教"。与传统的基督教神学相比,自然神论具有以下特征:

① 赵林:《休谟对自然神论和传统理性神学的批判》,《哲学与文化》2005年第3期,第18页。

② 赵林:《英国自然神论初探》,《世界哲学》2004年第5期,第87—88页。

第一,以人的理性取代神的启示。

传统基督教把神的启示作为宗教信仰的基础,上帝的灵光将直接作用于世间万物。与之相对,"自然神论的基本特点是试图把自然理性确立为宗教信仰的基础,把上帝变成一个合乎理性的上帝,将一切神学教义尽可能地纳入到合理性的范围内来加以解释,从而限制甚至根本取消启示的作用。自然神论继承了中世纪托马斯主义的理性神学传统,但是与托马斯主义的根本不同之处在于,自然神论不是用启示来统摄理性,而是用理性来消解启示。……克劳治在谈到自然神论的特点时这样写道:论及宗教事务,自然神论者拒绝所有圣经的权威和超自然界的启示,并宣布唯有理性与自然才是宗教真理的可靠源头"①。事实上,基于经验证据和归纳、类比方法之上的经验理性(或自然理性)构成了自然神论的思想根据。17 世纪英国的"自然神论之父"爱德华·赫尔伯特勋爵(Herbert, Lord Edward of Cherbury, 1583—1648)提出自然神论,是为了证明人类对上帝的信仰是合乎理性的,不需要来自圣经中神的启示。自然神论者、经验论的创始人洛克试图提倡一种经得起理性考验的合理化的基督信仰。英国历史上第一位真正的自然神论者托兰德在 1696 年出版的《基督教并不神秘》一书中,彻底否定了启示的神秘性,强调启示应合乎理性,而人的理性可以完全理解宗教的奥秘。在"自然神论的圣经"——《基督教与创世同样古老》一书中,自然神论者廷德尔指出:"早在基督教产生之前,人们就已经通过自然宗教认识到上帝的永恒不变的真理。福音书……只是重申了早在创世之初就已经被上帝赋予到人的理性之中的真理,这真理就是普遍的自然规律和道德律。因此,基督教的全部合理性仅仅在于它与自然宗教的契合,基督教的启示真理必须符合自然宗教的普遍规律。"②正是通过这本书,廷德

---

① 赵林:《英国自然神论初探》,《世界哲学》2004 年第 5 期,第 93 页。
② 同上,第 90 页。

尔在洛克和托兰德的基础上把自然神论思想推向了顶峰。总之，自然神论认为，任何神的启示和真理都是可以被人的理性所理解的，也就是说只有人的理性才是信仰的最终诠释者。启示是让神来掌控宗教，进而掌控人的思想行为；相反，理性是让人来解释宗教和自然，进而掌控自身的命运。他们的最终目的是希望借此构建一个宽容、和谐的理性时代。

第二，自然宗教取代人格神。

在传统犹太－基督教神学看来，作为造物主的上帝无处不在、无所不知，他用自己的智慧创造了世间万物，又按照自己形体创造了人。上帝无疑是一个高智慧的人格化了的神。人们可以从人身上的某些特质推知神的存在和特征。自然宗教却反对基督教教会所宣扬的人格神及其对自然和社会生活的统治和支配作用。公元前6世纪的色诺芬尼被认为是首先提出自然神论和泛神论观点的人。他反对人形的神，嘲讽人按照自身的形体塑造神的形象的做法，并以此推断任何一种动物（如果有创造潜力的话）均可能按自身的形象来塑造神。那么这个世界上很可能会出现类似于牛、马或狗的形象的神。色诺芬尼认为神是万物存在于其中的宇宙的永恒基质，或者说，神即世界，世界即神。因此，神性的世界完全可以用理性进行解释和把握。18世纪法国启蒙思想家、自然神论者伏尔泰比较详尽地阐述了他的自然神论思想。他认为上帝不是一个人格的存在，而是一个无限永恒的"智慧实体"或"世界理性"等非人格的存在。上帝作为世界的"始因"或"造物主"，创造了世界这台庞大的机器，但他并不参与形成并支撑人类的历史，而是在完成了初始的创造之后，即退而超然自在，不再干预世界事务，让世界按照它本身的自然法则和内在机制运转下去。牛顿认为宇宙是遵循着稳定的、合理的法则运作的机器。沃尔克更加形象地指出，"世界是一部巨大的机械装置——一只放大了的表,被一位全智者所制造,制成之后他便不再干涉它的运转"①,而自然万物则是按照力学规律自主运动的。对此,赵林教授结合时代背景给出了进一步解释。他说:"一个自始至终有条不紊地运转的钟表比一个需要外力不断调节的钟表更加精美完善,前者的制造者也一定比后者的制造者更加高明。同样,在自然神论者看来,一个需要对其创造物不断地加以干预的上帝一定是一个拙劣的上帝,而一个一劳永逸地创造了世界之后任其按照既定规则正常运行的上帝才是一个真正智慧的上帝。……在自然界中,上帝不再以超自然的奇迹方式(所谓奇迹就是上帝用自由意志来任意中断自然规律)出现,他的身影和声音都从自然界中消隐了,但是他的智慧却体现在自然界的秩序、和谐与美之中。"②"这样一来,科学家们就无须直接面对上帝,只要面对上帝的作品——自然界本身就足够了……"③人格的神完全为体现和承载神性和智慧的自然万物所取代,人对上帝的敬畏直接转化为对富有灵性的自然界以及存在于其中的万物的敬畏。"人只是通过上帝对万物的最聪明和最巧妙的安排,以及最终的原因,才对上帝有所认识。"④人格化的上帝隐退了,他已经在完成自身的使命后退居到自然的幕后。如今作为人类认识和把握对象的已不是上帝而是自然本身。斯宾诺莎以经验论为基础,把上帝定性为人通过自身经验所能认识的一切事物之外的事物。无论是从内在经验还是从外在经验来认识,人格化的上帝已经被自然神论者彻头彻尾排斥到一个宗教傀儡的位置上了。因此,自然神论者以世界的合乎

---

① 威利斯顿·沃尔克:《基督教会史》,孙善玲、段琦等译,中国社会科学出版社 1991 年版,第 554 页。

② 赵林:《英国自然神论初探》,《世界哲学》2004 第 5 期,第 88 页。

③ 同上,第 92 页。

④ H. S. 塞耶编:《牛顿自然哲学著作选》,上海人民出版社 1974 年版,第 51 页。

理性和秩序为依据,主张用"理性宗教"或"自然宗教"来取代人格的神。

第三,斯宾诺莎的自然神论。

如果说第一个正式提出自然神论的人是赫尔伯特,那么第一个在自然神论上取得突破性进展的人则是对圣经进行了历史性批判的斯宾诺莎(Benedictus Spinoza)。对之前的自然神论者而言,上帝虽然在完成创世壮举之后已经隐退,但毕竟依然作为傀儡而存在,可在斯宾诺莎眼里,上帝完全被整个自然所取代,或者说自然本身就是神,神已经泛化为自然万物。这便是斯宾诺莎的自然神论,又叫泛神论。在他看来,引领世间万物的创造者是大自然而不是人格化的上帝,也就是说,自然是创造一切的神,是真实的上帝,而圣经中描绘的上帝是虚构的、不存在的。他明确表示,上帝不是一切,一切均在上帝之中,大自然本身就是上帝,实体就是神。而且所有独立的实体都是有生命的,每一个有形体的事物的观念就是它的灵魂。所有的精神活动和物质活动都是自然的一部分,都是神的一部分。自然法则是所有事物的内在原因,也是支配世界的真正的上帝。而每个个体都是整体的一部分,都是自然的一部分,既相对独立又属于整体。自然之伟大在于存在于其中的万物能够按照自然的法则和谐共生,而自然的法则正是自然神性的体现。一切生物、非生物,简单的、复杂的,都能与环境共融,它们中的每一个个体都能公平地分享到自然的灵性,感触到自然的神性存在。人类作为自然界中的一个物种"诗意地栖息"在富有灵性的自然界中,不仅应当敬畏整个自然,而且应当敬畏它的每一个物种、每一个个体,因为自然的神性孕育了万物,又将自身蕴涵于每个个体之中。因此,个体与自然是统一的,统一的基础就是自然之神性。斯宾诺莎的自然神论为英国浪漫主义诗学中的自然主题提供了理论上的支撑,并将浪漫主义诗歌提升到哲学的高度加以释义。

第四,自然神论所倡导的道德内涵。

　　自然神论致力于发掘基督教所包含的道德内涵，认为"道德是宗教的首要之义，在每个人的心中，都有一些扬善弃恶的基本原则"①。赫尔伯特曾在《论真理》一书中列举了五条宗教道德原则，其中包括"德行"的重要性，因果报应以及人应该"憎恶罪恶"并自我"忏悔"。②洛克论证了为什么宗教的第一要务在于道德。另外，廷德尔还强调了宗教的目的在于搭建社会道德体系，促进人类福祉。他认为："社会的福祉是至高的法则，……上帝并不要求……任何东西，而仅仅要求人类的福祉，……"③由此可见，自然神论者不仅强调以理性为基础的自然宗教取代神启宗教的必要性，而且重视宗教对构建人类社会道德体系的重要性。只不过人类道德意识的提高不再是建立在神启的基础上，而是建立在理性的基础上。人完全可通过理性思考，通过切身感受自然界中万物之灵性，领悟生命的意义、世界的和谐以及感触人类对同类及自然万物的道德责任。人类只有在自然万物的和谐共生中才能谋求生存的真谛和人类的福祉。因果报应说是宗教说教的底线，它只是从反面敦促人类自觉树立社会道德和自然生态道德意识，自觉承担应当承担的责任，以便在此基础上充分享受这种自然法则范围内的一切自由和乐趣。人类作为自然界的一部分，针对传统宗教的善恶原则在自然神论关照下也应当加以推而广之，扩展到整个自然界的范畴。因为人不再仅仅只对隐退到幕后的抽象上帝负责，也不仅仅只对他人和社会负责，而是对自然界的所有物种负责，对整个自然生态圈负责，对人类赖以生存的自然环境负责。罗尔斯顿说："一个人，只有当他获得了关于自然的观念时，他的教育才算完成；一种伦理学，只有当它对动物、植物、大地和生态系统给予了某

---

　　① 　赵林：《英国自然神论初探》，《世界哲学》2004 第 5 期，第 88 页。

　　② 　詹姆斯·C·利文斯顿：《现代基督教思想》上卷，何光沪译，四川人民出版社 1992 年版，第 23 页。

　　③ 　同上，第 45 页。

种恰当的尊重时,它才是完整的。"①因此,自然神论所倡导的道德是指人类在整个自然界范围内的更广泛、更深远、更高层次上的道德,是一种超越传统狭隘人类社会范畴的道德,是一种超脱了人类中心主义理念束缚的宏观道德。同时,自然神论与生态伦理的结合,即自然哲学、神学和美学的价值转向,促成了自然观与道德观的统一。罗尔斯顿(Holmes Rolston)在《哲学走向荒野》(*Philosophy Gone Wild*,1986,1989)一书中写道:"随着我们通过对动物和植物区系、物质循环和生物金字塔、系统的稳定性与动态性的描述,进而指出复杂性、地球生命的繁盛与相互依存、统一性与和谐,以及相反力量的相互制约与综合,最后得出美与善的评价,这中间很难说我们何时停止了对自然事实的描述而开始了自然价值的评价。……似乎一旦我们对事实有了足够的了解,价值也就出现了,二者都同是系统的性质。"②这样一来,自然神论与环境伦理学的联姻模糊了事实描述与价值判断的界限,也把人类社会的道德扩展为自然界的道德。这必将改写人类的伦理学发展史,对塑造现代人崭新的道德意识、促进人与自然的和谐相处、从长远意义上谋求人类福祉起到重大作用。

二、自然神论对英国浪漫主义诗歌的影响

自然神论既然被称为"启蒙运动的宗教",与它深深扎根的土壤——17—18世纪欧洲启蒙运动密不可分,同时,又对稍后兴起并流行于18世纪末19世纪初的英国浪漫主义诗歌理念产生了深远的影响。自然神论所倡导的理念,如理性取代天启、人格神的隐退、自然万物具有灵性、自然与道德的关系、存在与价值的融合以及自然宗

---

① 霍尔姆斯·罗尔斯顿:《环境伦理学》,中国社会科学出版社2000年版,第261页。

② 霍尔姆斯·罗尔斯顿:《哲学走向荒野》,吉林人民出版社2000年版,第19—20页。

教追求人类福祉与人对自然的责任等,都不同程度地渗透到英国浪漫主义诗学当中。随着科学技术的进步和工业化进程的加速,人类与自然环境的关系日益紧密,但两者之间的矛盾也越来越突出,特别是在进入 21 世纪环境危机已经成为全球无法回避的关乎人类生死存亡的大问题的背景下,用自然神论和生态批评相关理论对英国浪漫主义诗学进行重新解读具有重大的理论和现实意义。一方面,可以有效矫正英国浪漫主义诗歌传统批评中的偏颇,特别是对浪漫主义进行积极和消极定位的机械做法;另一方面,可以帮助读者进一步理解浪漫主义诗歌的丰富内涵,促使其对英国浪漫主义诗学重新进行理性思考和作出新的价值判断,领悟其所蕴含的自然生态思想,反思人与自然的关系、自然的价值和人对自然的责任。

自然神论融入了启蒙思想和人的理性,反对神启宗教,反对蒙昧主义和神秘主义,否定迷信盲从和超自然的"奇迹",认为上帝仅仅是"有智慧的意志",这是对中世纪以来传统基督教神学的巨大冲击和反叛,在很大程度上改变着人类认识世界、认识自然、宗教和人本身的思维范式。自然神论和泛神论是介乎有神论和无神论之间的两种世界观,两者都否认人格神的存在。"上帝死了,但在他死后他的位置仍在。人类想象中的上帝和诸神的所在,在这些假想消退之后,仍是一个阙如的空间。"①这个空间则最终由自然神论者和泛神论者予以填补。尽管自然神论侧重强调人类理性彻底取代神的启示和用理性解释神性,而泛神论信仰万物皆有神性,但两者的相似性和联系远远大于他们的区别。事实上,自然神论经过斯宾诺莎已转化为泛神论。泛神论本身属于自然神论,或者说它是自然神论在特定阶段的一种特殊呈现。自然神论的全部主张也当然包括"神泛化为自然万物,自然本身就是神"的观点。因此,在本章讨论的自然神论是指包

---

① 马泰·卡林内斯库:《现代性的五副面孔》,商务印书馆 2002 年版,第73 页。

含泛神论在内的自然神论。诞生于启蒙思想和工业革命大背景下的英国浪漫主义诗歌，一方面不可避免地浸透着自然神论的色彩，一方面浪漫主义诗人主动地将自然神论的某些观念作为指导思想运用于诗歌创作实践，因此，自然神论在诸多方面都影响着英国浪漫主义诗学的成长和发展。

首先，"回归自然"，实现人与自然和谐共生——自然神论对浪漫主义诗歌主题的影响。

18 世纪法国著名启蒙思想家和文学家卢梭首先提出"回归自然"的口号，并为后来的英国浪漫主义诗人所接受。这里的"自然"既指自然界，又指人和事物的本真和淳朴状态。在卢梭看来，科学和艺术助长了恶习，损伤了风化，玷污了德行，腐蚀了人性。他说："我们的灵魂是随着我们的科学和我们的艺术之臻于完善而越发腐败。""……随着科学与艺术的光芒在我们的地平线上升起，德行就消逝了。"①科学和艺术滋生了邪恶，压抑了人自由的天分，使人的不自由程度随着工业和科技文明程度的提高而加重。"他还进一步将文明与自然对立起来，认为人天生是善良的，是文明把人教坏了。所以卢梭推崇太古时代的淳朴景象，提出'回到自然去'的著名口号"②，以便使人回归到自然的本真状态。"卢梭由'回到自然'而掀起感性崇拜，提出自我表现，开浪漫主义风气之先，影响了 19 世纪初的浪漫主义文学，所以他又常常被称为'浪漫主义之父'。"③华兹华斯、柯尔律治、雪莱等浪漫主义诗人继承了卢梭"回归自然"的理念，并把外在的自然同人的内在自然本真状态结合起来，书写人与自然的和谐共生。自然神论者认为，上帝作为"造物之主"在完成一次性创作之后，便从自然界消隐了。他不再干预自然界的一切事物，而是让世界按照自

①　卢梭：《论科学与艺术》，何兆武译，商务印书馆 1963 年版，第 11 页。
②　朱志荣：《西方文论史》，北京大学出版社 2007 年版，第 137 页。
③　同上，第 137 页。

然法则自行运转，但他的智慧却体现在自然界的这种和谐与美的运动之中。因此，人无需直接去敬畏高高在上的上帝，而只需尊重和敬畏它的作品——自然，因为自然体现着创造者的全部神性，并且自然本身又是五彩斑斓、生动逼真的，充满了灵性和潜能。人作为自然中的一个物种，时时参与着自然的和谐共建，并与自然界中的万物和谐相处，共同体现着自然的灵性。这样的生存状态才符合人的本真状态，才符合自然。

在人类文学史上，歌颂自然风景的诗歌作品比比皆是，而只有英国浪漫主义诗歌把外在自然的神性和人的内在自然之本真完美地结合起来，把自然美和人性美结合起来，并将两种美统一于自然界的和谐。一方面，自然界因为人的真、善、美而更富灵性；另一方面，人本身就浸润在自然的无限神性中，从生机盎然的自然万物中感悟到造物主不朽的智慧。华兹华斯的诗歌作品是集自然美与人性美、智慧美与和谐美之大成者。在华兹华斯的自然观中，无论有生命或无生命的事物，无论人或自然，都互相联系在一个和谐的整体中，自然是连接神性与人性的桥梁。华兹华斯强调大自然与心灵的交融，着力表现自然景色对内心世界的感染与影响，把大自然视作"美"、"生命"和"理想境界"的象征，从中获得创作灵感并感悟人生真谛，透视生活本质。人性、自然、神性在诗人无边的爱心和敏锐的顿悟里达到了和谐统一。柯勒律治在对现实政治感到失望的情景下不仅在精神上投向自然的怀抱，从中获得了慰藉，感悟到上帝的存在，感受到自然神的宽容与伟大，而且在自然的神性中体会到了和谐的美、人性的美。这给了他足够的勇气和力量，使他充分认识到只有追求这一和谐美和人性美，人类的灵魂才能得以拯救，生活才能达到幸福。在诗作《古舟子咏》中，信天翁代表着神圣、高洁的自然神性力量。它紧随船行，表明自然对人类的呵护与爱，体现着一种和谐共生的原始理念。老水手无知地将其射杀，漠视了这种和谐，亵渎了自然的神圣，因此不可避免地遭到自然的惩罚。突然来临的风浪、恶劣的天气和船上两百多名水手的死亡，所有磨难都考验着老水手。"……／水呀，水呀，处处都是水，／泡得船板都起皱；水呀，水呀，处处都是水，／一滴也不能入口。／连海也腐烂了！哦，基督！／这魔境居然出现！／黏滑的爬虫爬进爬出，／爬满了黏滑的海面。／……"水手们"一个个砰然倒下，成了僵硬的尸堆"，老水手则奄奄一息、孤独如死。此时的大自然已经没有了当初的和谐与安宁。相反，它面目狰狞，充满了愤怒与痛苦，犹如一座神秘的、恐怖的炼狱。老水手经受着苦难、孤独与自责的煎熬。在这种苦难的煎熬中，他终于醒悟，认识到自然是善的，人应当祛恶趋善；而一旦违背了自然的意愿，亵渎了神圣，终归要遭到惩罚。后来他忏悔道："爱的泉水涌出我心头，／我不禁为他们祝福；／准是慈悲的天神可怜我，／我动了真情祷祝。"①这种真情的忏悔感动了自然的精灵，唤起了它固有的仁慈与怜悯之心，"此人虽行凶，却已知悔罪，／他还会忏悔不休"。由于他祝福了海中的水蛇，惩罚方才解除，并安全抵岸。在柯尔律治那里，自然是有神性的，人只有对自然心存敬畏和感激，幸福才能得以保证，因为人类的福祉是建立在人与自然和谐共生的基础之上的，谁破坏了这种和谐关系，谁就会受到惩罚。在柯尔律治的哲学观中，人与自然万物归于"太一"，即"万物一体，和谐共存"。所有单个生命都是构成"普遍生命"的组成部分，生命最普遍的规律就是"两极性，或曰自然中根本的二元性"：其一为"从普遍生命分离"，即个体化过程；其二为"回归普遍生命"，即所有生命体都被包容进了"普遍生命"。② 在他看来，生命不是静止之物，而是一种行动和过程，是联结两极对立势力的纽带。柯尔律治的生命理论论证了人与自然本质上的同一性。他主张人与自然的和谐，并认为在太初之时就原本存在这种和谐，只是自原始堕落之后，

① 华兹华斯、柯尔律治：《华兹华斯、柯尔律治诗选》，第305页。
② 蒋显璟：《生命哲学与诗歌——浅谈柯尔律治的诗歌理论》，《外国文学评论》1993年第2期。

人与自然日渐疏远,于是陷入了无尽的劫难。柯勒律治的这些看法事实上与英国其他浪漫主义诗人不谋而合。工业化与科技的进步把理性推到至高无上的地位,而人的情感则被严重贬低。宗教与神学逐渐被边缘化,想象的空间被大大压缩,人性也越来越为物欲和机械所异化。因此要用情感来平衡理性,就必须复归到人与自然的和谐状态,达到人性美与自然美的和谐统一。

这种人与自然和谐统一的理念几乎包含于每一位英国浪漫主义诗人的情怀之中。他们都对祖国的气势雄伟的山川湖泊、宁静安详的乡村田野以及惊涛拍岸、浩瀚无垠的大海怀有深厚的情感,并用他们诗人特有的敏锐和艺术家的画笔将这一切描绘成一幅幅色彩斑斓的美丽画卷。但英国浪漫主义诗人对自然的热爱不同于一般流连于山水风情的世俗文人。他们把自然与人性相联系(在英语中,nature一词既指"自然"又指"本性",事实上两者在浪漫主义诗人眼里是高度统一的),对人与自然的关系进行了深入严肃的思考。这其中涉及人与自然的信仰关系、价值关系、道德关系、审美关系等。一方面,人通过对自然的尊重与敬畏,通过对自然万物所包含的神性的感悟,通过与自然感官上的直接对话与交流,实现灵魂的净化和人性的复归,使人摆脱工业文明和科学理性对灵魂的压抑和扭曲,回归到原初自然本真状态,恢复人的童心与淳朴,恢复人的睿智与敏感,恢复原有的想象力和同情心;另一方面,自然在经过了人对它的信仰和态度的转变后,可以避免因人类的狂妄和无知所带来的厄运,更加充分地展现自然所固有的温和与包容、丰富与和谐,更加充分体现造物主的智慧和自然的灵性,从而给人以精神上的启发和慰藉。经过法国大革命的洗礼的英国湖畔诗人认识到,"暴力革命只能引起社会的更大的混乱和道德危机,只有在人们的精神世界中进行改造,才能使人们被法国大革命所搞乱了的人性得以恢复,而人性的最高标准并不是通过人类理性来获得,而是蕴涵在神秘美丽的大自然中,唯有自然才是人性的最高标准和最终归属"①。事实上，单纯把湖畔诗人理解为消极浪漫主义者，认为他们沉湎到山水风景中去寻求自我安慰的观点是失之公允的。他们不是逃避社会现实，而是认识到革命的暴力无济于事，人类社会的进步依靠的不是法国暴力革命式的政治手段，也不是英国工业革命式的经济手段，而是重建人类审美价值体系的精神手段。这种终极审美价值体系正是来源于人类共同的精神家园——自然，即自在自然与人性自然的统一。只有当人类认识到这一点并为之毫不吝惜地献出自己的全部想象力和情感的时候，才能享受到人与自然的和谐共生，也才能体会到这一精神家园的真正价值和实现人类的终极审美。

第二，万物灵性论——自然神论赋予英国浪漫主义诗歌的完美色调。

英国浪漫主义诗人绝大多数都把自然作为诗歌创作的永恒主题，把对自然深厚的感情作为诗歌创作的主导思想，并贯穿于他们整个创作生涯中。对诗人来说，自然并非仅限于人的感官所接收到的山水花草、飞禽走兽以及大海的波涛汹涌、林中的百鸟争鸣。更重要的是，大自然拥有崇高、伟大、真诚、质朴、慈爱、包容的特性，这些特性不是人类通过主观强加所赋予的，而是源于自然本身所具有的灵性。这种灵性不是来自于基督教宣扬的人格神的启示和恩泽，而是自然万物的自在呈现，它完全可以被人所感受和领悟，只要人能主动地贴近它，虔诚地善待它。人可以通过与自然融为一体而为自然的灵性所感化，使自身也带上灵性，最终达到人与自然万物的和谐共生，实现"人类诗意地栖息"。早在古希腊，万物有灵论就已经为人们广泛接受，而且古希腊人从对自然的观察与探究中深深地领悟到了人与自然的和谐统一。这恰与中国古代"天人合一"的自然观不谋而

---

① 高伟光：《英国浪漫主义的乌托邦情结》，北京师范大学博士论文，2004年5月，第33页。

合。在自然神论者看来,世间万物统一于"太一",即同一的宇宙精神,一种造物主的高智慧。造物主在完成一次性创作后便隐退幕后,不再干涉自然界的具体事务,而是令自然依托自身有机体的内在机制运转,并受统一的宇宙精神的感召,使自然界万物均能分享这一精神,并呈现造物主的神性。这一思想不同程度地体现在"湖畔诗人"华兹华斯、柯尔律治、骚塞以及青年诗人雪莱、拜伦、济慈等人的思想和作品当中。

丹麦批评家勃兰兑斯(Georg Morris Cohen Brandes)曾说:"英国诗人全部都是大自然的观察者、爱好者和崇拜者。"[①]他们感觉敏锐,体验深刻,并且能领悟到渗透在自然界当中的一股强大精神,而这股精神又赋予了浪漫主义者一种"独特的宗教情感"。在浪漫主义诗人华兹华斯眼里,大自然是"上帝在世间留下的神圣碎片",其中蕴含着"无所不在的宇宙精神和智慧"(《自然景物的影响》)。无论是壮观的山川河流,还是幽深的松林灌木;无论是凶猛的豺狼虎豹,还是弱小的花鸟虫鱼,都分享着这份神圣和智慧。柯勒律治在其诗歌中也表达了"上帝与自然合一"的观点,在《致自然》中,宣称上帝蕴涵于自然之中,自然是唯一上帝。对自然的敬畏便是对神的虔诚。因此,可以说不是单纯的自然界客体,而是自然身上所呈现的灵性赋予了英国浪漫主义诗人以创作灵感。

工业革命以来,随着科学和理性不断排挤着神学原有的地盘,社会生活的"世俗化"严重冲击着教会,上帝隐退了。但是"世俗主义并不意味着宗教狂热的衰落,它仅仅意味着宗教的虔诚已从一种对象转向另一种对象——从超验的对象转向完全尘世的对象"[②]。因此,

---

① 勃兰兑斯:《19世纪文学主流》第4册,人民文学出版社1984年版,第5页。

② 大卫·雷·格里芬:《导言:后现代精神和社会》,载大卫·雷·格里芬主编:《后现代精神》,王成兵译,中央编译出版社1998年版,第7页。

浪漫主义诗人并非彻底转向无神论,丢弃了对神的信仰,而是他们所信仰的神已不再是传统基督教教义中人格化的上帝,而是渗透到自然当中,又为自然所反映的自然的神。它表现为自然万物的灵性。尤其在斯宾诺莎看来,神已经泛化为自然万物,大自然本身就是上帝,实体就是神。所有独立的实体都是有生命的,每一个有形体的事物的观念就是它的灵魂。所有的精神活动和物质活动都是自然的一部分,都是神的一部分。雪莱曾一度把上帝看成"一个温文尔雅、高贵威严的人,他临危不惧,处变不惊,有着自然、朴素的思想习惯,深受其信徒的爱戴与崇拜"①。但他并非全面吸收基督教的思想,而是将其重新阐释为一种世俗化、人性化的思想体系和价值观念。上帝所有的自然、朴素的美德全部渗透到自然界中,渗透到自然万物当中,使世界上任何一种存在物都完整地体现着这种美德,并深深地感染着人,净化着人的灵魂。

　　万物有灵性,这是英国浪漫主义诗学所包含的思想中最富有魅力的特征。同时也说明了诗人热爱自然、拥抱自然、歌颂自然,绝不是流连于自然风光,沉湎于山水风情,更不能被简单地理解为因逃避社会现实的冷酷被迫到自然中寻求心灵的安慰。事实上,英国浪漫主义诗人是从自然中发现了理性主义所摒弃的整个社会视而不见的最重要的因素,那就是自然的灵性。因为自然万物是"神圣的碎片",那么这些"碎片"当中所蕴含的灵性则是相通的,人类作为自然界中平等的一员理应分享这一灵性,从而真正和自然融为一体,找回失落的精神家园。万物的灵性是生命的色调,是智慧的色调。正是自然神论赋予了英国浪漫主义诗学自然观这一完美的色调,使理性时代人类灰色的精神世界再次变得五彩斑斓。

　　再次,理性主义和浪漫情怀的整合——自然神论对浪漫主义诗歌理念的特殊贡献。

---

　　①　江枫:《论基督教》,《雪莱全集》(5),河北教育出版社 2000 年版,第 305 页。

工业革命带来的科学技术和启蒙运动带来的理性主义相互促进，相互渗透，并进一步融合成科学理性。科学理性以严密的科学为研究基础，以冷静的理性为思维方式，绝对排斥激情与灵感，压抑个性与想象力，使宗教与神学边缘化。理性的推进与宗教的缩退成为不可避免的趋势。而18—19世纪兴起的英国浪漫主义思潮所倡导的，正是理性主义所压抑和遏制的。他们提倡"个人情感的自然流露"，崇尚灵感与想象力，认为人可以通过亲近自然直接感悟万物之灵性和神的存在。因此，理性主义和浪漫情怀格格不入，甚至针锋相对。但正是自然神论解决了这一难题，从两者的对立中寻求到统一，实现了对立双方的整合，拓展了浪漫主义诗学的新视野。无可否认，工业文明污染了环境，压抑了人性，造成了人与自然的二元对立。启蒙运动所带来的强势理性主义又加剧着人类的贪欲和对自然的傲慢，人与自然的不和谐程度越来越深。面对这一切，英国浪漫主义诗人顶住了强大的压力，以高度的历史责任感和超人的远见，开始了人类审美真理的探讨，开始了他们对人与自然关系的严肃思考。浪漫主义诗歌所迈出的每一步都包含了情感对理性极端化的矫正，这其中起到关键促进作用的则是自然神论。

从英国工业革命以来的历史事实来看，纯粹依靠科学和理性来推动社会发展和人类进步，寻求一种形而上的抽象自由，并不能真正给人类带来福祉。相反，科学和理性本身所固有的缺陷则可能把人类引向罪恶的渊薮和痛苦的绝境。工业化和城市化道路所造成的能源过度开采、自然环境破坏、大气和水体污染以及疾病肆虐等灾难，严重威胁着人类的生命健康，恶化了人类的生存条件。大批农民失去土地，城市失业所带来的沉重生存压力又加深了平民百姓的苦难和不自由，也严重侵蚀着他们的精神世界。原有的宗教信仰被科学和理性所颠覆，新的价值体系和精神信仰又没有确立起来，因此出现了前所未有的价值真空和信仰危机。这就加重了人们的精神负担，使他们失去了精神家园，一时没有了安全感。"荷尔德林就曾深刻地指出:总使一个国家变成人间地狱的东西,恰恰就是人们试图将其变成天堂。对现实的怀疑、对未来的担忧使人们陷入深刻的迷茫中。这种精神上的创伤表明用政治手段是不能得到彻底解决的,而必须深入到人性领域,通过审美的观照来重建人们的精神家园,以此来弥补政治的衰弱所造成的价值真空。正是在这个意义上,英国浪漫主义者突破了英国启蒙思想家的社会进化观和改良观,打破了它与英国启蒙时期的暂时妥协,以浪漫主义的新形式取代了启蒙运动的理性乌托邦的局限,从而为 18 世纪理性所造成的精神荒原建起了一个新的审美的精神家园。"①

　　然而强调情感、个体和想象的英国浪漫主义并非要全盘否定科学和理性,不是从一个极端迅速滑向另一个极端,而是对压倒一切的理性主义进行了批判的吸收和改造。它祛除了理性主义机械、冰冷、抹杀个性和情感等弊病,在理性主义的基础上开拓了全新的视阈,更加注重人性、价值、理想、审美和情感。之所以需要这种大幅度的矫正,是由于启蒙运动所倡导的理性原则本身已经走向了一个危险的极端:理性主义上升为整个社会的统治思想和价值尺度,成为衡量一切的绝对标准,压抑了一切不同的声音,也抛弃了欧洲几千年的宗教信仰和审美观念,严重地扼杀了人性,形成了理性霸权。有人说:"在英国的经济和社会革命中,中产阶级改革者似乎把人性的婴孩连同过时的社会和政治的洗澡水一起倒掉了。"②这正是对启蒙时代理性霸权的生动写照。英国浪漫主义就是要消除这种理性霸权,打破它在人类思想领域一统天下的局面,将传统信仰与现代的审美、个人理想与时代精神融合进去。它"不是仅仅反对或推翻启蒙时代的新古典主义的理性,而是力求扩大它的视野,并凭借返回一种更为宽广的

---

　　①　高伟光:《英国浪漫主义的乌托邦情结》,北京师范大学博士论文,2004年 5 月,第 16 页。

　　②　科伦编:《英国浪漫主义》,上海外语教育出版社 2001 年版,第 67 页。

传统——既是民族的、大众的、中古的和原始的传统，也是现代的、文明的和理性的传统，来弥补它的缺陷。就其整体而言，浪漫主义既珍视理性，珍视希腊罗马的遗产，也珍视中世纪的遗产；既珍视宗教，也珍视科学；既珍视形式的严谨，也珍视内容的要求；既珍视现实，也珍视理想；既珍视个人，也珍视集体；既珍视秩序，也珍视自由；既珍视人，也珍视自然。"①英国浪漫主义对启蒙理性的扬弃和拓展，充分展示了人类精神世界的丰富性和多样性。浪漫主义情怀不仅开拓了理性主义视而不见的广阔视野，重新复归了压抑的人性和被忽略的终极审美，而且充分显示了自身宽广的包容性和旺盛的生命力。

值得重视的是，浪漫情怀对理性主义的历史性矫正恰恰是建立在一个理性与神性的契合点上，这便是自然神论。上文提到，自然神论是介乎有神论与无神论之间的世界观。正是这种过渡性决定了它的兼容性与协调性。一方面，自然神论同理性主义一样，坚决反对传统基督教教义，尤其是人格神的存在。在马克思看来，它不过是摆脱宗教束缚的一种简易方法，在"科学理性尚未壮大得足以与宗教信仰正面抗衡（时），……借助上帝的权威来为理性开道"②。而且，自然神论把宗教信仰直接建立在自然理性的基础之上，并用自然科学和经验主义为自己辩护，这就决定了它从一开始就与科学理性主义有着千丝万缕的联系。另一方面，自然神论又不同于科学理性，因为后者把理性作为人的全部信仰和社会进步的唯一尺度，而自然神论毕竟没有彻底抛弃宗教信仰；相反，自然神论倡导一种全新的宗教，即自然宗教。同时，自然神论也没有否认神性的存在，尽管这个神已不再是人格化了的上帝，而是隐藏在和谐统一的自然有机体背后的伟大神性智慧，并且这种神性智慧在创造了世间万物的协调美之后，

---

① 雅克·巴尔松：《柏辽兹与浪漫世纪》第 1 卷，第 379 页，转引自高伟光：《英国浪漫主义的乌托邦情结》，北京师范大学博士论文，2004 年 5 月，第 17 页。

② 赵林：《英国自然神论初探》，《世界哲学》2004 第 5 期，第 93 页。

悄然隐退或将自身泛化到万物之中,让自然体现这种智慧和灵性。它反对迷信和盲目崇拜,但绝不泯灭自然万物之神性和人的灵性,绝不剥夺人类美好的精神家园。这一切却恰恰是科学理性所不容许的,但又是人类赖以生存所必需的精神食粮,是浪漫主义诗人为之奔走呼吁并誓死维护的根本价值所在。可见,正是自然神论在理性主义和浪漫情怀这对矛盾中间起到了关键的调和作用,对两者的思想内涵进行了关键性的整合。它使得英国浪漫主义得以在科学理性统治的大背景下,与传统信仰重构某种联系,与现代人文思想进行新的融合,最终解放了被理性所压抑的人性,复归了人类的精神家园。这是自然神论对浪漫主义,乃至对整个人类社会进步和人类精神价值的提升所作出的一份特殊贡献。

第四,生态伦理与终极关怀——自然神论对浪漫主义诗歌创作的价值导向。

著名思想家、哲学家洛克曾论证了宗教的第一要务在于道德;廷德尔强调宗教的目的在于搭建社会道德体系;自然神论作为一种自然宗教也必然包含其道德内涵,力图构建一种道德体系,以促进人类福祉。和传统宗教教义所倡导的道德原则不同,自然神论并非以原罪说或因果报应说对教徒形成一种强大的威慑,敦促人们祛恶向善,敬畏上帝,维护宗教权威和宗教统治秩序;相反,它提倡人们通过理性思考和切身感受去领悟自然的神圣、万物的灵性和生命的真谛。人类只有将自身看作自然的有机组成部分,自觉回归自然,亲近自然,与自然和谐共生,才能深深体会到自然的博爱与宽容、神圣与和谐,才能醒悟到人类傲视自然、狂妄自大甚至肆意破坏自然的做法是多么愚顽卑劣。人类在享受这种自然美、和谐美、生态美的同时,应该自觉摒弃人类中心论和自然工具论等错误观念,应当敬畏自然,敬畏生命,自觉承担起对自然相应的道德责任。罗尔斯顿认为:"一个人,只有当他获得了关于自然的观念时,他的教育才算完成;一种伦理学,只有当它对动物、植物、大地和生态系统给予了某种恰当的尊重时，它才是完整的。"①史韦兹从生态整体观出发，提出了敬畏生命的伦理。他认为，人类的道德责任和同情心"不仅仅涉及人，而且也包括一切生命，那就是具有真正深度和广度"的伦理。② 因此，自然神论所倡导的道德是指人类在整个自然界范围内的更广泛、更深远、更高层次上的道德，是一种超越传统狭隘人类中心主义束缚的宏观道德。

正是由于一贯倡导和谐自然观、生态整体观以及人对自然的责任，自然神论最终通过浪漫主义诗学与生态伦理走向了融合。在浪漫主义者眼中，自然是一个有机统一的整体，这种统一性突出体现在万物灵性论上。同时，整体观冲击着新古典主义唯科学理性是尊的机械论，从而以有机论取代了机械论，开辟了整体思维的新境界。卡洛琳·麦茜特（Carolyn Merchant）在《自然之死》（*The Death of Nature*）一书中写道："19 世纪早期的浪漫主义反对科学革命和启蒙运动的机械论，回到有机论思想，认为一种有生命力的、有活力的基质把整个造物结合在一起。"③因此，敬畏生命，不仅限于尊重单个生命个体，也不是仅限于人类生命，而是应当扩展到整个生命基质。在史韦兹看来，作为具有较高智慧和思辨能力的人，应该"敬畏每一个想生存下去的生命，如敬畏自己的生命一样；体验其他的生命，如体验自己的生命一样。他接受生命之善：维持生命，改善生命，培养其所能发展的最大潜能；同时也认识生命之恶：毁灭生命，伤害生命，压

---

① 霍尔姆斯·罗尔斯顿：《环境伦理学》，中国社会科学出版社 2000 年版，第 261 页。

② 史韦兹：《敬畏生命》，陈泽环译，上海社会科学院出版社 1996 年版，第 23 页。

③ 卡洛琳·麦茜特：《自然之死》，吴国盛等译，吉林人民出版社 1999 年版，第 111 页。

制生命发展。这是绝对根本的道德准则"①。依托"敬畏生命"的伦理，他为人类指明了一种崭新的幸福观："我们不仅与人，而且与一切存在于我们范围之内的生物发生联系，与宇宙建立了一种精神关系"，这样"以我们本身所能行的善，共同体验我们周围的幸福……保存生命，这是唯一的幸福"②。对大地伦理思想作出巨大贡献的利奥波德（Aldo Leopold）在《沙乡年鉴》（*Sand County Almanac*，1949）一书中，明确推出了生态整体观的价值判断标准，即"当一个事物有助于保护生物共同体的和谐、稳定和美丽的时候，它就是正确的；当它走向反面时，就是错误的"③。罗尔斯顿继承了利奥波德的大地伦理思想，提出了把生态系统整体利益作为最高利益的生态整体主义思想。他坚持运用系统思维和整体思维，把系统整体利益放在至高无上的位置上，来通盘考察系统与要素以及要素之间的关系，具体说，也就是自然与万物的关系以及万物之间的关系。其中，人又是自然万物中的一分子。作为宇宙生态系统内部的一个生命存在物，人类应该拥有一种博爱精神，而且"今后的任务就在于扩大悲悯的情怀，去拥抱自然万物"④。这种怜悯与博爱不是被迫的，应该来自于人类内在的善，这一方面符合人类的本质（nature），另一方面，也符合自然（nature）。自然与人类之间亦是典型的系统与要素之间的关系，系统特性要在要素身上体现出来。那么，自然生态系统的宽广与博爱精神也必然应体现在人类身上，构成人不可或缺的特质。相反，

---

①　Schweitzer. *Out of My Life and Thought*, trans. Lemke, A. B., Henry Holt and Company Publishers, 1990, p. 130.

②　史韦兹：《敬畏生命》，陈泽环译，上海社会科学院出版社1996年版，第10、23页。

③　利奥波德：《沙乡年鉴》，侯文蕙译，吉林人民出版社1997年版，第213页。

④　Tyson, Wynne. *The Extended Circle*, New York：Paragon House, 1989，p. 76.

如果人类拒绝这种特质，则意味着要放弃自身作为自然系统要素的身份，即自动与系统脱离。工业化时代人类的孤傲与短见令自身陷入了相当孤立的境地，没有了自然生态系统的关照，没有了大地母亲的呵护。这种境地将使得人类的命运受到空前的威胁。一个不能与系统共生的要素何以自保，一个刚刚出世就自己割断脐带并用刀对准母亲的婴儿何以生存？人类的幼稚如不经教导和反思必然会酿成更大的悲剧。自然的慷慨决定了它不可能剥夺人类为改善基本生存条件而利用自然资源的权利，只是要限制人类无限的贪欲。恩格斯曾在《自然辩证法》中警告人类："我们必须在每一步都记住：我们统治自然界，决不像征服者统治异民族那样，决不同于站在自然以外的某一个人——相反，我们连同肉、血和脑都是属于自然界并存在于其中的。"①"我们不要过分陶醉于我们人类对自然界的胜利。对于每一次这样的胜利，自然界都对我们进行报复。"②事实上，这种报复绝不是自然出于本身的狭隘和对人类的敌视，而是一种痛苦自卫和对人类无言的规劝。因为人类应该懂得，当生态系统整体受到威胁时，"没有一个个体能够获救，除非全体都得救"③，"环境并非我们之外的景物，一旦我们污染了空气、水源和土壤，我们实际上就是在毒害我们自己，因为我们自己已经无可避免地被包括在一个更大的生物圈当中，那圈里发生的一切，圈内所有物种都不能摆脱影响。"④面对工业化对自然的和谐与诗意的生存造成的严重破坏，面对人类欲望无限膨胀导致的自然资源枯竭和生态系统紊乱，面对理性主义和机

---

① 恩格斯：《自然辩证法》，于光远等译，人民出版社 1984 年版，第 305 页。

② 同上，第 304 页。

③ Devall, Bill & George Sessions. *Deep Ecology：Living as if Nature Mattered*, Peregrine Smith Books, 1985, p. 67.

④ Seed, John. *Thinking Like a Mountain*, Philadelphia：New Society Publishers, 1988, p. 10.

械主义对人的灵魂和美好天性的扼杀,面对物欲横流和环境恶化导致的人类精神家园丧失,华兹华斯、柯尔律治、拜伦、雪莱、济慈等伟大诗人并没有无动于衷,而是拿起手中的笔,通过诗歌创作,主动承担起自然生态与人类灵魂的守护神应当承担的历史使命。他们为批驳科学理性和工业革命带来的人类中心主义,捍卫自然生态和谐,拯救人类美好天性,复归人类失却的精神家园,吹响了浪漫主义的号角。

　　自然是英国浪漫主义诗歌创作的主题,因此谈英国浪漫主义就不可能脱离自然万物和生态环境。而在英国文学批评史上最早将"浪漫主义"与"生态学"正式联系在一起的则是乔纳·贝特的《浪漫主义生态学》(*Romantic Ecology*)一书。此前,上个世纪70年代批评家雷蒙德·威廉姆斯(Raymond Williams)的《乡村与城市》(*The Country and the City*)一书也已经涉及生态与文学的结合问题。但要挖掘英国浪漫主义诗学所蕴含的自然和生态价值,则必须从探讨生态伦理学开始。美国生态伦理学专家罗尔斯顿(H. Rolsdon)提出了自然价值论生态伦理学体系,把维护生态系统稳定和动态平衡以及保护物种的多样性作为根本价值判断标准。他在《哲学走向荒野》一书中明确阐述了自然的价值,包括"工具价值"和"内在价值"。其中内在价值是指自然"所固有的价值,不需要以人类作为参照"①。也就是说,自然是一个自组织系统,可以完全按照自身的内在规律和机制实现生存和演化,无需人类认识和实践的干扰而维护自身平衡与和谐。这表现在自然界本身具有"创造性"、"主体性"和"目的性"三大属性。② 罗尔斯顿认为自然荒野相对于短暂的人类文明史来说,是一个在漫长的自然历史长河中不断发展、不断完善的古老生态

---

① 霍尔姆斯·罗尔斯顿:《哲学走向荒野》,吉林人民出版社2000年版,第189页。

② 陈其荣:《自然哲学》,复旦大学出版社2005年版,230—233页。

系统。它是自然界中一切存在物、一切生命的母体,更是人类社会的母体,是一切价值的源泉。很明显,人类社会依存于荒野自然界而不是自然界依托人类社会而存在:没有了自然,人类将消亡,但是在人类诞生之前的漫长岁月里,自在自然始终以荒野形态存在和发展着,并将不依赖于人类社会继续存在下去。因此,西方文明中的传统人类中心论和自然工具论无疑是一种掩耳盗铃、自欺欺人的理论。罗尔斯顿适时抛出他的"哲学走向荒野"的观点,就是要惊醒沉睡在人类中心主义美梦中那些孤芳自赏、自鸣得意的人们,使他们从荒诞的思想束缚中解脱出来,以便正确认识自然的价值、荒野的价值以及人类自身在自然界中定位。18—19 世纪的英国浪漫主义诗人虽没有建立起生态伦理的理论体系,但较早地认识到了自然的价值,认识到了自然在时空上相对人类社会来说更具漫长性与广博性以及自然界始终渗透着的灵性和智慧。人类在伟大的自然面前只不过是少不更世的顽童。它只有回归自然,敬畏自然,虔诚地善待自然,向自然学习,投向自然的怀抱,才能体会到自然的博大、宽广和无穷的魅力,才能感受到人与自然的和谐关系,并从自然界获得幸福和力量。同时,人也只有在与自然的和谐共生中才能找回到作为人的尊严,保持纯洁的心灵,与压抑人性的工业化和理性主义抗争。英国浪漫主义诗人用诗歌表达了这份心境,表达了对自然的爱和回归自然的强烈愿望。华兹华斯在《丁登寺》一诗中,唱响了他亲近自然、敬畏自然、与自然身心交融的浪漫情怀。

华兹华斯在与自然的交流中深切感受到了自然的灵性和智慧,认识到只有回归自然母体,才能获得心灵的动力和精神的慰藉,才能与自然融为一体。他认识到近代以来,工业革命导致了精神污染和人性异化,科学理性又抹杀了人的正常情感,人类越来越满足于科学技术带来的便利,相信它的巨大潜力,却与自然发生了严重偏离。而且人在世俗和理性中生存得越久就越远离自然状态,只有孩童是最接近自然淳朴状态的,于是华兹华斯捕捉到了孩童身上特有的禀赋,呼吁成人应该向儿童学习,复归人的自然天性。

对于英国浪漫主义诗人,特别是长期隐居中西部湖区的"湖畔诗人"来说,回归自然是他们永恒的呼声。自然之于他们不仅是心灵的驿站,更是精神和力量的源泉。世俗的创伤可以在自然中得到疗养。同时,他们还可以在这里净化沾染了尘世污浊的灵魂,重新获得抗争的勇气和动力。另外,他们能自觉从生态整体主义的视角来审视自然万物和人类的活动,具有强烈的历史责任感。华兹华斯认为,"健康的生态系统是保持了平衡的生态系统。……丁登寺下游几英里处的铁厂破坏了那里的生态平衡,污染了美丽的瓦伊河;而上游几英里处的小农经济区则没有扰乱生态系统",这里自然生态环境恬淡而优美,即使有"朴素的嘈杂",亦"无碍绿色荒野的景观"。① 在他看来,自觉保护荒野自然、维护生态平衡是保护包括全人类在内的地球生物圈这一永久栖息地,也是维护人类的精神家园。雏菊能使人"在困难的时候不丧失希望",水仙能"把孤寂的我带进天堂"。华兹华斯的这些思想与若干年后罗尔斯顿在《哲学走向荒野》中提出的自然价值论在某些方面不谋而合。双方都清醒地认识到了自然的"生命价值"、"生命支撑价值"、"审美价值"、"精神价值"以及固有的"内在价值"。

浪漫主义诗人这种生态整体意识和保护自然生态的强烈使命感深深地体现在他们的思想和作品当中。他们在用诗歌歌颂自然生态美的同时,也以犀利的笔锋直戳工业文明和理性主义破坏自然的卑劣行径,批判人类中心主义荒诞与自私。对于人类因欲望膨胀和自私狂妄对自然所犯下的罪过,他们决不姑息,而是直抒胸臆,一针见血,同时文笔中渗透着辛酸与悲愤。这从华兹华斯《伦敦,1802》诗句中可略见一斑。"大自然和书本中的壮观美妙,现在/不能使人快乐。

① Bate, Jonathan. *The Song of the Earth*, Cambridge: Harvard University Press, 2000, pp. 145-146.

抢夺、贪婪、挥霍/成了我们敬佩和崇拜的偶像;/不再有简朴的生活和高雅的思想;/源自优良的古老传统的朴素美已经/逝去,不再有平和宁静和心怀敬畏的单纯,/不再有体现于日常法则中的纯粹的宗教信仰。"①同样,在《伦敦》(London)一诗中,威廉·布莱克写道:"我徘徊在每一条专利经营的街道上,/专利经营的泰晤士河就在近旁流过。/我注意到我所遇见的每一张面庞,/都呈现羸弱的标志,痛苦的折磨……"②这些渗透着人类最痛切的情感的诗句真实地展现了人类的虚妄和邪恶给自然和人世间带来的无尽苦难。这是出自有强烈历史责任感和社会责任感的伟大诗人的良知,而绝不仅仅是无病呻吟或闲情雅致。因此,传统批评认为英国浪漫主义诗歌只是一些文人消极避世、到自然中寻求慰藉的产物未免过于肤浅。浪漫主义诗歌是严肃的诗歌,是用诗人的良心、用他们对自然的爱和对人类的爱塑造出的文学艺术精品。他们的作品运用的是自然书写的大手笔,凝聚着诗人对生命和价值、对人类精神家园复归的终极关怀。

第五,理性思考与想象空间——自然神论对浪漫主义诗歌创作的指导。

启蒙运动以来所倡导的理性崇尚科学精神和逻辑推理,从一开始就排斥情感和想象。建立在情感和想象基础上的浪漫主义诗歌也横遭贬斥,物理学家牛顿把诗歌鞭笞为"一种机智的胡说八道"③,皮考克则认为浪漫主义诗歌在理性时代根本不合时宜,无视诗歌存在的价值,强使情感和想象服从理性与科学。而唯独在具有理性主义

---

① Williams, Oscar. *The Golden Treasury of the Best Songs and Lyrical Poems*, The New American Literary of World Literature, Inc., p. 175. 转引自王诺:《欧美生态文学》,北京大学出版社 2003 年版,第 204 页。

② William Black, *Romantic Poetry*, Selected by Paul Driver, Published by the Penguin Books Ltd, London, England, 1996, pp. 13-14.

③ M. H. 艾布拉姆斯:《镜与灯》,中国社会科学出版社 1991 年版,第 479—480 页。

神学之称的自然神论那里,科学理性和情感、想象、信仰、宗教达成了某种妥协,实现了特定情境下的兼容。前文论述过,浪漫主义通过自然神论实现了对理性主义和浪漫情怀的整合。浪漫主义虽强调情感、个体和想象,但并没有对18世纪以来的科学和理性进行全盘否定,而是对其进行了批判和改造,祛除了理性主义机械、冰冷、抹杀个性和情感等弊病,在吸收科学理性合理成分的基础上更加注重人性、价值、审美和情感。而这些富有人文气息的浪漫主义要素又断然离不开想象和想象力。事实上,对于浪漫主义者来说,想象力意味着艺术的生命力。没有了想象,就没有了艺术创造和审美的源泉,浪漫主义也便成了无本之木。诗歌艺术虽然与科学理性不同,但"它们并无绝对的鸿沟,而且优秀的诗篇既包含着情感的成分,又包含理性的成分。诗人的创造活动包含着人的整个灵魂的活动,科学的创造也是灵魂的全部创造活动的组成部分"[①]。因此,英国浪漫主义诗人依托对维护自然生态系统完整性的强烈使命感和对人类命运与前途的理性思考,运用丰富的想象力和创作激情,把对生命和自然的终极关怀完美地融入他们伟大的诗篇当中。

　　自然神论虽然坚持以理性解释宗教和信仰问题,但并不抑制人的想象力。相反,它认为人只有通过切身体验自然和开发想象思维才能领悟到自然背后的神性。因为在自然神论者看来,自然不单是客观的存在物,而是具有灵性的实体,这种灵性需要人运用智慧和想象去把握,理性推理却捕捉不到它。在浪漫主义诗歌的创作中,感悟自然的灵性只是创作的第一步,而要把这种感悟和体验用诗的语言表达出来,同样需要想象的参与。因此,浪漫主义诗学无法脱离想象。英国浪漫主义诗人还对"想象"和"幻想"作了严格的区分。他们认为,幻想属于一种较低层次的、机械的思维活动,它"并不要求其所

---

　　① 高伟光:《英国浪漫主义的乌托邦情结》,北京师范大学博士论文,2004年5月,第22页。

使用的材料,由于幻想的接触,能产生组织上的变化。若材料容纳修改,修改只需是轻微的、局部的与短暂的,便满足幻想的要求了"①柯尔律治曾说,幻想的"活动的对象只限于固定不变的东西。事实上,幻想只不过是从时间和空间世界里解放出来的一种回忆,再加上意志与经验的渗入,并给以选择和修改"②。可见,幻想仅限于对已有的素材或质料进行简单的机械性加工整理,基本不涉及创造性。而"想象"则不同,它是在对原有素材进行搜集和整理的基础上进行的再创造活动,涉及高度抽象、再现、联想、整合,甚至瞬间灵感、顿悟等高级思维活动。它不仅能以艺术的形式再现素材原型,而且能创造出全新的精神产品。

想象力源于人的灵感和内在创作冲动,华兹华斯在《抒情歌谣集》(*Lyrical Ballads*,1798)序言中,强调"诗是人类情感的自然流露",这就表明想象具有自发创造性。柯尔律治将想象分为两个层次,"第一位的想象是一切人类知觉的活力与原动力,是无限的我存在中的永恒的存在活动在有限的心灵的重演。第二位的想象……是第一位想象的回声,它与自觉的意志共存,然而它的功用在性质上还是与第一位的想象相同的,只有在程度上和发挥作用的方式上与它有所不同。它熔化、分解、分散,为了再创造;……它本质上是充满活力的……"③就艺术创作活动来说,"想象"远比"幻想"起的作用大,因为前者侧重的是创造性。事实上,两者的区别从美学理论上讲,属于有机论和机械论美学范畴的区分,而浪漫主义诗学是建立在有机论美学创作观基础上的。因此,华兹华斯早就认识到浪漫主义诗歌创作的原动力不是"幻想",而是"想象"。只是在理性时代,理性压倒

① 卫姆塞特等:《西洋文学批评史》,中国人民大学出版社1987年版,第355页。

② 伍蠡甫:《西方文论选》下卷,上海译文出版社1979年版,第33页。

③ 刘若端:《19世纪英国诗人论诗》,人民文学出版社1984年版,第61页。

一切,诗人的想象力受到严重压抑,无法得以施展。因此浪漫主义诗人竭力突破这种束缚,解放被压抑的人性,使得想象力和艺术创造力得以发挥。

第三节　英国浪漫主义诗歌本质论

一、回归自然——重返人类精神家园

在人类社会发展史上,"回归自然"与"征服自然"历来是人类在对待自然问题上两种截然相反的态度。"从西方文学传统来看,古希腊—罗马文学传统和古希伯来—基督教文学传统都体现出这种内在的分裂。在古希腊—罗马文学中,既有《奥德赛》式的征服自然的英雄凯歌,也有阿卡狄亚式的返归自然的田园牧歌;既有对大地之母盖娅的感恩,也有对文明英雄普罗米修斯的歌颂;既有对上古黄金时代的追忆,也有对帝国未来荣光的坚信。而古希伯来—基督教文学中,既有已经失去的伊甸,也有未来的新天新地;既有神创造的世界,也有人创造的挪亚方舟和巴别塔;既有'你来自尘土,必归于尘土'的审判,也有替神管理世界的神圣使命。乐观与悲观、进取与保守、自信与自卑,人类始终在两种心态间徘徊反复。"①在人类与自然的长期接触和相互作用中,这两种态度此消彼长,相互对立又相互交织。在漫长的人类社会和文学艺术发展过程中,人们逐渐形成和演化着他们的"自然观"。

如果说"自然观"是西方文学的特征之一,那么在英国浪漫主义诗歌里,它就成了其首要特征。"自然"(nature)在西方传统当中具

---

①　马凌:《征服与回归:近代生态思想的文学渊源》,《外国文学研究》2003年第1期,第38页。

有两层含义：其一指外在的自然界，其二指人的内在天性。因此，英国浪漫主义诗学所包含的"回归自然"主题也便有了双重含义，即一方面，人类要重返大自然，同万物和谐相处，同自然融为一体；另一方面，在工业革命和理性时代，由于人的本质被异化，人的天性受到压抑，所以迫切需要复归人的天性。人类在这种面向自然的双重回归中寻求失却的精神家园。

对于英国浪漫主义诗人来说，大自然充满了丰富的色调和天籁之音。它五彩斑斓、生机勃勃，本身就是一幅绝好的风景画卷，一首上佳的诗歌杰作。诗人崇尚自然，观察自然，倾听自然，将自身融入自然当中，感受自然的伟大与神圣。丹麦文学史家勃兰兑斯（Georg Morris Cohen Brandes）曾在其《十九世纪文学主流·英国的自然主义》一书中称："英国诗人全部都是大自然的观察者、爱好者和崇拜者，喜欢把他的癖好展示为一个又一个思想的华兹华斯，在他的旗帜上写上了'自然'这个名词，描绘了一幅幅英国北部的山川湖泊和乡村居民的图画。这些图画尽管工笔细描，却自有一番宏伟景象。司各特根据细微的观察，对大自然所作的描写是如此精确，以致一个植物学家都可以从这类描写中获得关于被描绘地区的植被的正确观念。济慈……能看见、听见、感觉、尝到和吸入大自然所提供的各种灿烂的色彩、歌声、丝一样的质地、水果的香甜和花的芬芳。穆尔……仿佛生活在大自然一切最珍奇、最美丽的环境之中，他以阳光使我们目荡神迷，以夜莺的歌声使我们如醉如痴，把我们的心灵沉浸在甜美之中……甚至像拜伦的《唐璜》（*Don Juan*，1818—1823）和雪莱的《倩契》（*The Cenci*，1819）那种作品的最强烈的倾向，实际上都是自然主义。换言之，自然主义在英国是如此强大，以致不论是柯尔律治的浪漫的超自然主义、华兹华斯的英国国教的正统主义、雪莱的无神论的精神主义、拜伦的革命的自由主义，还是司各特对以往时代的缅怀,无一不为它所渗透。它影响了每个作家的个人信仰和文学倾向。"①

在英国浪漫主义诗学的领军人物华兹华斯眼里,自然有着格外的亲和力。早在童年时代,有些沉默寡言的他,就"常离开这沸反盈天的喧嚣,/来到偏僻的角落;或独自娱乐,/悄然旁足,不顾旁人的兴致,/去纵步直穿⋯⋯孤星映姿的湖面,/见它在面前遁去,遁逃时将寒光/洒在如镜的冰面"。青年的华兹华斯,仍然"常常离开人群、楼宇和树林,/沿着田野走,那一片片平缓的/田野,上面有碧蓝的苍穹,高罩住/(他)的头顶"②。大自然的景致能陶冶他的情操,涤清他的心境,给他带来精神的欢愉。由于诗人长期居住在乡间和湖区,周围的自然景观成为他耳熟能详的事物。自然界中一山一水、一草一木都给他留下了深刻的印象,成为他生命感悟的对象和精神财富的源泉。与自然的亲密接触培养了他对自然的深情厚谊,也造就了他作为浪漫主义诗人所独具的品格。每当沉浸在大自然中时,"无论是高飞的云雀,还是歌唱的夜莺;也不论是野地的葡萄,还是岸边的蔷薇,都融合着他的挚爱。在他的诗歌中充满着对众多自然景物的吟咏:有瀑布,流云,彩虹和星夜;有杜鹃,雏菊,飞鸟和蝴蝶。诗人完全陶醉在秀美的大自然中,五彩缤纷的大自然吸引着华兹华斯,使他找到了心灵的寄托,并且在对大自然的热爱中获得了新的生命"③。后来,当经历了法国大革命的暴力洗礼后,他放弃了革命直接参与者的角色,转向对欧洲乃至人类命运更加深邃的审美思考。此时,又是纯

①　勃兰兑斯:《十九世纪文学主流·英国的自然主义》,徐式谷等译,人民文学出版社 1997 年版,第 6—7 页。

②　威廉·华兹华斯:《序曲》,丁宏为译,中国对外翻译出版公司,1999 年版,第 1 卷,第 452—478 行;第 3 卷,第 94—100 行。

③　高伟光:《英国浪漫主义的乌托邦情结》,北京师范大学博士论文,2004年 5 月,第 38 页。

洁、宽容的大自然接纳了他，默默地净化着他的灵魂，矫正着他因受伤而扭曲的心。诗人的这种回归自然决不是一般意义上的消极避世，而是到自然中重新汲取智慧和力量，并开始对人类的前途命运，对普遍人性进行更加理智的审美思索。自然在他的心目中已绝非限于外在的山水风情，而是一种智慧和精神的化身，是一个合理性、情感、智慧、神性与审美于一体的完美结合。浪漫主义者这种自然的有机整体观恰恰填补了理性机械观的空白，矫正了机械、狂妄、暴力和人性压抑所带来的各种弊病。此时，自然承载了人性与神性，也承载了寄托与希望。它把人类最本质的特性、最复杂的生存方式和思维方式用最朴素的自然"语言"表现出来，使得人类的一切虚妄与孤傲、一切抽象与机械都显得卑贱、可笑。在大自然的感召下，诗人心灵的创伤得以愈合，错误的观念得以更正，尘世的焦虑得以超越，最终从一个抱有偏见的人转变成一个完善的人。华兹华斯对自然是真诚的，他把自己的一切袒露给自然，和自然直接对话，自然也以无比的坦诚和大度回馈他以欢乐和智慧，并赋予他新的艺术生命。

柯尔律治对自然的爱展示了他的一片赤诚之心。尤其是当政治上受挫之后，面对现实的困惑，他走上了回归自然的道路，并在大自然中找寻到了人类真正的自由。"在那儿，我发现你了！——在海畔高崖，/恍惚有微风吹过的株株松树/正低吟细语，与涛声遥相应答！/当我悄立着，凝望着，两鬓临风，/把神魂投向大地、海水和天空，/以无比浓烈的爱心去拥抱万物，/自由神啊！我感到：你真身就在其中。"①他这种对自然的热爱和对自由的追求不仅表现在对自然的亲身感悟，而且融入他严肃的哲学思考和诗学理论建构当中。

柯尔律治是英国浪漫主义诗人当中集哲学深度与浪漫诗学于一体的理论家。他在认知领域中建构了"自然"的诗性形而上学哲学思想体系，"自然"便成为诗学理论的核心概念。然而在柯尔律治的认

---

① 华兹华斯、柯尔律治：《华兹华斯、柯尔律治诗选》，第 368 页。

知范式中存在着两种"自然"：其一是大写的"自然"（Nature），即形而上的自然存在，这是一种空灵的、超验的、超出了常人感知能力的外在自然；其二是小写的"自然"（nature），即一般意义上人们能够感知的自然存在。这两种自然分别与柏拉图的"理念世界"与"现实世界"，或者"彼岸世界"和"此岸世界"相对应。在柯尔律治看来，只有大写的"自然"才是"有生气的自然"，但由于其超验性和空灵性，只有靠诗人特有的敏锐洞察力才能把握。柯尔律治认为，"有生气的自然"是诗歌创作的真正源泉。然而诗人将其感悟到的"有生气的自然"珍藏于心灵深处，只有当感官捕捉到现实自然中存在的具体对象时，隐藏于内心的彼在"自然"感悟才会迸发出来，并与客观对象结合，形成具体意象。这便是浪漫主义诗歌的创作过程。柯尔律治曾这样表达这一过程："当我思考之时，关注自然界的事物，我就像看到远处的月亮把暗淡的微光照进那结满露珠的玻璃窗扉，此时，与其说我是在观察什么新事物，毋宁说我像是在寻求、又似乎是要求一种象征语言，以表达那早已永恒地存在于我内心的某一事物。而且，即使我是在观察新事物，我也始终只有一种模糊的感觉，仿佛这新的现象蒙眬地唤起那蕴藏于我内心的天性之中已被忘却了的真理。"[①]诗人以诗歌为媒介，将彼在的"自然"之灵光带回至此在，并赋予此在自然以神性和智慧，实现两个"自然"的融合。此在自然因为得到"有生气的自然"之光环的笼罩而具有生气和活力。诗歌创作始于"有生气的自然"并最终回归于它的精神轮回，因此"回归自然"在柯尔律治是一种诗性的回归、人性的回归、神性的回归，也是柯尔律治哲学思想的诗化。

作为英国年青一代的浪漫主义诗人，拜伦和雪莱曾满怀豪情和梦想积极投入到欧洲革命的洪流中去，为改变腐朽没落的旧制度、旧道德而奔走呐喊。拜伦被迫离开英国，游历欧洲大陆，甚至亲自参加

---

① 伍蠡甫：《西方文论选》，上海译文出版社1981年版，第520—521页。

意大利、希腊的民族解放斗争，最后病死在希腊的起义军中。年青一代诗人性格刚直、爱憎分明，因此在施展革命抱负的过程中，面临着现实的困境和自身力量的弱小，被迫走上了回归自然的道路，到神圣的大自然中去寻求慰藉和新的动力。乔治·戈登·拜伦（1788—1824）出生于没落的贵族家庭，天生具有反叛性格，敏感而忧郁，雄心勃勃但意志坚定，对贫苦大众富有同情心。他曾经在参议院为下层民众鸣不平，并遭到上层统治阶级的不满和孤立。在被迫离开故土后，拜伦先后游历了欧洲大陆的西班牙、葡萄牙、阿尔巴尼亚、希腊、比利时、法国、瑞士、意大利等国，他长期跋涉，孤寂地寻找着自己的梦想和精神家园，以摆脱胸中的寂寥和苦痛。事实上，《恰尔德·哈罗德游记》(Childe Harold's Pilgrimage)就记录了他在欧洲大陆见闻和心路历程。在充满了寂寞与孤独的异国他乡，四顾茫然，此时只有大自然以宽广胸怀接纳了这位来自不列颠的游子。"大自然始终是我们最仁爱的慈母，/虽然她温柔的面容总是变幻不定；/让我陶醉在她赤裸着的怀抱里头，/我是她不弃的儿子，虽然不受宠幸。/呵，粗犷的本色使她最显得迷人，/因为没有人工的痕迹把她亵渎；/不论日夜，她总是对我笑脸盈盈，/虽然只我一个向着她的形象注目，/我是越来越向往她，而且爱她，……"①大自然不仅接纳了拜伦，而且还赋予了他一种自信、孤傲的生活理念，在世间浑噩、唯我独醒之时，依然保持自己坚定的信念。大自然还赐予他精神的力量，教会他超越尘世污浊与邪恶，去领悟生命的真谛。自然界的景观是丰富多彩的，既有安详的湖面、宁静的山谷和潺潺的溪流，又有风雨大作、雷电交加和惊涛骇浪。无论哪一种景观，都蕴涵着深刻的人生哲理，都涤荡着诗人的灵魂，使人的喜怒哀怨和淳朴的天性在这种涤荡中得以复归。大自然或温顺，或狂野，或安详，或愤怒，这一切都是自然的本性，是不受压抑的最淳朴的本性呈现，因此是真正的自然，而且自然

---

① 乔治·戈登·拜伦：《恰尔德·哈洛尔德游记》，第 84 页。

更多地表现为风和日丽和风平浪静。对诗人来说,"起伏的山峦都像是他知心的朋友,/波涛翻腾着的海洋是他的家乡;/他有力量而且有热情去浪游,只要那里有蔚蓝的天和明媚的风光;/沙漠、森林、洞窟以及海上的白浪,/这些都是他的伴侣,都使他留恋;/它们有着共通的语言,明白流畅,胜过他本国的典籍——他常抛开一边,/而宁肯阅读阳光写在湖面上的造化的诗篇。"①自然是一首永恒的诗篇,它充满了智慧与神性,又不失朴素与坦诚。正是自然的这种特性,孕育了伟大的诗人,书写了不朽的诗篇。

同拜伦相似,泼希·比西·雪莱(1792—1822)出生贵族家庭,自幼求知欲强,具有较强的反叛性格,但思想深刻、感情丰富。和湖畔诗人回归自然寻求精神慰藉相比,雪莱更倾向积极主动地去追随自然、拥抱自然。他是"自然的热情恋人;像影子般追随她最隐秘的步履;他的脉搏与自然的有着不可思议的一致"②。他对自然的全部感情都融入他明晰的笔调中,呼之欲出:

> 我伫立着,倾听赞美声喧:
> 成千百只白嘴鸦在欢呼
> 富丽堂皇的太阳喷薄欲出;
> 它们的翅膀灰白,集结成群,
> 凝露的迷雾凌空飞行
> 像片阴影,直到灿烂光华
> 绽放在东方,便会像晚霞,
> 点染着火红和蔚蓝,漂浮
> 在深不可测的天渊虚空处,

---

① 乔治·戈登·拜伦:《恰尔德·哈洛尔德游记》,第133页。
② 勃兰兑斯:《十九世纪文学主流》(第四分册,《英国的自然主义》),人民文学出版社1984年版,第269页。

它们有着紫色纹理的翎羽
会缀上星星点点金色的雨,
闪现在阳光照耀下的森林
上空,当它们乘着那清晨
一阵阵的劲风,不声不响
穿越过支离破碎的雾飞翔,
那开始消散的雾带着微光,
沿着阴暗的峭壁向下流淌,
终于,一切都明亮而清晰
这孤独的山头笼罩着安谧。①

雪莱面对自然是真诚的,他将自己的全部情感都倾注于大自然,分享着自然那份和谐美与粗犷美,但他并不仅限于陶醉在自然美景当中,而是通过描绘自然把自己的心灵展现出来,并且与自然内在的精神相契合,达到人景相通,物我交融。在《勃朗峰》(Mont Blanc,1816)中,他写道:"万物永无穷尽的宇宙,从心灵/流过,翻卷着瞬息千里的波浪,/时而阴暗,时而闪光,时而朦胧,/时而辉煌,而人类的思想源头/也从隐秘的深泉带来水的贡品,——/带来只有一半是它自己的声音,/就像清浅的小溪可能会有的那一种,/当它从旷野的林莽,荒凉的山峦/之间穿过,周围有瀑布奔腾不息,/有风和树在争吵,有宽阔的大江/冲过礁石无休无止地汹涌咆哮。"②事实上,这既是在描写自然,又是在描写心境,自然景观与诗人的心灵通过诗句合而为一。

在年青一代英国浪漫主义诗人当中,约翰·济慈(1795—1821)当属最具艺术天赋的怪才。他曾被勃兰兑斯誉为"最芬芳的花朵"。

----

① 江枫:《雪莱全集》第1集,河北教育出版社2000年版,第107—108页。
② 同上,第38页。

济慈虽然英年早逝,但其艺术生命成长至今,依然有着不竭的动力。对于大自然,济慈似乎拥有异常敏锐的感官:"对于音乐,他有一对音乐家的耳朵;对于光和色彩的变化,他有一双画家的眼睛。而且,他长于描述一切不同种类的声音、气息、味道和触觉,在这方面,他拥有一个会使任何最伟大的诗人都感到嫉妒的丰富多彩的语言宝库。"①正是这种超人的感知力和艺术天分成就了这样一位卓越的青年浪漫主义诗人。敏锐的感官使他能从自然界中捕捉到各种细微的生命现象。它们虽普通、弱小,经常被人们所忽视,但在济慈眼里,这种细微和弱小却演奏着最强悍的生命音符。大自然因为有了它们而显得生机勃勃,异彩纷呈。无论是在盛夏扯着嗓音鸣奏的蝈蝈,还是在寂寥的冬夜引吭高歌的蟋蟀;无论是花丛中嗡嗡的蜜蜂,还是树叶间歌唱的夜莺,它们共同演奏着大自然的和谐乐章,把诗人从充满痛楚的现实带到欢娱、祥和的自然中去。在那里,生命的创伤得以医治,扭曲的天性得以复原。五月的一个清晨,济慈看着树上的夜莺,思绪澎湃,夹杂着复杂而富有诗意的内心情感,挥笔写下了感人至深的《夜莺颂》。在诗的第一节当中,诗人暂时的麻醉使他忘却了现实中的伤痛,而被夜莺明快的歌声所感染:"这不是我羡慕你那幸福的好运,/而是你的欢乐使我太欣喜,——/你呀,轻翼的森林之仙,/在满长绿荫、/音调优美、阴影无数的山毛榉里,/正引吭高歌,尽情地赞颂夏天。"②在第四节中,诗人在夜空中对这种欢愉和光明的向往更加强烈:"飞去吧!飞去吧!因为我要和你一同飞去。"③在静谧的林间,

---

① 勃兰兑斯:《十九世纪文学主流》(第四分册,《英国的自然主义》),第168页。

② Keats, John. Ode to a Nightingale, from *The Norton Anthology of English Literature* (*Eighth Edition*) *The Major Authors* Vol. B. W. W. Norton & Company, Inc. , 2006, P. 1845.

③ 同上,1845页。

夜莺那轻柔舒展的歌喉带到了日夜星空，这夜有着无穷的魅力：五月的日子特有的花草、野果树、白山楂，还有富有田园风味的忍冬、紫罗兰以及那五月中旬的宠儿——带着露水的麝香的玫瑰和夏季里成群的蝇虫。这生动鲜活的夜让世人联想到了死亡，但那是富于浪漫情怀的情愫，诗人并非向往可憎的冰冷死亡，而是像追寻心爱的恋人那样追随它。这种内心情感的复杂与鲜活正是济慈浪漫主义诗歌的魅力所在。

济慈通过自然界中各种飞鸟和昆虫的生命大合唱，五彩斑斓、春意盎然、充满生机的色调以及酸甜苦辣的味道，表达了对大自然精神生命力的由衷赞美。诗人从这些弱小生命体以及大自然的天籁中领悟到的是生命的伟大与强悍，自然的和谐与淳朴，而现实的苦难、病痛、折磨在生命力面前不算什么，现实中的虚伪、狡诈、奸佞在自然的淳朴面前显得荒唐可鄙。自然是诗歌乃至一切文学艺术作品生命力不竭的渊源，济慈意识到了他作为诗人、艺术家就是要到自然中去发掘艺术的源泉，这源泉便是原生态的美。能在周围最朴素的自然景观和生命现象中发掘这种美，济慈靠的是他敏锐的感官和超常的艺术天赋，因为自然从不缺乏美，缺乏的是对美的艺术感知。他在《希腊古瓮颂》(Ode on A Grecian Urn, 1819) 一诗中针对艺术的本质提出了"美即真，真即美 (Beauty is truth, truth is beauty)"的美学思想，对后世诗歌创作影响很大。济慈的诗歌和诗学思想均来源于亲身感悟。他始终将自己的生命沉浸在自然之中，用一颗诚恳的心感受自然的真、善、美。他的思想和作品是他肉体生命、精神生命和艺术生命的结晶。因此，济慈是一位用生命书写生命之诗的浪漫主义诗人。

包括威廉·布莱克和罗伯特·彭斯在内的所有英国浪漫主义诗人都将自然作为诗歌创作的主题和艺术生命的主旋律。"自然观"成为指导他们生存和创作的永恒理念。虽然每个诗人对自然素材的选取和艺术表达的方式各异，但自然的精髓深深扎根于他们伟大的诗篇中,并赋予这些作品以永恒的生命。英国浪漫主义诗人笔下的自然是自在的自然,也是人的自然;是物质的自然,也是精神的自然;是生命的自然,也是艺术的自然。他们以艺术的形式真诚地再现了自然的生机与活力、宽广与博爱,书写了人类对回归自然与淳朴、善良与诚恳的美好天性的愿望,勾勒出一幅幅人类诗意栖息、人与自然和谐共生的感人画卷。

二、情感与想象——浪漫主义诗歌精神生态的追求

华兹华斯1800年版的《〈抒情歌谣集〉序言》一直以来被誉为英国浪漫主义的宣言书。《序言》提出了一系列关于诗歌创作的新理念,并被广泛接受。M. H.艾布拉姆斯在《镜与灯——浪漫主义文论及批评传统》一书中对这些理念进行了梳理,总结出七条关于诗歌本质的基本命题。综观这些命题,可以将浪漫主义诗歌创作的基本理念浓缩为"情感与想象"这一核心理念,因为它决定着诗歌创作和欣赏的其他各个方面。

首先,"诗歌是强烈情感的自然流露"。华兹华斯在《序言》中曾两次提到"好的诗歌是强烈情感的自然流露"(all good poetry is the spontaneous overflow of powerful feelings)[1]。这是一种人类与生俱来的情感,它淳朴、自然,祛除了文明社会中一切虚饰与矫揉造作,这种情感以英国乡村劳动人民的情感为典型,这也是华兹华斯更倾向于选择微贱的田园生活作为诗歌创作题材的重要原因。"我们一般都选择微贱的乡村田园生活作为题材,因为在这里人们心中的基本情感找着了更好的土壤,以便能够达到成熟的境地,少受束缚,并且说出一种更淳朴和有力的语言;因为在这种生活条件下,我们的各

---

① Wordsworth, William. Preface to Lyrical Ballads (1802), from *The Norton Anthology of English Literature* (*Eighth Edition*) *The Major Authors* Vol. B. W. W. Norton & Company, Inc. , 2006, P. 1498.

种基本情感共存于一种更加单纯的状态中,因此,可供更准确的思考,更有力度的交流;由于乡村生活方式产生于那些基本情感,产生于乡村职业的基本特征,所以更容易理解,也更加持久;最后,在这种情况下,人们的情感总是和美好而永恒的自然形式联系在一起的。"①因此,在诗歌创作中,情感因素突出的是"自然",即最朴素的真情实感。用布莱尔的话说,"人类的普遍情感必定是自然的情感,唯其自然,才是恰当的。"②新古典主义作家过多地强调了文学艺术"工于优美和高雅"③,即对语言和形式的修饰,因此浪漫主义诗人强调情感表达的"自然"显得尤为重要。浪漫主义就是要展示自然状态的个人情感,揭示自然状态的人性,它对新古典主义所提倡的"艺术取代自然……深表痛惜",相反,倒认为"原始诗人的情感和想象都非常单纯,始终如一,表现情感也极其酣畅自然",因为那时人的"热情不受任何抑制,他们的想象也不受任何约束。他们毫不掩饰地彼此炫耀自己,言语和行为中有着大自然那种赤诚的质朴"④。原始人自然的情感最能反映人的自然天性,但人类文明发展到近代,复归原始社会状态也成为不可能,因此人类面临一个两难的境地。艾布拉姆斯教授总结了18世纪一个变通的说法,那就是人的自然天性"不仅见于'纪年意义上的'原始人,也见于'文化意义上的'原始人,包括那些居住在文明国家但由于等级低下、居住乡间而与虚伪、复杂的文化隔绝的人"⑤。也就是说,文明社会处于乡野文化中的农夫幼童才更接近原始状态的人,他们身上呈现了人性最纯真自然的一面,他们的生活方式简朴、语言淳朴,少做作,因此他们的情感也最接近自然状态。

---

① Ibid. P. 1498.

②④⑤ M. H. 艾布拉姆斯:《镜与灯》,第 125 页。

③ 约翰逊博士借伊姆莱克语,转引自 M. H. 艾布拉姆斯:《镜与灯》,第125 页。

"华兹华斯权衡诗歌的最重要的标准是'自然',而他所说的自然则有着三重原始主义含义:自然是人性的最小公分母;它最可信地表现在'按照自然'生活(也就是说,处于原始的文化环境,尤其是乡野环境中)的人身上;它主要包括质朴的思想感情以及用言语表达情感时那种自然的、'不做作的'方式。"①在人性受到工业化、商业文明和市井气息积压而变得扭曲的历史条件下,大自然和乡村的田间茅舍却提供了展现人性本质的广阔空间。例如,华兹华斯笔下"孤独的刈麦女"的形象就是摒除了一切虚伪造作的自然人性的真实展现,而"坎特伯兰的老乞丐"则"成了游荡于湖区共同的安居社会之上的一种自然力量"②,代表了人类美好善良的天性。另外,华兹华斯还认为儿童最接近自然状态和人的天性,在《我们共七个》当中,尽管"我"反复提醒"要是两个躺在墓地,那你们只剩五个",小姑娘依然固执地回答:"我们是七个。"她那超出了生死界限而延伸至无限与永恒的对生命的理解,突破了成年人理性判断的局限,更趋向人性之本真。生活于乡野农舍的群体远离城市喧嚣与污浊,远离尔虞我诈与虚假造作,因而他们的生活方式简朴而接近于原初。这些"散发着泥土气息的人,与大都市的生活习俗的急剧变化是相对隔离的,他们的生活方式和言语具有成为文学体裁的可能性"③。这些乡民所使用的语言也是最淳朴的人类语言。他们的语言正是华兹华斯所极力主张诗歌创作应当使用的"人们真正使用的语言",它比中世纪以来诗歌语言所普遍采取的浮华雕琢的辞藻要胜出百倍,它赋予了诗歌真正永恒的艺术生命。在华兹华斯眼里,浪漫主义诗歌创作必须着眼于自然的人、自然的生活、自然的语言,这三个条件则保证了"情感的自然流

---

①　M. H. 艾布拉姆斯:《镜与灯》,第126页。

②　Beer, John: *Wordsworth and the Human Heart*, The Macmillan press, 1978, p. 15.

③　同上,第133页。

露"。至于诗歌创作过程中诗人的情感是怎样自然流露的，华兹华斯认为，"只要是人把题材选得很恰当，在适当的时候他自然就会有热情，而由热情产生的语言，只要选择得很正确和恰当，也必定很高贵而且丰富多彩"①。同时强调，"在具体的创作过程中，'自然性'的最可靠的保证在于情感的自然流露顺乎自然，既不故意使用日常语言去表达情感，也不故意扭曲语言手段以获得诗的效果"②。

其次，想象力——艺术创作的原动力。

柯尔律治认为："理想中的完美诗人能将人的全部身心都调动起来……他身上散发出统一性的色调和精神，能借助于那种善于综合的神奇力量，使它们彼此混合或（仿佛是）融化为一体。这种力量我们专门用了'想象'这个名字来称呼，它……能使对立的、不调和的性质达到平衡或变得和谐……"③可见，想象具有强大的协调整合能力，具有神奇的创造力。如果说想象是一种人脑的再创造过程，那么想象力就是这种再创造的潜能。对于诗人来说，这种潜能无疑是艺术创作的原动力。华兹华斯和柯尔律治在论述诗人的想象力时，专门把"想象"和"幻想"作了严格区分，强调了"想象"的创造性，而不是机械地对现有素材进行简单加工。艾布拉姆斯对于"想象"的创造性给出了进一步的解释："一切真正的创造——只要不是对现成模式的仿造，也不是将已有成分简单地重新组合成一个样式尽管新颖，但其组成部分却依然如旧的整体——都来自对立的力量的生成性张力之中，这些力量都毫无例外地被综合成一个新的整体。因此，创造性诗歌中的想象，是构成宇宙的那些创造性原则的回声。"④雪莱则直接

① 伍蠡甫：《西方文论选》（下），上海译文出版社1988年版，第10页。
② M. H. 艾布拉姆斯：《镜与灯》，第134页。
③ 《莎士比亚批评》，卷一，第166页，转引自M. H. 艾布拉姆斯：《镜与灯》，第139页。
④ M. H. 艾布拉姆斯：《镜与灯》，第140页。

把诗看成是想象的集中表现，正是因为想象具有超强的创造和整合能力，诗人才浑然忘我于永恒、无限、太一之中。"在他的概念中，无所谓时间、空间和数量。表示时间的不同、人称的差异、空间的悬殊等等的语法形式，应用于最高级的诗中，都可以灵活应用，而丝毫无损于诗本身……"①拜伦甚至说，"诗歌是想象的岩浆，喷发出来可以避免地震。"因此，诗人是通过想象把情感转化成了艺术的形式——诗。

在诗歌创作中，想象与情感是相统一的：一方面，诗人内心情感的表现和流露需要在具体时刻与客观世界中具体对象或情境相结合而凝化为诗，以文字的形式跃然纸上，所以诗歌是情感的具象化和符号化。这一具象化便是想象积极参与的过程，因为它整合了主体与客体、情感与具象、流动与固定等多种要素才完成了这一具象化。另一方面，想象的过程又都有情感在起作用。例如，华兹华斯所强调的"静谧中的沉思"（contemplation in tranquility），就是一种想象的沉淀。诗人必须经过"长时间的深沉思索，因为我们那持续不断的情感源泉会受到思想的修正和指引，思想才代表了我们过去所有的情感……"②事实上，两者是你中有我、我中有你的关系，共同构成了浪漫主义诗歌创作的核心因素。正如布莱尔所说，"诗是激情的语言，或者说是生动想象的语言"，"诗人的首要目的是使人得到愉快和感动，因此，诗人是对着想象和激情而说话的"③。

三、和谐共生——自然生态与人类命运的终极关怀

进入 21 世纪，人类正面临着空前的生态危机。生存问题和环境问题已经成为无法回避的全球性问题。在这种情况下，人们开始或

---

① 雪莱：《为诗辩护》，转引自 M. H. 艾布拉姆斯：《镜与灯》，第 154 页。

② M. H. 艾布拉姆斯：《镜与灯》，第 133 页。

③ 同上，第 108 页。

主动或被动地运用生态思维，从生态学的视角观察自然与人类的生存状况，反观工业化以来人类文明的发展状况，反思长期以来在思想领域一直占据主导地位的"人类中心主义"。从19世纪开始，人类就已经尝试运用生态学的有机整体原则和共生原则对人与自然的关系进行初步思考和价值判断，生态学慢慢经历着艰难曲折的伦理转向。自20世纪中叶以来，生态伦理学逐渐形成了一个阵容强大、影响深远的完整理论体系。大量的专家、学者和环境保护主义者组成了绿色阵营，掀起了空前的绿色思潮，其中奥尔多·利奥波德（Aldo Leopold）的"大地伦理"、雷切尔·卡森（Rachel Carson）的《寂静的春天》（*Silent Spring*, 2002）、霍尔姆斯·罗尔斯顿（Holmes Rolston）的"自然价值论"和阿伦·奈斯（Arne Naess）的"深层生态学"构成了生态伦理学体系的基本思想框架。生态伦理学的发展开拓了人类重新认识人与自然的关系和反观人类文明史的全新视野，也对重新解读作为人类文明成果之一的文学作品提供了全新的思维角度。

首先，从"大地伦理"看英国浪漫主义诗学对自然生态和人类命运的关怀。

利奥波德首先认识到伦理学演化的一个必然趋势就是从协调人与人之间的关系拓展到协调人与土地以及生存在土地上的其他物种之间的关系。因此，伦理所涉及的道德"共同体"的范围也由人群的集合体扩大到"包括土壤、水、植物和动物，或者把它们概括起来：土地"①。工业革命以来，科学技术和理性主义不断加重着人的贪婪与狂妄。他总是以自然的掌控者和征服者自居，把自然界中的其他成员和全部自然资源当作为自身谋利益的工具。"大地伦理"恰恰是对这一理念的直接反驳。它"要把人类在共同体中以征服者的面目

---

① 奥尔多·利奥波德：《沙乡年鉴》，侯文蕙译，吉林人民出版社1997年版，第193页。

出现的角色,变成这个共同体中平等的一员和公民。它暗含着对每个成员的尊敬,也包括对这个共同体本身的尊敬"①。它把生态共同体的和谐、稳定和美丽作为价值判断的最高标准:"当一个事物有助于保护生物共同体的和谐、稳定和美丽的时候,它就是正确的;当它走向反面时,就是错误的。"②"大地伦理"的一个鲜明特征就是去人类中心主义。它认为人在整个地球生态系统中不具有任何特权,只有当他的利益和要求与生态共同体的最高价值相吻合时,自身利益才能得到尊重。英国浪漫主义诗人以诗歌的韵律在书写着他们对大地和生物圈"共同体"的敬畏与责任,用朴素的语言描述着生态家园当中的成员:路旁摇曳的水仙、林中高歌的云雀、汹涌澎湃的大海、低沉蜿蜒的溪流,加上纯洁可爱的孩童、朴实无华的乡民,这一切都诗意地栖息于大自然的怀抱,构成了最富生命力的和谐乐章。同时,浪漫主义诗人又是严肃的、理性的,他们的诗中蕴含的不仅是自然风光与个人情怀,更重要的是诗人强烈的道德责任意识,是诗人对时代伦理强音的回应。他们勇挑重担,试图运用诗歌载体呈现自然生态系统的美与和谐,唤起人们内心对这种美与和谐的共鸣,警醒他们沉睡的、被压抑的审美意识和普遍情感,挖掘出埋藏在功利与污浊背后的人类美好天性。

克利考特(J. Baird Callicott)认为近代以来理性主义颠倒了道德与理性的关系,道德并非源于理性而是道德先于理性而存在。同时,他赞同大卫·休谟的观点,即情感是道德的源泉。当利奥波德把道德共同体拓展到大地及整个生物圈时,道德(即"大地伦理")则依托情感来构筑事实与价值之间的桥梁。18—19世纪的英国浪漫主义诗歌恰恰提供了这一媒介。我们知道,伦理是社会契约关系的基

---

①　奥尔多·利奥波德:《沙乡年鉴》,侯文蕙译,吉林人民出版社1997年版,第193页。

②　同上,第213页。

础,是指导人们行为的社会规范,但囿于当时的时代特征,感性不足而理性有余,可理性不能引领道德,于是出现了实际上的道德真空。这样,人类的行为一下子没有了约束,自然界成了人类借用科学技术任意奴役的对象,导致了环境破坏、物种灭绝、污染严重、人类生存空间的整体状况急剧恶化。此时,时代在召唤一种道德,或者说在召唤一种情感,因为情感是道德的源泉。以情感主义为基础的大地伦理在重视个体情感的同时,强调一种普遍情感。这种普遍情感便是浪漫主义诗歌的突出特征,而且诗歌本身就是"强烈情感的自然流露"。这种自然的情感更接近人的本性,趋向人性中所共有的"真"和"善"。又因为它有普遍性,所以不仅包含人与人之间、人与群体之间的情感,也包括人与自然万物、与整个生态圈之间的情感,而且这种情感依然是淳朴的、真诚的。当然,浪漫主义诗人也强调个人情感,但这种个人情感绝非狭隘的个人主义情感,而是与普遍情感相一致的情感。因此,在某种意义上讲,浪漫主义诗歌以其对自然的歌颂、对人性褒扬和对人类普遍情感的提升,为大地伦理开辟了道路,成为一种新道德的航标。它用鲜活的语言、生动的具象感化着人类,关照着人类的生存状况和前途命运,塑造着人类的精神家园。

其次,从"自然价值论"看英国浪漫主义诗歌对自然生态和人类命运的关怀。

霍尔姆斯·罗尔斯顿把对自然价值的评价视为环境伦理学的核心问题。他对自然价值的类型进行了精细的划分,概括起来有 14 种,但从总体上又把这些价值归为两大类:工具性价值和非工具性价值。所谓"工具性"和"非工具性"都是相对于人来说的。非工具性价值是指自然在与人无涉的情况下具有自身的意义和功能,这些意义和功能是客观的,由自然万物和生态系统自身的属性所决定,独立于人的参与和评价而存在。自然的这种非工具性价值集中体现在它的"生命支撑价值"上,也就是自然界对生态系统内所有的生命都具有支撑和承载的价值。罗尔斯顿进一步解释说:"大自然是一个进化的生态系统,人类只是一个后来的加入者;地球生态系统的主要价值在人类出现以前就早已各就其位。大自然是一个客观的价值承载者……在自然的演化过程中,人类的出现也许是一个最有价值的事件,但如果以为是我们的出现才使得其他事物变得有价值,那就未免对生态学太无知且太狭隘了。"①对于自然的工具价值,罗尔斯顿则是从自然与人之间的关系角度来考察的。他把工具性价值区分为三种:(1)通过人化自然形成的自然价值;(2)通过自然化人形成的自然价值;(3)通过体验和感受自然形成的自然价值。第一种指人"对自然界的资源性利用,即我们对自然物的有目的性开发利用,创造了价值";②第二种主要指自然对人的供给、培育、塑造和教化作用;第三种指人通过融入自然,在切身感受、体味自然的过程当中形成的对自然的价值认识,包括审美价值、文化价值和宗教价值等。传统自然价值观主要或完全以人的需求和功利为衡量自然价值的尺度,而忽视了自然的存在本身就具有价值这一事实,是典型的具有人类中心主义色彩的自然价值观。罗尔斯顿的自然价值论是以生态学理论为基础,对这一传统自然价值观的全面反驳和批判。他不否认自然对人的功用,但绝不把这种有限范围内的工具价值夸大为自然的全部价值,因为那是人类自欺欺人的错误观念。相反,他强调自然的非工具价值才是其他一切价值的依托,是客观的终极价值,并不因人的认识、干预和评价而受损伤或发生改变。人类所能认识到的自然的价值是限定在人的认识视野范围内的那部分价值,或者说是经人的体验和经验筛选过的价值,远非自然价值的全部。自然价值的存在并不因这种认识上的限制受到影响。罗尔斯顿提出自然主义的自然价值观,目的是要颠覆人本主义的自然价值观,唤起人们对大自然的敬

---

①　霍尔姆斯·罗尔斯顿:《环境伦理学》,杨通进译,中国社会科学出版社2000年版,第4—5页。

②　同上,第38页。

畏,督促人们自觉承担起对大自然的道德义务。这是在阿尔贝特·史怀泽"敬畏生命"观念和保尔·泰勒"敬重自然"思想的基础上又迈出的实质性的一步。

英国浪漫主义诗歌之所以始终将"自然"作为自身的主题,把申述浪漫主义"自然观"当作诗歌创作的灵魂,就在于诗人认识到了自然存在自身的价值,但这种价值却被那些经科学理性主义熏陶过的人熟视无睹。浪漫主义诗人是幸运的,因为他们意识到了自然最本质的价值,认识到了人与自然关系的真谛;然而他们又是不幸的,因为在他们生活的时代,更多的人表现出对这一终极价值惊人的无知,并沉浸在这种无知的沾沾自喜当中,肆意破坏着自然的生态和谐。他们的伤痛是世间浑浊、唯我独清,众人皆醉、唯我独醒。这种伤痛来自于他们的先知先觉,来源于诗人的敏感与真诚,来源于诗人最珍贵的良心。但正是这种伤痛成就了18—19世纪英国文学史上那些不朽的诗篇,因为只有拥有基本良知的艺术家才能创造出不朽的作品。总之,英国浪漫主义诗人崇尚自然,倡导回归自然理念,试图复归在工业革命和欧洲暴力革命以来人类一度失却的精神家园。它以人类自然流露的真情实感填补了机械主义和理性主义时代的情感空缺,并运用丰富的想象把这种情感具象化,书写了人类历史上最辉煌的诗篇。英国浪漫主义诗歌渗透了丰富的生态伦理思想,包含着诗人强烈的责任意识,蕴含着他们对人类命运发展的理性思考和终极关怀。

■ 第三章

英国浪漫主义诗歌的
生态伦理内涵

第一节　彭斯诗歌的自然意识与生态价值

　　华兹华斯与柯尔律治1798年携手合著的《抒情歌谣集》(Lyrical Ballads)一直被文学界认为是英国浪漫主义诗歌的真正崛起,华兹华斯1800年撰写的《〈抒情歌谣集〉序言》被看成是英国浪漫主义诗歌运动的宣言,但是,我们也不可否认,在早于两位诗人之前的苏格兰大地上已经有一位农民诗人罗伯特·彭斯（Robert Burns, 1759—1796),用他特有的淳朴自然、极富乡土气息的语言,一扫18世纪古典主义、伤感主义的沉闷忧郁的诗风,表达了对现存秩序的鄙视、对未来平等社会的向往和热爱大自然、劳动人民的浪漫主义自由情怀,诗人的自然情结与其诗歌中那纯醇浓郁的土地气息,为19世纪浪漫主义的发展带来了一股强劲的清风。

　　"使用人们真正的语言"、"选择微贱的田园生活做题材"①,是以华兹华斯为代表的英国浪漫主义诗人们的诗歌主张。综观彭斯诗

---

　　① Merchant, W. M.. *Wordsworth Poetry and Prose*, Cambridge Massachusetts: Harvard University Press, 1963, p. 222.

歌,采用苏格兰方言、选择劳动人民生活题材以及他的诗歌命题,无疑证明了彭斯是《序言》中诗学思想的最先实践者,只是他没有用理论的形式表达出来,同时因为当时还是 18 世纪理性时代古典主义文风比较强势的时候,人们当然对这一新的文风重视不够罢了。实际上,作为一个地地道道的农民,彭斯不仅具有普通农民身上最自然淳朴的品格,使得他不愿与当时虚伪做作的社会风气、华丽浮躁的诗歌风格同流合污;同时他对普通劳动人民生活的深切了解、对与之朝夕相处却日渐被工业化发展破坏的大自然的悲悯、热爱之情,使其一生创作了几百首反映苏格兰劳动人民生活、劳动、习俗和思想情感的歌谣。彭斯在 1786 年出版的《主要用苏格兰方言写的诗》(*Poems, Chiefly in the Scottish Dialect*,1786)和另一浪漫派诗人布莱克 1789 出版的《天真之歌》(*Song of Innocence*,1789)、1794 年的《经验之歌》(*Song of Experience*,1794),均已较早地表现了强烈的关注人文、关注自然的浪漫主义情怀。由此,彭斯和布莱克一样被认为是英国浪漫主义诗歌运动的先驱之一。

彭斯是 18 世纪后期英国诗坛上的一颗耀眼新星,被誉为苏格兰有史以来最杰出的农民诗人。彭斯出生于苏格兰西南部一个贫穷农民家庭,由于家境困难,彭斯从小开始田间劳动。繁重的田间劳作不仅没有消磨诗人满腔的诗情,反而使他更加亲近和理解劳动人民的生活与情感、更加热爱和悲悯与之朝夕相处的大自然。同时,劳动之余,彭斯大量阅读苏格兰诗人和英国作家的作品,如休姆的哲学、弥尔顿的《失乐园》以及荷马、莎士比亚等人的作品。1786 年他出版的《主要用苏格兰方言写的诗》受到读者的热烈欢迎和评论家的如潮好评。随后,他被邀成为爱丁堡的座上客,还骑马到边境及北部高原地区游历,凭吊 13 世纪抗英英雄华莱士的故乡和布鲁士击败英军的古战场。这次游历使彭斯大开眼界,不仅赋予他强烈的历史感和民族自豪感,而且更重要的是使他有机会领略大自然的美好风光并汲取北部高原民间曲调的丰富养料。可以说,彭斯的创作有着坚实的生活内容和深厚的民间基础。彭斯认为,大自然所赋予他的创作灵感和激情,比矫揉做作的生硬学问更重要,也更自然,无论是写政治,还是表达爱情、友情和大地之情都离不开他那浓浓的乡土情怀。彭斯诗歌不仅体现了强烈的人文关怀,更重要的是彭斯较早地把人与自然的关系提升到人与人关系的伦理高度上,这种充满智慧的自然意识正是英国浪漫主义诗歌重新得到学界关注的原因,为生态危机的今天人们价值标准的重新确立提供了思考。

一、彭斯的自由之树

彭斯一生写了许多歌颂革命、自由、平等和反对专制的杰出政治诗歌,虚伪与做作、暴政与特权是他抨击的对象,自由与平等、自然与朴实是他追求的品格。诗人用"自由之子"赞颂为自由和尊严而战的人们,用"自由树"来歌颂自由力量的不可阻挡。彭斯写作政治诗歌有其深厚的历史、社会原因,美国独立战争和法国革命的思想、情感气候,启蒙运动高扬自由、平等、博爱的精神,使得当时的文学与政治、诗歌与革命紧密地结合起来。作为社会底层的农民诗人,理所当然地对当时的社会状况有着特殊的敏感。他满怀激情讴歌美国人民争取独立的革命战斗精神,并积极拥护"暴君被打得屁滚尿流"的法国革命。在《华盛顿将军生辰颂》中他写道:"你们来吧,自由之子,/哥伦比亚的后裔,英勇而自由,/ 在危险的时刻你们仍奋勇前驱,/你们珍爱并敢于保持人类的尊严!"可见,诗人视自由为多么重要的人类尊严啊,为尊严而战乃是最值得称颂的。

"树"在普通人眼里只不过是遮阴挡阳的一个自然之物,而在彭斯笔下却蕴含深刻。在《自由树》(*The Trees of Liberty*,1794),中诗人写道:"但是恶人们总不爱看到/美德的作品欣欣向荣,/心毒的显贵诅咒这棵树苗,/见它成长就泪流满胸。"树的绿色象征着宁静和自然、象征着美好事物的郁郁葱葱和欣欣向荣,树的成长隐喻着人类争取自由力量的强大,而所有这些却都是"恶人们"不愿看到的,更是

"心毒的显贵"诅咒的对象。彭斯祈求古老的英格兰也能种上象征自由、平等、博爱、和平这棵"美名远扬"的"法兰西树"，但遗憾的是整个英国却找不到这样的树。这里，诗人既表达了渴望自由、平等生活的愿望，又有力地鞭挞了英国上层的暴政，把代表自由、平等与博爱的法国革命比作一棵吐故纳新的绿树，可见诗人对自然、自由的倾慕之情。

在《罗伯特·布鲁士向班诺克本进发》(*Robert Bruce's March to Bannockburn*)或《苏格兰人》(*Scots Wha Hae*)中，彭斯用最朴素、生动的语言表达了反对一切暴政、热爱自由的爱国热情，读起来真实自然、铿锵有力。他这样写道："打倒骄横的篡位者！/死一个敌人，少一个暴君！/多一次攻击，添一份自由！/动手——要不就断头！"①1795年，彭斯又采用苏格兰民歌中叠句的手法写了蔑视王公贵族、坚信人类平等、自由明天的《不管那一套》(*For a' That and a' That*)：

> 国王可以封官：
> 公侯伯子男一大套。
> 光明正大的人不受他管——
> 他也别梦想弄圈套！
> 管他们这一套那一套，
> 什么贵人的威仪那一套，
> 实实在在的真理，顶天立地的品格，
> 才比什么爵位都高！
>
> 好吧，让我们来为明天祈祷，

① 转引自侯维瑞：《英国文学通史》，袁可嘉译，上海外语教育出版社1999年版，第256页。

> 不管怎样变化，明天一定会来到，
>
> 那时候真理和品格
>
> 将成为整个地球的荣耀！
>
> 管他们这一套那一套，
>
> 总有一天会来到：
>
> 那时候全世界所有的人
>
> 都成了兄弟，不管他们那一套！①

彭斯在这里表达的是对现存秩序的鄙视和对未来平等社会的向往，提出真正可贵的品质是"实实在在的真理，顶天立地的品格"和"全世界所有的人都成了兄弟"。什么王位、爵位，什么贵人威仪，在诗人眼里都是虚无粪土，最终必将让位于"实实在在的真理，顶天立地的品格"。也难怪美国近代思想家爱默生感慨地说道："《独立宣言》和《马赛进行曲》，作为强有力的宣扬自由的文件都比不上彭斯的诗歌。"②彭斯政治诗的魅力不仅源于诗人那乐观、豪迈的民主主义精神，更是源于他那实实在在的农民品格、真实自然的创作风格。

二、彭斯的爱情玫瑰

彭斯短短 37 年的一生创作了 370 多首抒情诗，这些诗歌以描写和歌颂爱情、友谊、大自然和劳动人民的生活与情感为主题思想，它们真诚、热烈、奔放，不加任何外表的矫饰，是诗人发自内心坦率而又热烈的声音。正如彭斯写作政治诗歌有其深厚的历史、社会原因，这些真挚、热烈的爱情诗同样有其特殊的时代和社会背景。当时的英国长老会掌管着苏格兰基督教，奉行加尔文教的教规，在恋爱婚姻习

---

① 黄宏旭：《英国浪漫主义诗人抒情诗选》，江苏人民出版社 1988 年版，第 64 页。

② 侯维瑞：《英国文学通史》，第 256 页。

俗方面戒律森严，对人们的精神生活横加干涉和限制，并冠以道德的罪名。彭斯坚决拒绝资产阶级贵族长老们的伪善信条和拘泥道德，追求自然自由、开放热烈的爱情，他的爱情诗读起来感情真挚自然、铿锵有力、清新脱俗。

彭斯的爱情诗，从其命题到具体描述、从歌颂少男少女的初恋之情到老妇白翁的黄昏之恋、从情人相见的欢乐到家人离别的痛楚等都与自然密不可分，各种复杂心绪和感觉均被诗人用最普通的自然形象和最朴素自然的语言表达出来。"玫瑰"与"青草"象征最纯洁美好的爱情；"高原"与"麦田"代表着远离工业文明污染的诗意境界。总之，自然是美好的，爱情只有在自然的境界里才彰显纯洁和珍贵。

呵，我的爱人像一朵红红的玫瑰，
　　六月里迎风初开；
呵，我的爱人像一支甜甜的乐曲，
　　演奏得和弦又合拍。

我的好姑娘，你有多美，
　　我的爱就有多么深；
亲爱的，我要永远地爱你，
　　直到大海干枯水流尽。

直到大海干枯水流尽，
　　直到太阳把岩石化作灰尘；
呵，亲爱的，我将会永远地爱你，
　　只要我一息犹存。

再见吧，我唯一的爱，

$$让我们暂时分离！$$

$$亲爱的，我一定要回来，$$

$$哪怕是远行千里万里。①$$

　　这是彭斯爱情诗中最著名的一首。自古以来，"玫瑰"花在文人的笔下永远象征着纯洁和美好。诗人用《一朵红红的玫瑰》(A Red Red Rose，1794)作题来歌颂爱情，一下子使得爱情高贵脱俗的品质跃然纸上。"我的爱人像一朵红红的玫瑰，六月里迎风初开"，"我的爱人像一支甜甜的乐曲，演奏得和弦又合拍"。我们闻到了六月里迎风初开玫瑰花的芬芳，看到了姿容娇美、超凡脱俗、品格高贵的心中爱人；听到了一支甜美悦耳的乐曲，想到了爱人那滋养心田的内心温柔。接着，诗人用大海的永恒、岩石的坚贞，用空间的广大和时间的长远来讴歌真正爱情的永恒和坚贞。最后，"亲爱的，我一定要回来，哪怕是远行千里万里"，写出了真正爱情能经受岁月考验、风雨侵蚀而不朽的自然品格。在《青青苇子草》中，诗人这样写道：

$$正人君子将我讥讽，$$

$$我看你们才是蠢驴，哦，$$

$$人间最聪明的英雄，$$

$$无一不热爱美女，哦。$$

（合唱）

$$青青苇子草，哦，$$

$$青青苇子草，哦，$$

$$人生极乐的时刻$$

$$是同姑娘们一道，哦。②$$

---

① 黄宏旭：《英国浪漫主义诗人抒情诗选》，第66—67页。

② 王佐良：《英国史诗》，译林出版社1997年版，第213页。

　　这里诗人仍然把爱情与清新自然之物连在一起，不仅咏唱爱情的淳朴自然，而且也道出了爱情如同自然一样是人类最美好的情感：纯洁高贵，不容玷污。在《我爱琴姑娘》(*I Love My Jean*)里，诗人用"鲜花滴露开"和"小鸟婉转"贴切地比喻姑娘的"甜脸"和"歌喉"，歌唱了爱情带来的幸福与温馨。

　　除了用自然形象描述纯真爱情外，彭斯不忘歌颂培育美好爱情的田间地头，凸显爱情的热烈、奔放和挣脱重重枷锁之后的来之不易。在《高原的玛丽》(*Highland Mary*)中，诗人又一次用花朵象征爱人，表达了忠贞不渝、誓死不离的爱情观：

> 多少遍誓言，多少次拥抱，
> 　　我俩难舍难分！
> 千百次相约重见，
> 　　两人才生生劈分！
> 谁知，呵，死神忽然降霜
> 　　把我的花朵摧残成泥，
> 只剩下地黑，土凉，
> 　　盖住了我的高原玛丽！①

　　在《走过麦田来》(*Comin Thro the Rre*)里，彭斯这样写道：

> 如果一个他碰见一个她，
> 　　走过山涧小道，
> 如果一个他吻了一个她，
> 　　别人哪用知道！②

---

① 王佐良：《英国史诗》，第214—215页。
② 同上，第214页。

如果说"玫瑰"、"青草"表达了爱情的清新、自然、纯洁、高贵等品格的话，那么，这三首诗歌则是用乡间的淳朴语境作依托，勇敢地唱出了诗人大胆冲破世俗宗教的樊篱、追求浪漫自由的人间真爱的心声。哪怕"死神忽然降霜／把我的花朵摧残成泥，／只剩下地黑、土凉"，我们依然不愿分离；"如果一个他吻了一个她，／别人哪用知道！"爱情属于自己，源于真情流露，不应受到干扰与阻碍。

此外，彭斯不仅热烈吟唱青春恋，而且更真诚咏赞夕阳情。"让我们搀扶着慢慢走，到山脚下双双躺下，还要并头！"这是彭斯1796年写的《约翰·安德生，我的爱人》(John Anderson, My Jo)里的最后两句，哀婉而又真切地表达了老妇对老翁无限爱恋的绵绵之情以及两位老人白头偕老、相伴到死的决心。

总之，我们可以看到，无论诗人是热烈吟唱青春恋，还是真诚咏赞夕阳情，诗中都离不开自然景物的衬托，人类最最美好的感情——爱情跟大自然一样真实、纯洁、美丽、永恒。

三、彭斯的自然伴侣

彭斯对大自然的热爱和颂扬不仅表现在象征美好、自由、纯洁的花朵、绿树和青草等植物上，还生动地表现在他对与自己朝夕相处的动物身上，彰显出诗人尊重自然、热爱生命的自然伦理观。请看他在《新年早晨老农向母马麦琪致辞》中的最后诗句：

> ……
> 别以为，麦琪，我忠实的老仆，
> 如今你不再该获得什么，
> 老年也许以饿死结束；
> 　　最后一担麦子，
> 一把两把的我总会留着，

准备留给你吃。

一同衰老，到了晚年，
让我们一道颠颠簸簸；
我将在留下的麦地上面，
把你的缰绳系好，
不用费大力气，你就在那边，
舒舒服服吃个饱。①

这里，诗人像是在跟一个相濡以沫、彼此真诚相待的好朋友、好伙伴表达心意，又像是在对陪伴自己走过一路艰辛、一路幸福、白头偕老的老伴倾吐心声，而实际上则是在同曾与自己一同劳动、一同嬉戏的老马麦琪拜年时的话语，充满深情、真切爱怜。一头牲口在别人的眼里也许就是一个用来替人干活的畜生，而在一个热爱土地、热爱自然的农民诗人眼里却有着与人类一样的平等与权利，正是它们的存在孕育了人类生存世界的美好与和谐，我们当然应该尊重与爱护。

如果说诗人对陪伴自己多时的老马给予同情、理解和关爱是人之常情的话，那么，田间地头的一个小田鼠又何以让诗人如此伤怀、怜悯呢？更何况鼠总被人类看成是敌对之物，破坏庄家、偷食粮食，几乎是人人喊打。这难道只是诗人的感伤主义情怀在无病呻吟吗？深读文本，我们会觉得诗人表达的不仅仅是对以小田鼠为代表的自然之物的同情与怜悯，而且更有对理性时代造成的人类中心主义的否定与批判。《小田鼠》的前两节这样写道：

光滑、畏缩、胆怯的小东西，
啊，你心里是多么恐惧！

---

① 黄宏旭：《英国浪漫主义诗人抒情诗选》，第62—63页。

你不用慌慌张张逸去，

　　　　　突然向前猛冲，

我不想拿着凶残的犁，

　　　　　跟在背后追踪。

人的统治，真叫我遗憾，

中断了自然界的交往相连，

证明了那么一种偏见，

　　　　　使你见了我这个人——

你可怜的朋友，又同是生物，

　　　　　便会大吃一惊！①

　　诗歌的第一节先用"光滑、畏缩、胆怯"（sleek，cowering，timorous and panic）等词汇把一个可怜的小动物展现在读者面前，使得任何一个读者的心中都会陡然生起一种怜悯之情；接着诗人用"我不想拿着凶残的犁，跟在背后追踪"（I would be loath to run and chase you with murdering plow-staff）的动情之语彰显自己对待自然万物深深同情的同时，似乎又在批判人类的残忍。诗歌的第二节道出了作者的本意：是"人的统治""中断了自然界的交往相连"。小田鼠"畏缩、胆怯"，见了人就"慌慌张张逸去"，这种自然界的交往中断正是因为人的凶残，总是拿着"凶残的犁""跟在背后追踪"。同为大地之子，同为必死之类，本应相亲相融，可为什么人类总是那么贪婪和残酷？所以诗人发出深深的自责："人的统治，真叫我遗憾，/中断了自然界的交往相连。"（I'm truly sorry man's dominion/Has broken Nature's social union.）

　　诗歌接下来的三节更加具体地描述了小田鼠的"小巢"怎样在

---

① 黄宏旭：《英国浪漫主义诗人抒情诗选》，第75—76页。

"大风呼呼"的冬季变成了"废墟"，眼看"冬天飞快来临"，"田地荒芜而空净"，"你原来打算在这儿住定"，可是"哗啦一声！犁刀够残忍，/打你的巢里穿过"，使"你无屋无房"，无处"躲避冬天的雨雪/和那冰冷的白霜"！同情、可怜小田鼠的无助与控诉人类的残暴昭然若揭。接着，诗歌的最后两节把诗歌主题引向深入："最妙的策划，不管人和鼠，/都会常常落空，/留下的不是预期的乐趣，/而是愁闷苦痛！"小田鼠安家的计划被人类破坏值得同情，而人类自认为能够通过理性实现对外部世界的精确认识并达到控制自然的目的反而带来了生态环境被破坏、人性被异化的后果则更应该使人类反思：人与自然究竟应是什么关系？人应该怎样摆正自己在自然界的位置？人怎样才能真正获得最佳生存状态和最佳生存方式？彭斯用最朴实的语言、最普通的自然形象传达着他那极具现代价值的生态智慧。

诗人不是在简单地描述一个从不被人类关注的小田鼠，而是借助小田鼠的境遇来诉说人类的无知，批判人类的骄妄。

此外，彭斯的自然之情还总是与他对祖国、对家乡人民的热爱紧密地结合在一起。请看他的《我的心呀在高原》(*My Heart's in the Highlands*)：

> 我的心呀在高原，我的心不在这里；
> 我的心呀在高原，追逐着鹿群，
> 追逐着野鹿，跟踪着獐儿，
> 我的心呀在高原，不管我上哪里
> 别了啊高原！别了啊北国！
> 英雄的家乡，可敬的故国；
> 哪儿我飘荡，哪儿我遨游，
> 我永远爱着高原上的山丘。
>
> 别了啊，高耸的积雪的山丘，

> 别了啊，山下的溪壑和翠谷，
> 别了啊，森林和枝丫纵横的、丛生，
> 别了啊，急川和洪流的轰鸣。
> 我的心呀在高原，我的心不在这里；
> 我的心呀在高原，追逐着鹿群，
> 追逐着野鹿，跟踪着獐儿，
> 我的心呀在高原，不管我上哪里。①

　　这里诗人满怀激情歌唱自己美丽的家乡：高山、绿树、鹿群、河滩，是"品德的家园，是勇敢的故乡"，对自然之情、对祖国之爱浓溢于字里行间。

　　彭斯的诗歌涉及广泛的题材和内容，有对政治、社会的批判与讽刺，对宗教神学和虚假教条的反叛与针砭，更有对自由与和平的热情赞颂、对爱情和友情的热烈追求以及对祖国、故乡、大自然的讴歌。他是一个自然之子、天授的诗人，细读他的诗篇，我们由衷地感到他并不是一个没有自己诗歌观和文学主张的人，他是用诗本身这一特有的方式表达着这些观点和主张的。请看《致拉布雷克书》(*Epistle To J. Lapraik*)的诗句：

> 批评家们鼻子朝天，
> 　　指着我说："你怎么敢写诗篇？
> 　　　　散文同韵文的区别你都看不见，
> 　　还谈什么其他？"
> 　　　　可是，真对不住，我的博学的对头，
> 　　你们此话可说得太差！

---

① 黄宏旭：《英国浪漫主义诗人抒情诗选》，第53—54页。

············

> 我只求大自然给我一星火种，
> 　我所求的学问便全在此中！
> 纵使我驾着大车和木犁，
> 　浑身是汗水和泥土，
> 纵使我的诗神穿得朴素，
> 　她可打进心灵深处！①

在这篇作品里,针对当时英国新古典主义诗歌重文雅、讲节制的风气,他提出了诗的灵感来自大自然、诗的价值在于用真挚的情感打动人心的浪漫主义观点。很明显这一创作理念与华兹华斯《序言》中的思想几乎完全一致:追求自然朴实的语言风格、田间地头的诗歌素材、远离工业污染的自然生活是浪漫主义诗人的最佳理想。这一思想在彭斯《致威廉·辛卜荪》中有更好的表达:"没有诗客能寻到缪斯女神,/除非他学会独自一人/徘徊在潺潺的流水之滨,/但又不推敲太多;甜蜜呵,漫步中凄然低吟/一支动心的山歌!"②

彭斯热爱苏格兰山水、人民和习俗。他的最大功绩在于挖掘、整理了大量苏格兰民歌并汲取其中的精华,丰富了自己的诗歌创作。他的诗歌感情淳朴真挚,语言明快奔放、清丽脱俗,完全不同于当时一些诗人的矫揉、雕琢、典雅之作,也不同于一些从旁观感受自然的感伤主义诗人的无病呻吟和崇尚藻饰的诗文。他写政治讽刺诗爱憎分明、锋利入髓,既辛辣鞭挞了教会的残忍和虚伪,又体现了诗人对自由、平等、博爱与和平的追求;他写爱情情景交融、意境优美,在唤起人们对纯真质朴美好爱情无限向往的同时,又给予人们强烈的艺

---

① 　王佐良:《英国诗史》,第 218—219 页。
② 　同上,第 219—220 页。

术美感享受；他写自然情真意切、充满爱怜，既让人们感受自然之真实和美好，又教诲人们尊重每一个生命。所以，彭斯虽身处偏僻的苏格兰乡村，却是英国浪漫主义诗歌的真正先驱，彭斯诗歌中浓郁的乡土气息、深厚的古苏格兰民间文学底蕴和强烈的自然意识，使得这一新的诗歌运动在具有坚实性、强韧性的同时又有一种朴素、生动、持久的美。

第二节　布莱克生态意识的哲理表达

英国曼彻斯特城市大学的劳伦斯·库珀（Laurence Coupe）在《绿色研究——从浪漫主义到生态批评》（*The Green Studies Reader：from Romanticism to Ecocriticism*，2000）一书中写道：虽然威廉·布莱克（William Blake，1757—1827）通常没有被看成是一个自然诗人（an environmentally minded poet）……但我们必须清楚地看到他不仅"反对牛顿物理学中的僵死宇宙"（the deadly universe of Newton's physics that he was rejecting），而且把自然看成是一种启示的方式（nature as a mode of revelation）。[①] 我国研究者也表达了类似的观点："他的哲学思想是他对当时的工业革命社会思考的产物。"[②]布莱克的确没有像其他浪漫主义诗人那样凸显自然主题，但是我们发现他是在用哲学的命题、神学的语言向我们展现其关注生态"大我"的伟大智慧，他用赞美"羔羊"的温顺与赞美"老虎"的威力，表达着上帝在创造这个世界的时候就赋予了这个世界一个"威严的

---

① Coupe，Laurence. *The Green Studies Reader：from Romanticism to Ecocriticism*，London and New York：Routledge，2000，p. 13.

② 杜可富：《威廉·布莱克诗歌的哲学解读》，《安徽师范大学学报》1998年第2期。

匀称"(fearful symmetry)的和谐生态、对立统一辩证法。

正如彭斯是深知大地脾气的农民,使得他的诗歌富于质朴的乡土气息,威廉·布莱克是一个大半生默默无闻的雕刻匠人,一个脑子里藏着奇幻天堂景象的土画家,从而使得他的诗歌创作具有独特的艺术家视角和深刻的哲学内涵,既充满热情和想象力,又不失对社会、人生等的敏锐观察和深刻感悟。18世纪后半叶和19世纪中期,美国独立战争风烟迭起,法国大革命如火如荼,这些历史上发生的重大事件都极大地吸引着布莱克的艺术创作目光;同时,理性时代科学主义的强调又使得布莱克对当时人们的物质贪欲和极度热心产生了极大反感。布莱克真切地把握自己所处的时代,认真思考自己那个时代所发生的重大事件和严重的社会现实,以爱护自己心灵真实为基础,站在时代的高度,走在了以审美标准替代功利标准的时代浪峰之上,以诗的形式表达了诗人对真、善、美的追求,对人与自然和谐生态前景的关注。

早在1789年和1794年,布莱克就相继出版了《天真之歌》和《经验之歌》,布莱克运用想象、象征、对立统一的辩证法,表达了对工业文明造成现代人生存状态危机四伏的忧虑和批判,他那充满预言性和深刻哲理的诗作反映了当时社会的两面性、人的本能与理性、纯真与世故、想象力与现实感等一系列矛盾,但又认识到矛盾中孕育着进步,昭示着诗人崇尚激情自然、纯真自然与和谐自然的浪漫主义诗学思想。

一、布莱克的激情与理性

"艺术家的天性使他挣脱了时空局限,而瞩目于社会现象背后的本质,看到了人类灵魂所面临的困境。"①这是布莱克对于作为艺术

---

① 张炽恒:《布莱克——现代主义的预言者》,《外国文学评论》1989年第4期。

家的诗人的最佳诠释。想象使其能够超越时空局限，但是最终目的是要用理性的目光去透视社会本质，帮助人类走出困境。布莱克的伟大之处也许就在于他既充满激情又不失理性，既能从感性也能从理性的角度去认识当时的社会现象和人性的本质。这里要谈的理性，当然不是指以牛顿为代表的科学主义理性，也不是18世纪启蒙思想所倡导的禁锢人类思想自由的理性主义，而是诗人布莱克虽然身处理性时代，却能以超越时代的敏锐目光审视社会的伟大智慧。

综观布莱克的作品，我们不难看出无论是唱着优美儿歌的天真孩童，还是痛斥世间险恶的世故老者，或者是那"在旷野中呼喊"的先知，诗人都在反复咏叹着一个永恒的主题：恢复人类的想象与激情，做一个完全意义上的人。① 这一思想与华兹华斯笔下的神性自然、人性自然、"诗歌应是强烈感情的自然流露"等浪漫主义诗学思想不谋而合。

他在《书信集》里这样写道：

> 我认为一个人在这个世界上是可以幸福的，同时我也知道这个世界是一个想象和灵视的世界(a World of Imagination and Vision)。在这个世界中我能看到我所画的一切，但不同的人看到的都不一样。一分硬币在财迷的眼里会胜过太阳的美丽，一棵长满果实的葡萄树比不过一只破烂不堪的旧钱袋。同样，一棵绿树能让一些人感动得泪水涟涟，而在另一些人的眼中只是一件碍事的绿色玩意。面对自然，一些人看到的是荒诞和丑陋，一些人视若无睹，而在一个富有想象力人的眼里，自然就是想象力本身(But to the Eyes of the Man of Imagination, Nature is Imagination itself.)。什么样的人看见什么样的东西，目光所及，

----

① 卢晓仙：《回归想象与激情——重读布莱克》，《福建外语》2000 第 3 期。

> 取决于其形成的方式。……对于我来说,这个世界就是一个想象或灵视的画面,既连续又完整,如果有人这样告诉我,我会感到非常高兴。……
>
> 　　　　　　　　　　　　　《书信集》1799 年 8 月 23 日)①

　　在布莱克心中,自然万物既是灵视的媒介又是视灵的障碍,这似乎互相矛盾的对立只要想象力发挥作用,就能产生双重的视像。"一棵绿树"可以给一个充满想象力的人带来无限遐想,可对另一些人来说却只是碍事的东西。物质现象对于人的自由与解放有时固然是限制和禁锢,但是依靠想象的力量可以剥去物质现象的束缚,障碍可以转化为媒介。事实上,诗人也是在强调其诗学思想的一个核心概念:看事物的视角发生变化,才能造成世间景象的变化,而作为一种看问题的方式,诗意洞思的能力可能代表了一种关键视角的产生或一种真正生命的初始。② 在《天堂与地狱的婚姻》等作品中,布莱克把"诗性才思"(Poetic Genius)称作"第一原理"(the first principle),其他一切道理"不过是衍生而来"。他把想象这一激情的、自然的力量作为文艺创作的源泉和人类生活的原动力推到了前所未有的重要位置,这一诗学思想与华兹华斯在《〈抒情歌谣集〉序言》(1802)、柯尔律治在《文学生涯》(Biographia Literature)以及雪莱在《诗辩》(A Defence of Poetry,1821)中所强调的诗性思维的重要性共同证明了英国浪漫主义诗人对西方诗论的重要贡献。

　　想象力是英国浪漫主义诗人的中心信条,但它是建立在诗人们

---

① Blake, William. *Nature as Imagination*, from Coupe, Laurence. *The Green Studies Reader*: *from Romanticism to Ecocriticism*, London and New York: Routledge, 2000, p.16.

② 丁宏为:《灵视与比喻:布莱克魔鬼作坊的思想意义》,《外国文学评论》2007 年第 2 期。

对社会、人性、人生等问题的理性思考之上的，而不是简单意义上的凭空幻想。布莱克在《最后审判之一瞥》(*A Vision of the Last Judgement*)中把想象力的世界推到了至高无上的位置："这个想象力的/世界是无限的，永恒的……"但他仍不忘提醒人们：……"而繁殖的、/生长的世界是有限的，暂时的。"人类怎样展开想象的翅膀冲破现实世界里束缚人性自由的资产阶级道德理性，创立一个自由、和谐的世界是诗人们的至高追求。"从一粒沙子看世界，/一朵野花里看天国，/让永恒在须臾中存在，/让无限在你手心里把握"(To see the world in a grain of sand, And a heaven in a wild flower; Hold infinity in the palm of your hand, And eternity in an hour.)。① "沙子"、"野花"如此普通寻常的自然之物在诗人的眼里意义非凡，小与大、抽象与具体、阴暗与明亮、短暂与永恒都是自然界、人生社会里无处不在的矛盾与对立，诗人展开想象的翅膀，利用形象与形象的结合透视了他要建立起来的全新的、更高意义上的"天真状态"，看似矛盾却深含哲理、充满激情。布莱克反对欧洲 18 世纪的理性原则，猛烈抨击当时启蒙主义者根据理性原则所制定的关于善与恶的道德行为准则，认为这些虚伪的道德伦理其实就是束缚人的激情、禁锢人的创造冲动的枷锁。布莱克认为，人类自然激情的想象力是人类幸福欢乐的原动力，只有通过想象和艺术创造人类自己才能把人类从悲苦与困境的"经验状态"解救出来，创造人类的"有组织的天真状态"，从而拯救人类分裂的灵魂。

　　在布莱克的后期作品里，想象力的运用似乎达到了极致：在《四佐亚》(*The Four Zoas：Song of Enion*，1794—1807)、《弥尔顿》(*Milton*，1804—1808)、《耶路撒冷》(*Jerusalem'*，1804—1820)等诗里，他致力于构筑一个庞大的、复杂的神话世界，至今学者们还在细读那些长长的诗行，想从那充满神魔和动物的语言丛林中找出一个

---

　　①　黄宏旭：《英国浪漫主义诗人抒情诗选》，第 48 页。

系统。"经验的代价是什么？能用一曲歌去买它么？／能用街头舞去买智慧么？不能！要买它／得交出人所有的一切，妻子，儿女统统在内。／智慧的出售处是无人光顾的荒凉市场，／是那农夫耕种而收不到粮食的干涸田地。"①这是布莱克《伐拉，即四佐亚》（第二夜）的诗句，诗人在呼喊、预警之间诉说着经验的代价。而《耶路撒冷》里的"天使羔羊"（holy Lamb of God）和"魔鬼撒旦"（dark Satanic Mills）同样会使读者深深思考。难怪我国学者这样评价："布莱克在自己的诗歌创作中没有凭空建筑海市蜃楼，而是在一种理性的深邃思考中面对一切。"②也许《经验之歌》中的《伦敦》（London）更能说明这一点：

> 我徘徊在每一条专利经营的街道上，
> 专利经营的泰晤士河就在近旁流过。
> 我注意到我所遇见的每一张面庞，
> 都呈现羸弱的标志，痛苦的折磨。
>
> 从每一个成人的每一次喊声，
> 从每个婴儿带着惊恐的啼叫，
> 从每一句咒骂，每一道禁令，
> 我都听见那禁锢心灵的镣铐。
>
> 我听见扫烟囱的人沿街吆喊
> 震骇着每座污黑的教堂；

---

① 转引自王佐良：《英国浪漫主义诗歌史》，人民文学出版社1991年版，第21页。

② 聂珍钊等：《英国文学的伦理学批评》，华中师范大学出版社2007年版，第366页。

　　我听见不幸的士兵频频哀叹

　　浸透着鲜血流下了宫墙。

　　最痛苦莫过于在夜半路旁，

　　听见年轻的妓女一声诅咒：

　　灭绝了初生婴儿泪眼的微光

　　使婚车蒙上疫病变成了灵柩。①

　　布莱克融现实于想象之中使诗中的画面令人震撼，字里行间充满激愤谴责，难怪被人们称为"最强有力的短诗"（the mightiest brief poem）。每条街道都被"专利经营"者独占，泰晤士河边本应是绿草红花如今也同样被商业垄断，遇见的每个过往的行人都有一张衰弱、痛苦的脸；无数成人在喊叫，多少扫烟囱的孩子在啼哭，"不幸的士兵频频哀叹"，哀叹又"浸透着鲜血流下了宫墙"；严厉的谴责不言而喻。在诗人眼里，正是英国上层阶级发动的反对革命的法国的战争给英国士兵带来了流血的伤口，是商业资本主义的发展造成了泰晤士河边、伦敦街头凄惨阴森的景象，诗人把叹息、鲜血和宫墙等形象连在一起震撼人心，揭露和谴责了商业资本主义对自然的破坏、对人性的摧残。"最痛苦莫过于在夜半路旁，/听见年轻的妓女一声诅咒：/灭绝了初生婴儿泪眼的微光/使婚车蒙上疫病变成了灵柩。"这里诗人把初生婴儿的泪水与妓女的诅咒、"婚车"与"灵柩"等互相矛盾的形象放在一起，揭露残酷的社会现实：在一个少女必须靠卖淫维持生计的社会里，穷人家的新娘哪有幸福可言，本应欢乐喜庆的婚车变成了承载尸体的灵柩，一切美好的事物都被邪恶所毁灭。我们不可否认，在布莱克时代，资本主义发展在英国已经呈现出一片繁荣景象，但是，布莱克却敏锐地洞察到这一繁荣表面的背后是腐烂的内核。"婚

---

　　①　黄宏旭：《英国浪漫主义诗人抒情诗选》，第 42 页。

车变成灵柩"预示着死期来临，而"深夜的街头""年轻妓女的诅咒"更
是充满着怨恨，宣告着这个城市的罪孽深重、腐朽透顶。

可见，浪漫主义诗人之所以对想象力一再强调，其实代表着诗人
们不甘理性束缚、渴望精神自由的生态理想，他们想象力的发挥并非
意味只有激情的宣泄，而更有深刻的理性思考。布莱克知道想象力
不是一切，神话也不是一切，他的诗里有许多人们熟悉的东西，有羔
羊与老虎、天使和魔鬼、纯真的孩子和白发飞扬的先知老人等成对的
相反物：压制与反压制，过分的理性与繁茂的精力、人身上的兽性与
神性，等等。人怎样冲破物质世界的束缚，获得想象力的解放，从而
回归自然激情，使他们在对真、善、美的观照中得到至高的精神生态，
是布莱克力求表达的思想。

二、布莱克的天真与经验

如果我们说摆脱理性束缚、抒发自然激情的想象力是浪漫主义
诗歌的灵魂的话，那么，通过自然景物来寄托对自由、和谐的向往、对
资本主义物质文明和城市工业化的厌恶，是浪漫主义文学的又一大
特征。罗伯特·彭斯通过"绿树"、"玫瑰"表达对自由、纯真爱情的向
往，通过"老母马"、"小田鼠"来表现人与自然平等的生态意识；华兹
华斯、柯勒律治、济慈等强调自然的神性与人性，批判人类的骄妄与
贪婪，呼唤人们的生态整体主义意识；布莱克诗歌虽然没有如此凸显
自然主题，但他同样赋予了"绿草"、"玫瑰"、"羔羊"、"儿童"深刻的象
征意义。在布莱克眼里，它们代表着纯洁、美好、和谐自然的"天真状
态"，是布莱克面对邪恶、黑暗的"经验状态"不甘于理性束缚、抗争现
代文明异化人性的至高追求，他的诗歌"不仅代表着他个人的挣扎与
呐喊，更标志着新时代人类的先声"①。

---

① 胡孝申，邓中杰：《威廉·布莱克创作阶段划分刍议》，《外国文学研究》
1998 年第 8 期。

　　布莱克生活的英国,正值商业资本主义快速发展阶段。资本家独占的伦敦街道(chartered London streets),大工业巨头买断的泰晤士河畔(chartered Thames),还有饱受害虫侵袭的病玫瑰(sick rose)、满身灰尘的扫烟囱儿童(chimney sweeper)和各种瘟疫带来的婚姻的灵柩(marriage hearse)等,工业文明造成现代人生存状态危机四伏的"经验状态"自然使得诗人向往一个自然、和谐的"天真状态"。

　　在《天真之歌序诗》中,诗人描写了这样一幅美丽的画面:"我吹着牧笛从荒谷下来,/我吹出无比快乐的曲调,/我望见云端上一个小孩,/他笑着这么对我说:/'你吹一只羔羊的歌曲!'"而当我唱起那支曲子时,"他听着,快活得泪儿汪汪"。看到孩子高兴的样子,吹笛人听从小孩的建议,"拿起一根空心的芦草/用它做成土气的笔一支,/把它蘸在清清的水里,/写下那些快乐的歌子,/让个个小孩听得欢喜。"①这里,"牧笛"、"云端的小孩"、"羔羊"构成一幅和谐、纯真、自然的理想画面,诗人用芦苇做笔,清水做墨,写下这些欢快的曲子,为的是让"个个小孩听得欢喜"。

　　在《欢声布满绿草地》中,布莱克写得更加具体:"百灵与画眉""啼声婉转","少男少女好欢喜,欢声布满绿草地";"老约翰,发如银丝白,一笑愁颜开";"家家兄弟和姐妹,拥着母亲归,如同巢中鸟,准备好睡觉"。没有机器的轰鸣,没有"婴儿带着惊恐的啼叫",没有"禁锢心灵的镣铐",更没有"年轻的妓女"的黑夜诅咒;有的是人人自由、万物和谐、欢快与自然的幸福,这也许就是布莱克心中最佳的"天真状态"。此外,《天真之歌》中的向日葵(Sun-flower)扎根于泥土,永远向往着太阳,追寻着那"美丽的国土",大自然的魅力可以驱走邪恶之源而共同走向美好;嬉戏蹦跳的小羔羊(the lamb)、尽情欢唱的小鸟(The Echoing Green)、笑声朗朗的蚱蜢(The Laughing Song)以

———————————

　　①　黄宏旭:《英国浪漫主义诗人抒情诗选》,第23—24页。

及 A Cradle Song 所描写的清清小溪的欢笑、柔和月色的恬静,等等,都是诗人理想的追求。就是"扫烟囱的孩子",在《天真之歌》里也是充满着对美好生活的向往:

> 汤姆静了下来。当天夜深人静
> 他在睡梦中看到一场奇景。
> 东家西家成千上万扫烟囱的孩子,
> 都给锁进了一口口黑黢黢的棺材。
>
> 来了一个天使,手里的钥匙闪闪发光,
> 他打开棺材,把孩子们个个解放。
> 他们奔向绿色的原野,又跳又笑,
> 还在河里洗澡,在阳光里闪耀。
>
> 光着雪白的身子,他们丢下工具袋,
> 他们升上云端,乘风遨游好不自在。
> 天使告诉汤姆,要是他做个听话的好孩子,
> 上帝就会做他爸爸,他一生就会快乐无比。①

这里面虽然有讽刺,但还没有正面谴责社会,虽然诉说母亲死了,父亲把自己卖给人家去扫烟囱的痛苦心情,但梦中有天使降临把扫烟囱的孩子从棺材里放出来的美好幻想,展现在我们面前的仍是一个充满希望与梦想的世界。诗人用孩子般的"天真眼光"来看世界,用空想欢乐主义来理解社会。虽然扫烟囱就像是被锁进"一口口黑黢黢的棺材",但是"来了一个天使,手里的钥匙闪闪发光,/他打开棺材,把孩子们个个解放。/他们奔向绿色的原野,又跳又笑,/ 还在

---

① 黄宏旭:《英国浪漫主义诗人抒情诗选》,第 30 页。

河里洗澡，在阳光里闪耀"；同时，在这样一个黑暗的世界，他甚至相信如果"他做个听话的好孩子"，"上帝就会做他爸爸，他一生就会快乐无比"。

　　然而，这一切在布莱克时代是那么的遥远。如果说《天真之歌》的主题是歌唱人与自然的和谐与美好、儿童的天真与欢乐，那么在《经验之歌》里，"牧笛"、"绿草地"、"羔羊"和充满天真欢乐的孩子已被"病玫瑰"、"乌黑的小东西"、"冰冷的放债手"所代替，"欢声布满绿草地"变成了"无穷无尽的冬天"，天真递减，经验上升。玫瑰本是纯洁爱情的象征，可是在《经验之歌》中变成了被"肉眼难辨的小虫"侵蚀而要病亡的"病玫瑰"。我们姑且可以认为这首短诗是自私的性爱对纯洁少女的摧残，但也许我们更应该思考："玫瑰"总是象征着自然与美好，然而，是什么力量侵蚀了它，让它行将病亡呢？人类的童年天真无邪，何以坠落到贪欲无限的"经验状态"？布莱克诗歌的深刻之处就在于此，利用想象给予诗歌哲学的命题，表达着对自然、社会、人生的伦理思考。理性社会压抑了人性的自由，而工业化的发展又使得人类的欲望日益膨胀，人性之初的善就像是"玫瑰"被一只"难辨的小虫"（invisible worm）侵蚀一样，无时不受着功利、物欲的异化。

　　"扫烟囱的孩子"在《天真之歌》里处于天真欢乐状态，而在《经验之歌》里却完全生活在一个悲惨的现实世界里，而且永无尽头：

> 风雪里一个满身乌黑的小东西
> "扫呀，扫呀"的在那里哭哭啼啼！
> "你的爹娘上哪儿去了，你讲呀？"
> "他们呀都去祷告了，上了教堂。"
>
> "因为我原先在野地里欢欢喜喜，
> 我在冬天的雪地里也总是笑嘻嘻，
> 他们就把我拿晦气的黑衣裳一罩，

他们还教我唱起了悲伤的曲调。

"因为我显得快活,还唱歌,还跳舞,
他们就以为并没有把我害苦,
就跑去赞美了上帝、教士和国王,
夸他们拿我们苦难造成了天堂。"①

　　与《天真之歌》相比,上帝不仅不能拯救扫烟囱的孩子,而且同教士和国王合伙,把天堂建筑在他们的痛苦之上。布莱克写得异常具体、深刻、分明,孩子们的洁白身体被烟囱里的煤灰弄得"满身乌黑","扫呀""扫呀"的叫声变成了"哭哭啼啼","跑去赞美了上帝、教士和国王,/夸他们拿我们苦难造成了天堂",把扫烟囱孩子的痛苦同"上帝、教士和国王"联系起来,他们的天堂正是建筑在我们的苦难之上,辛辣的讽刺、有力的批判。此时的布莱克已经不再"天真",而是对社会有了深刻的"经验",诗人看清了教堂与学校、政府与教会的黑暗,深刻理解了英国人民的苦难。诗人把代表天真、自然的孩子与象征黑暗、经验的教堂与国王放在同一个语境,把孩子扫烟囱的苦难与成年人祈祷上帝赐福的愚昧并置,向我们展示了一个触目惊心的现实世界,是宗教和政治压迫造成了无数贫苦孩子们扫烟囱的悲惨生活。
　　《天真之歌》中的《升天节》(*Holy Thursday*)描写了孩子们在节日里衣衫整齐,快乐地与慈善家们坐在一起,在圣保罗大教堂无限幸福地唱着赞美诗。而在《经验之歌》中,这些表面上的温情和欢乐已不复存在,取而代之的是孩子们被罪恶之手抛入苦海的悲惨情景:

难道这也算是一件功德;
在一个富饶多产的地方,

---

① 　王佐良:《英国史诗》,第225页。

孩子们过着悲惨的生活，
用冰冷的放债的手来饲养？

那颤声的叫唤能说是歌吗？
它会不会是快乐的歌唱？
穷孩子怎么会这样多呢？
原来这是个道地的穷邦！

他们的太阳失去了光辉，
他们的田野荒芜一片，
他们的道路长着荆棘：
那里是无穷无尽的冬天。

因为只要那地方有阳光，
只要那地方有雨水落下，
那里孩子们就决不会挨饿，
小心灵也不会受贫穷的威吓。[①]

在一个富有而丰饶的国度，幼儿却坠入苦难，觅食于放高利贷的冷手。为何一个国家既是"富饶多产的地方"又是"道地的穷邦"？为何在这"富饶多产的地方"却有这么多"孩子们过着悲惨的生活"？社会的黑暗、慈善家的虚伪阴险昭然若揭，那么《天真之歌》里的欢乐景象显然只是假象，而"太阳失去了光辉"、"田野荒芜一片"、"道路长着荆棘"、"无穷无尽的冬天"才是普通百姓孩子们的真实生活。

看来，布莱克的"天真"与"经验"有着深刻的哲学内涵与象征意义。如果说人类灵魂的"天真状态"相当于人类文明最动人、最光辉

---

① 黄宏旭：《英国浪漫主义诗人抒情诗选》，第38页。

的黄金时期的话，那么，《天真之歌》里描绘的就不仅仅只是个体的幼儿欢乐，而是对整个人类童年时期天真欢乐状态的象征和描述。如同其他浪漫派诗人一样，布莱克笔下的儿童应该是人类最接近自然、最天真无邪的，是 18 世纪启蒙主义的理性与道德剥夺了这种初始的善与爱，是资本主义的商业发展异化了人类的纯真本性，从而使得人类从无限欢乐的"天真状态"坠入到邪恶黑暗的"经验状态"。那么，如何把人类从分裂的、困苦的经验状态解救出来，重新回归到统一、和谐的天真状态，是布莱克等几乎所有浪漫派诗人们寻求的目标。当然，这种天真状态并不是初始阶段天真状态的简单复制，而是通过对经验状态的超越，对两种状态的整合建立起一个更高意义上的全新的天真状态，实现理性与激情、精神与感官、灵魂与肉体、人与自然的和谐平衡。

三、布莱克的对立与统一辩证法

"没有对立便没有进步（without contraries there is no progression）。吸引与排斥、理性与激情、爱与恨，对人类生存都是必要的。"①这是布莱克在其《天堂与地狱的婚姻》中的名句。在《耶路撒冷》里，他写道："我必须创立一个体系，要不就当他人体系的奴隶。"②他的"体系"就是"对立进步辩证法"。他反对当时培根的唯物论、牛顿的绝对时空思想和洛克的经验主义，积极倡导丰富想象，开阔视野，扩大思想境界。布莱克认为"对立"无时不有、无处不在，主张对立双方的积极互补，反对一方对另一方的"否定"或压抑，确保对立之间的平衡，促进人类进步。由此，从《天真之歌》到《经验之歌》，布莱克用《羔羊》（*The Lamb*，1789）与《老虎》（*The Tiger*，1794）、

---

① Stevenson：W. H.，*William Blake*，*Selected Poetry*，London：Penguin Books，1988，pp. 66，67.

② Ibid，p. 203.

《向日葵》(*Ah! Sun-flower*)与《病玫瑰》,甚至用《扫烟囱的孩子》、《升天节》等同一题目描述两种截然不同的情景,诠释了人类灵魂怎样经历纯真、善良的"天真状态",穿越邪恶、冷酷的"经验状态",最后实现一种人、神、万物和谐统一的、全新的"有组织的天真状态"。

　　根据布莱克的哲学思想,天真状态如果要继续向更高层次发展,那么它就必须经历它的对立面,即经验状态,从而达到第三种状态,即"有组织的天真状态"。第三种状态是对前两种对立状态的超越,是一种使人达到人性完满、追求永恒欢乐的全新意义上的黄金时代。"有组织的天真状态"不仅是两种对立状态的整合,它也是被分裂了的人自身的整合。因此,我们不能简单地摒弃两种对立状态,而是要使对立的状态,即欲望和束缚、激情和理智、爱和恨、吸引和排斥进行"结婚",要否定天堂的意志,激励地狱的精神。真正的生活,在布莱克看来,应是一种丰富而热烈的生命过程,它具有持久的张力,没有胜利也没有压抑,只有共存的对立。

　　对于这种共存的对立,布莱克用羔羊与老虎作了生动的表现,揭示了人生和宇宙里最本质的东西。请看《天真之歌》中的《羔羊》:

> 小羔羊,谁创造了你?
> 你知道吗,谁创造了你?
> 给你生命,叫你去寻找
> 河边和草地的食料?
> 谁给你可喜的衣裳,
> 柔软,毛茸茸又亮堂堂;
> 谁给你这般柔和的声音,
> 使满山满谷欢欣?
> 小羔羊,谁创造了你?
> 你知道吗,谁创造了你?

> 小羔羊，我来告诉你，
> 小羔羊，我来告诉你；
> 他的名字跟你一样，
> 他管自己叫羔羊；
> 他又温柔，又和蔼，
> 他变成一个小孩；
> 我是小孩，你是羔羊，
> 咱们的名字跟他一样。
> 小羔羊，上帝保佑你。
> 小羔羊，上帝保佑你。①

  这里有溪谷、清泉和草地，更有温顺、善良和恬静。布莱克以浪漫派诗人对儿童天性的独特理解把羔羊与上帝、孩童联系起来，羔羊是天真的状态、仁爱的载体、慈祥的象征、上帝的化身，人、自然与上帝和谐共处，构成了一个安详和美的世界，印证了他那"上帝是人，我中有上帝，上帝中有我"，"一切有生命的东西都是神圣的"②的鲜明人文主义思想。不过，布莱克似乎并不满足于这种象征人类初始阶段的天真状态，他认为人仅有向善的愿望是不够的，只有借助天真和经验的合力才能进入更好的境界，扫烟囱的小孩天天老实埋头干活固然天真，但不能一直停留在那种状态，他必须长大，必须经验的必须学会思考。于是，在《老虎》中布莱克塑造了一个与温顺、安静羔羊完全不同的老虎形象：

> 老虎！老虎！火一样的灿明；

---

① 黄宏旭：《英国浪漫主义诗人抒情诗选》，第 26 页。
② Stevenson：W. H.，*William Blake*，*Selected Poetry*，London：Penguin Books，1988，p. 148，p. 80.

照亮了黑夜的秘密丛林，
是何等神奇的手和眼睛
能塑造你那可怕的匀称体形？

在何等遥远的深海或高空，
煅烧出你眼中的火焰？
凭何等双翼他敢于凌空？
是何等手臂敢于夺此火种？

是何等肩膀、是何等艺术
能把你心脏的肌肉捏出？
一旦你的心脏开始跳动，
手何等强劲？脚何等勇猛？

是何等铁锤？是何等铁链？
在何等熔炉将你的脑髓熔炼？
是何等铁砧？臂力何等惊人
敢于紧紧抓住这可怖的死神？

当群星将锋芒投向大地，
又用珠泪将天庭润湿，
看着自己的杰作他可欣喜？
他创造了羔羊又创造了你？

老虎！老虎！火一样的灿明；
照亮了黑夜的秘密丛林，
是何等神奇的手和眼睛

能塑造你那可怕的匀称体形?①

羔羊温顺恬静,"又温柔,又和蔼";老虎则刚健威严,它四肢匀称、两眼炯炯,"火一样的灿明;照亮了黑夜的秘密丛林"。那么是谁"创造了羔羊又创造了你"?"是何等神奇的手和眼睛/能塑造你那可怕的匀称体形"? 布莱克用羔羊与老虎这对矛盾对立的自然形象述说着自然界本身就是一个对立统一的生命体,赞叹上帝在创造"羔羊"的同时创造了"老虎",是上帝赋予这个世界威严的匀称,这是一种丰富而又热烈的生命过程,是一种积极的互补,有羔羊的温顺才有老虎的凶猛,反之一样,二者是相互依存、相互作用的关系,正是这种互补作用和相互依存的关系给人类的生存和发展提供了基础和条件。布莱克的这种思想吻合了利奥波德的"大地伦理"(land ethic)观,即:一切生命体的存在都应以保持"生态共同体的和谐、稳定和美丽"(the integrity, stability and beauty of the biotic community)②为价值标准。

布莱克的诗美丽而深刻、语言朴素而清新、韵律音乐性强而有力,可以说英国浪漫主义的革命热情在他的身上表现得最充分,想象力的运用使他成为诗人中的英雄;同时,他的神秘性和独特的宗教信仰又增加了他的复杂性,吸引的同时又困惑着深思的学者,他对神奇景象的向往则使他被超现实主义者和处于社会边缘或甚至地下状态的诗派奉为精神祖先。不过,当20世纪工业文明导致今天生态问题日益严重时,布莱克深刻的、预言性的关于自然伦理的哲学思想也就必然地越来越受到重视,他被列为全部英国文学史上最伟大的六个

---

① 黄宏旭:《英国浪漫主义诗人抒情诗选》,第26页。
② Leopold, Aldo. *A Sand County Almanac*, Oxford: Oxford University Press, 1949, p.224—225.

诗人之一(其余五个是乔叟、斯宾塞、莎士比亚、弥尔顿、华兹华斯)。① 王佐良先生在他的《英国浪漫主义诗歌史》中写道:20世纪西方文学研究的重要成果之一正是对于他的重新发现和阐释。② 我们可以这样认为,彭斯的诗歌清新自然、泥土气息浓郁;华兹华斯将自然景物提升到神灵境界,赋予自然神性的光晕;诗人布莱克则更多的是通过自然的想象、自然的象征和自然的对立统一来实现其"诗才"的激情飞跃、人类纯真天性的回归和人类社会的和谐进步的伟大智慧的。

第三节　华兹华斯诗歌的生态伦理思想

约翰·拉斯金(John, Ruskin)在他的《现代画家》(*Modern Painter*)中这样写道:"华兹华斯在洞察自然方面是楷模"(Wordsworth was exemplary in his *seeing* nature),"在认识自然的深度和本质上他是所有现代诗人中最具敏锐目光的"(the keenest-eyed of all modern poets for what is deep and essential in nature)。③ 然而,对华兹华斯的研究,往往存在着两种比较片面的或者至少说是不很客观的观点:一种强调他与政治的紧密关系,比如他对法国大革命的态度由积极热情转向消极被动,甚至认为华兹华斯后期"放弃革命理想"归隐自然,因此把他归为"消极浪漫主义诗人"或反动诗人;而另

---

① **钱青:《19世纪英国文学史》,外语教学与研究出版社 2006 年版,第196 页。**

② **王佐良:《英国浪漫主义诗歌史》,第 14 页。**

③ Ruskin, John. Modern Painter Ⅰ, (London, 1843), pt Ⅱ, sec. ⅱ, chap. 3, para. 5. from Bate, Jonathan. *Romantic Ecology*, London and New York: Routledge, 1991, p. 8.

一种观点则简单地认为他过于留恋自然山水,他高歌《水仙》等自然景物并因隐居英国北部湖区而得名"湖畔诗人",因此至多是一个热爱自然的山水诗人罢了。笔者认为这两种观点虽然确实都有一定道理,因为任何作家、诗人和文学作品的创作都离不开社会现实的影响,但是,它们均忽略了影响华兹华斯等浪漫派诗人创作思想的另一个根本因素,那就是兴起于 18 世纪下半叶的工业革命早已对英国的社会、政治、经济和文化产生了巨大影响,到了 19 世纪末,人类开发自然、掠夺自然所引发的生态危机和人性危机日益严重。其实,法国大革命又何尝不是这些危机的结果呢? 历史上太多例子证明,政治危机总是与生态危机相伴而来,同时又反过来加剧生态危机。华兹华斯等浪漫派诗人恰恰生活在这样一个双重危机重压之下的社会,自然环境的破坏、功利物欲对人性的异化、传统道德伦理标准的丧失,这些无疑更加触动着诗人们的创作理念。所以,M. H. 艾布拉姆斯就坚持认为,华兹华斯的后期转向在本质上仍然是前期革命理想的继续,只不过对法国革命的幻灭使他将前期的启蒙理想内化成了后期的审美革命。这种审美化了的革命并非是他们革命理想的退化,相反是他们革命理想的一种真正提升。我国学者苏文菁认为:华兹华斯与柯勒律治的《抒情歌谣集》是两位诗人向人类提供的一份法国大革命的答卷——人类的最后解放不仅要靠法国大革命,也要靠人类心灵的解放;人解放自我的途径是:把被理性与工业技术扭曲的人与自然的关系重新调整过来。华兹华斯将对法国大革命的热情转移到文学革命中来,他是以拯救人类的心灵为基础建立起自己的诗学思想的。①

华兹华斯认为自然能将诗人引到这一超自然的境界,这一境界就是对真善美的追求,是对终极真理、道德感化和崇高理想的深刻领悟和把握,是一条通向理想人性的道路。华兹华斯以自然为主题,探

---

① 苏文菁:《华兹华斯诗学》,社会科学文献出版社 2000 年版,第 1 页。

索复归着人性的纯真与善良,歌颂着自然的灵性与神性,追求着人与
自然的和谐与相融,在自然与上帝、自然与人生、自然与童年的关系
上所表达的一整套新颖独特的哲理,实际上是一种人与自然和谐共
存的审美诗意,一种"情"与"理"的平衡,一种超越时代发展的现代生
态伦理思想。

一、华兹华斯的人性自然观

18 世纪法国著名启蒙思想家和文学家卢梭首先提出"回归自
然"的口号,并为之后的英国浪漫主义诗人所接受,这里的"自然"既
指自然界又指人和事物的本真和淳朴状态。在卢梭看来,科学和艺
术助长了恶习,损伤了风化,玷污了德行,腐蚀了人性。他说:"我们
的灵魂是随着我们的科学和我们的技术之臻于完善而越发腐败。"
"……随着科学与技术的光芒在我们的地平线上升起,德行就消逝
了。"①科学和技术滋生了邪恶,压抑了人的自由天分,使人的不自由
程度随着工业和科技文明程度的提高而加重。"他还进一步将文明
与自然对立起来,认为人天生是善良的,是文明把人教坏了。所以卢
梭推崇太古时代的淳朴景象,提出'回到自然去'的著名口号"②,以
便使人回归到自然的本真状态。"卢梭由'回到自然'而掀起感性崇
拜,提出自我表现,开浪漫主义风气之先,影响了 19 世纪初的浪漫主
义文学,所以他又常常被称为'浪漫主义之父'。"③华兹华斯的伟大
之处就在于较早地看到了工业文明所造成的人类物欲的急剧膨胀并
由此产生的人与自然之间和谐关系失去后的对立关系。他在《抒情
歌谣集·序言》中猛烈地抨击了资本主义工业文明,认为这种文明不
仅造成了社会的种种丑恶,给人类带来了空前的灾难,而且使人性中

---

① 卢梭:《论科学与艺术》,何兆武译,商务印书馆 1963 年版,第 11 页。
② 朱志荣:《西方文论史》,北京大学出版社 2007 年版,第 137 页。
③ 同上,第 137 页。

"恶"的一面肆无忌惮地膨胀起来,人们对金钱和财富的占有欲达到了不顾廉耻的地步,人性被分裂、被异化。如何找回人类"善"的天性,找到通向理想人性的道路?华兹华斯将他横溢的才华和激情投向了大自然。

华兹华斯首先把通向理想人性的道路寄托于田园生活和普通百姓。在《抒情歌谣集·序言》里,诗人明确指出那里的人们生活得最简单、朴实,是初始状态的最纯真、最自然的生存方式,因此,这里的人性最本真善良,他们的语言也是最真实自然、毫不虚假做作,诗人应该"是人性的最坚强的保卫者,是支持者和维护者,他所到之处都播下情谊和爱"①。在他与柯尔律治合著的《抒情歌谣集》里,诗人一反传统诗歌热衷表现伟大事件、英雄人物和文人雅士情感的潮流,把创作视线转向了历来被文学家遗忘的英国乡间的风土人情和日常生活,有意选择农村耕夫村姑等普通百姓生活做素材,从中揭示工业文明使得人性缺失的最可贵东西:勤劳、朴实、勇敢、善良等美好自然天性。《致山地少女》(*To A Highland Girl*):

> 温柔的少女,你翩然出现,
> 似霖雨把"美"洒落人间!
> 十四个年头齐心协力,
> 把山川灵秀钟萃于你:
> ·············
> 我从未见过什么容颜
> 能这样明白昭彰地显现
> 乡野气息与温良淳朴
> 在一派天真里趋于成熟。

---

① Merchant, W.. M.. *Wordsworth Poetry and Prose*, Cambridge Massachusetts: Harvard University Press, 1963, p. 222.

> 像一粒种子，被信手抛甩
> 落到这远离尘嚣的所在；
> 不需要世俗的窘态羞颜，
> 不需要闺秀的忸怩腼腆；
> 明净的眉宇分明展示着
> 你爽朗不羁的山民性格；
> 欢欣洋溢于鲜妍的面影，
> 善心表露于温婉的笑容；
> …………①

　　这里我们看到了一个典型的山村姑娘："山川灵秀"钟萃于她，"尘缘俗虑"远离于她，一个美妙的生灵、超凡的佳丽尽显"乡野气息与温良淳朴"；在"这远离尘嚣的所在"，"不需要世俗的窘态羞颜，不需要闺秀的忸怩腼腆"，"爽朗不羁的山民性格"洋溢着欢欣、表露着善良。这里没有世故、没有贪欲，有的是乡野气息与温良淳朴。

　　在《坎布兰的老乞丐》(The Old Cumberland Beggar)中，诗人这样写道：

> 在阳光下，
> 在那座小石台的第二阶上，
> 在那些荒无人烟的群山包围中，
> 他孤身坐着，一边吃着他的干粮……
> 　　　　　（《坎布兰的老乞丐》第12—15行）
> 由他随时随地随意地就座，
> 在树下，或在大道旁的
> 草坡边缘，任那小鸟分享

---

① 华兹华斯、柯尔律治：《华兹华斯、柯尔律治诗选》，第165、166页。

> 他的随讨随得的餐饭。最后，
>
> 既然他在大自然的注目下活了一生，
>
> 那么也该由他在大自然的注目下死去。
>
> 　　　　　（《坎布兰的老乞丐》第 184—189 行）

　　面对以上诗句，很多读者认为诗人所呵护的生活状况毕竟严酷了一些："在那些荒无人烟的群山包围中/他孤身坐着，一边吃着他的干粮"，"任由他的血液/抗击霜气与一场场/任由那横行无阻于荒野之中的疾风/吹打他那灰色的头发，遮住他那干瘪的脸庞"。面对他的状况，我们无动于衷，而是任由他四处游荡，甚至"也该由他在大自然的注目下死去"，这到底是为他考虑还是为了我们自己的心理需要？还有些新历史主义者或文化唯物论者竟然指责诗人的道德缺陷。对此，笔者认为老乞丐虽然孤身坐在石台上，但更是"在阳光下"，而且是"随时随地随意地就座/在树下，或在大道旁的/草坡边缘，任凭小鸟分享/他的随讨随得的餐饭"。这种状态、这种心境是备受功利主义思想影响的人们所无法理解的。"任由"、"随时随地随意"等多次重复，蕴涵着不尽的诗意和诗人那特殊的善意。

　　批评家海伦·达比舍尔（Helen Darbishire）曾经这样为华兹华斯辩护："人们常责备华兹华斯无视我们人类的悲苦与艰辛，其实他对此有至深的了解……"①达比舍尔认为华兹华斯更情愿注目于"人类内心的欣喜与愉悦，视其为生命的元气（spirit）"。英国学者 J. R. 沃特森（Watson）在他所著的《英国浪漫时代的诗歌》（*English Poetry of the Romantic Period*）一书中指出："这并不意味着他的诗歌对生活中的邪恶或悲苦视而不见，实际上华兹华斯是最伟大的悲情诗

---

① Darbishire, Helen. "*Wordsworth's Significance for U.*", from Thorpe, Clarence D. et al. *The Major English Romantic Poets: A Symposium in Reappraisal*, Carbondale: South Illinois UP, 1957, p. 76.

人之一,他对人类的苦难有着强烈的义愤和深切的同情……"①美国教授托马斯·迈克法伦(Thomas McFarland)在其专著《威廉·华兹华斯:烈度与成就》(*William Wordsworth:Intensity and Achievement*)中的观点也代表了强有力的解读思维。他感悟到华氏的文学思维有一种尊严和高尚的气度,这是由于他"能将人类个体的不幸提升到人间生活普遍状况这一高度。"②

　　华兹华斯在这首诗歌里还写道:"但在为自己的才干/能力和智慧自豪时/别认为他是世界的负担!"因为"任何形式的存在/都会同一种善的精神和意向/同一个生命和灵魂不可分地联系在一起"。阅读这些诗句,我们感受到的不仅仅是诗人对至真人性自由的维护、对老人自然生活方式的尊重,同时更有对时政的讽刺和对"任何形式的存在,都会同一种善的精神和意向,同一个生命和灵魂不可分地联系在一起"的生态关怀。美国现代评论家哈洛尔德·布鲁姆(Harold Bloom)这样认为:"老人身处自己的领地……他的命运并非是悲惨的,因为他太深地融入大自然之中,根本意识不到这一点","老乞丐是一位自由的人,在荒山僻野的心脏地带游荡,适得其所"。③ 另一美国现代评论家克兰斯·布鲁克斯(Cleanth Brooks)在其《华兹华斯与人类苦难》(*Wordsworth and Human Suffering*)一文中的话也许更代表了诗人的创作初衷:"(华兹华斯)论点的基本语气恰似一种恳求,希望某种高贵的动物能继续享有天赐的自由,并依循自己习

---

　　①　Watson,J. R.. *English Poetry of the Romantic Period*,1789—1830,London:Longman,1985,p. 3.

　　②　McFarland,Thomas. *William Wordsworth:Intensity and Achievement*,Oxford:Clarendon Press,1992,p. 17.

　　③　Bloom,Harold. *The Visionary Company*,Ithaca and London:Cornell UP,1971,pp. 178,180.

惯的方式过完生命的余年。"①当他坐在石阶上独自吃他的食粮时，他与荒山野岭、石磴、拐棍、山雀等一起构成一幅宁静的天人合一图画。大自然不仅给他家，同时还赋予他灵光和力量。他不只是一个乞丐，"他成了游荡于湖区共同的安居社会之上的一种自然力量"②。在华兹华斯看来，"老人所代表的自然生活形态必然会包含风吹雨打的境况，但因其自然性，我们应确保它的完整"③。

在《西蒙·李》(Simon Lee)中，诗人描写了一个曾经神气活现、快活能干的老猎人的悲惨生活。"他病病歪歪，干枯消瘦，/身躯萎缩了，骨架倾斜，/脚腕子肿得又粗又厚，/腿杆子又细又瘦。"他无依无靠，只与老伴相依为命。由于年老，他"使出了浑身的力气"都无法挖出那截已经朽烂的树墩，而"我挖了一下，只一下，便把/缠结的树根挖出；/而这可怜的老汉挖它，/枉费了半天辛苦"。在《坚毅与自立》(Resolution and Independence)中，诗人描写了一位以捕捉蚂蟥为业的老人，"他又老又穷，所以/才来到水乡，以捕捉蚂蟥为业；/这可是艰险而又累人的活计！/说不尽千辛万苦，长年累月，/走遍一口口池塘，一片片荒野；住处，靠上帝恩典，找到或碰上；就这样，他老实本分，挣得一份报偿。"可见，普通百姓的悲苦生活、资本主义工业社会人性的失落其实是诗人最关注也是最忧虑的问题。请看《西蒙·李》：

在风光秀丽的卡迪根郡，

---

① Brooks, Cleanth. *Wordsworth and Human Suffering*: *Notes on Two Early Poems*, from Hilles, Frederick & Harold Bloom. *Sensibility to Romanticism*, New York: Oxford UP, 1965, p. 379.

② Beer, John. *Wordsworth and the Human Heart*, The Macmillan press, 1978, p. 15.

③ 丁宏为：《理念与悲曲——华兹华斯后革命之变》，北京大学出版社2002年版，第4页。

离艾弗庄园不远的地方，
住着个又矮又瘦的老人——
　　从前可又高又壮。
他打猎足足有三十五年，
　　挺快活，东奔西跑；
两颊中心至今红扑扑，
　　就像熟透的樱桃。

············

如今，景况变得好凄凉！
　　他又老又穷，又弱又无力，
无亲无故的，留在世上，
　　穿的是破旧的号衣。
他主人死了，艾弗庄园
　　也已经荒凉破败；
人呀，狗呀，马呀，都死了，
　　只剩下他一个还在。

············

"好西蒙，你已经累得不行，
　　让我来，"我说，"把家伙给我。"
听了我的话，他满脸高兴，
　　忙把十字镐递过。
我挖了一下，只一下，便把
　　缠结的树根挖出；
而这个可怜的老汉挖它，

　　　　　　　枉费了半天辛苦。

　　　　泪水顿时涌上他两眼，
　　　　　　道谢的话儿来得那么快——
　　　　感激和赞美出自他心间，
　　　　　　却实在出乎我意外。
　　　　我听说世人无情无义，
　　　　　　以冷漠回报善心；
　　　　然而，见别人满怀感激，
　　　　　　我又止不住酸辛。①

　　这首诗是诗人亲身经历的一个感人故事，字里行间充满了对贫苦百姓的同情与怜悯、对工业发展带来的自然破坏的痛心和批判，还有对资本主义社会人性丢失、世风日下的无奈与忧虑。善良、淳朴的西蒙·李曾是风景秀丽山庄的一位好猎手，"又高又壮"，如今"又老又穷，又弱又无力/无亲无故的，留在世上"；以前的山庄"风光秀丽"，而如今"荒凉破败"；在一个物质追求淹没一切的社会，人性冷漠、人情淡薄，一点微不足道的帮助却让老人"泪水顿时涌上他两眼"，使得诗人心中涌出不尽的辛酸。这些处于社会底层的人们生活在苦难、辛劳和病痛的折磨中，他们虽然无力改变自己的命运，但是他们却并没有为此而沉沦，而是凭着自己的坚毅和对生活的执著，愉快地接受上帝给予他们的恩惠，哪怕是只有一点点恩惠，也都心存感激、赞美之情。诗人联想到世俗社会中"无情无义，/以冷漠回报善心"的道德关系，他禁不住"泪水涌上两眼"。因此，诗人对下层人民的悲悯绝不是一种居高临下的同情，而是对他们在艰难生活中体现出的伟大人

---

① 华兹华斯、柯尔律治：《华兹华斯、柯尔律治诗选》，第 235、236、238、239 页。

性的崇敬。他们的生活虽然卑微，但蕴藏着人性的豪迈与伟大，蕴藏着巨大的道德力量。华兹华斯真诚地呼唤这些被现代社会所泯灭的纯真人性重新成为社会关系的主导力量，成为人类精神价值的最终归属。

华兹华斯关注纯真人性除了表现在对田园题材的热爱、普通百姓苦难人生的关爱之外，还体现在他对儿童自然人性、纯真天性的崇拜与向往上。华兹华斯认为人类的儿童时代是最接近自然与上帝的时期，因而在儿童身上我们能找到人性最本真、最善良的一面。对儿童天性的关注实际上是华兹华斯自然情感的延续和深化，是诗人体验上帝存在的不可或缺而又相互联系的因素。对人类而言，自然是文明前期人类的童年状态，对个体而言，童年又是他未受社会侵蚀前的自然纯真状态，因此，在文明社会中保持对自然的虔诚，成年后保留一份纯真人性，都是实现完美人性的必要条件。华兹华斯在自然中体验上帝的奥秘是他要实现人性完美的一部分内容，除此以外，他还要在社会生活内部发掘纯真人性，从而使他对上帝的存在在人性中得到更重要、更真实、更完美的体验。

华兹华斯怀着对完美人性的追求与探索，不遗余力地去追寻自己童年的足迹。他的许多诗歌都是描写自己童年时期的欢乐情景的，如《致蝴蝶》（*To A Butterfly*）通过回忆儿时与妹妹一起追扑蝴蝶的生动景象，把我们带进童年时代纯真的欢乐之中；《致杜鹃》（*To the Cuckoo*）则通过寻觅杜鹃鸟的踪迹，聆听那神奇的声音，以唤起对自己金色童年的美好回忆；而在带有自传性质的长诗《序曲》中，诗人一方面衷心感谢大自然对他童年时代的灵魂所起的作用，另一方面他始终把童心与上帝联系在一起，认为正是受到这种崇高不朽精神的孕育，才使自己的灵魂变得纯净高尚。因此，华兹华斯成了英国浪漫主义诗人中童心的真诚维护者，在他一生的生活和诗歌创作中，他始终怀着一颗无限虔诚的敬仰之心来呼唤童心永驻。在《我一见彩虹高悬天上》中，诗人写道：

> 我一见彩虹高悬天上，
>
> 心儿便欢跳不止：
>
> 从前小时候就是这样；
>
> 如今长大了还是这样；
>
> 以后我老了也要这样，
>
> 否则，不如死！
>
> 儿童乃是成人的父亲；
>
> 我可以指望；我一世光阴
>
> 自始至终贯穿着天然的孝敬。①

　　在诗中，华兹华斯喊出了"儿童乃成人之父"这一有悖常理的惊人之语，这一惊人之语并非出于他的痴狂，而是华兹华斯以其诗性慧眼看到了儿童身上蕴藏着伟大而永恒的灵性。在《我们是七个》中，诗人描写了带着乡野和山林气息的八岁小女孩，她那浓密的卷发和美丽的大眼睛"叫我快活"。于是我问她有几个兄弟姐妹，她回答："我们是七个，/我们中两个住在康韦，/两个当水手，在海上航行，/还有两个躺进了坟地——/那是我姐姐和我哥哥。"我反复提醒："既然坟堆里已睡下了一双，/那么还剩五个。"可小女孩就是不理睬，固执地反复回答："我们是七个。"她分不清生死界限的那份朦胧，似乎使时间成了永恒，宇宙浑然一体，小女孩自己也融入到了绵延无限之中从而获得永恒普遍的力量。

　　在长诗《永生的信息》中，诗人直接将不朽的上帝与不朽的童心相提并论："我们的诞生其实是入睡，是忘却：/与躯体同来的魂魄——生命的星辰，/原先在异域安歇，/此时从远方来临；/并未把前缘淡忘无余，/并非赤条条身无寸缕，/我们披祥云，来自上帝身边——/那本是我们的家园；/年幼时，天国的明辉闪耀在眼前；/当儿

---

　　① 华兹华斯、柯尔律治：《华兹华斯、柯尔律治诗选》，第 4 页。

童渐渐成长,牢笼的阴影/便渐渐向他逼近,/然而那明辉,那流布明辉的光源,/他还能欣然望见;/少年时代,他每日由东向西,/也还能领悟造化的神奇,/幻异的光影依然/是他旅途的同伴;/及至长大成人,明辉便泯灭,/消溶于暗淡流光,平凡日月。"①进而,诗人继续强调"婴儿时,天堂展开在我们身旁"。显然,在华兹华斯看来,人之初,性本善,"我们披祥云,来自上帝身边",婴儿时,天堂就在我们身边。然而,随着"儿童渐渐成长",是什么样的"牢笼的阴影""便渐渐向他逼近"并进而使得"明辉便泯灭"呢? 正如圣经里的隐喻一样,人类的孩提时代是伊甸园时代,儿时的人类不知善恶之分,生存在纯粹的自然之中,与之相伴的是山川虫鱼鸟兽,换言之,免于物质社会的浸染。随着人类的成长,人开始产生了物性的欲望,也正因如此,夏娃才受到了魔王撒旦的引诱,从而走上了歧途。显然,华兹华斯在提醒人们是人类现代工业文明泯灭了人类原有的纯真与自然,成人应从儿童那里得到启示,不要被社会生活变得老于世故,应留一份纯真和一颗敏于感受自然的心。华兹华斯把拯救人类灵魂的希望寄寓于儿童,就是因为儿童具有类似自然的纯洁的心灵。

在诗人看来,这外表柔弱的婴孩刚刚来自幸福的天堂,儿童离天堂也不远,他们仍然处在那生命之始天赐的幸福中,依旧保有天然的禀赋,能直接领悟上帝那永恒而神圣的奥秘。因而童贞里有不朽的征兆,从婴孩那纯真的脸上,可以看到上帝的荣光就蕴涵在其中,而成人只能看到它的一步步消失,"化成了平常日子的暗淡白光"。华兹华斯对儿童的独特理解和阐释,被赋予了神圣的宗教情感。在华兹华斯看来,成年人要找到幸福和价值依托,就必须具有童心,"童年乃成人之父"这一看似有悖常理的命题,实质上表现了诗人对现实生活的神性价值的追求,但这种神性价值并不存在于外在的上帝中,而是存在于每一个人的内心中,只要人们始终怀有童心,心存本真之

---

① 华兹华斯、柯尔律治:《华兹华斯、科尔律治诗选》,第265—266页。

心，上帝就一定会降临到每一个人的心中，这才是人们获得永久幸福的根本保证。

在人类文学史上，歌颂自然风景的诗歌作品比比皆是，而只有英国浪漫主义诗歌把外在自然的神性和人的内在自然之本真完美地结合起来，把自然美和人性美结合起来，并将两种美统一于自然界的和谐。一方面，自然界因为人的真、善、美而更富灵性；另一方面，人本身就浸润在自然的无限神性中，从生机盎然的自然万物中感悟到造物主不朽的智慧。华兹华斯的诗歌作品是集自然美与人性美、智慧美与和谐美之大成者。在华兹华斯的自然观中，无论有生命或无生命的事物，无论人或自然，都互相联系在一个和谐的整体中，自然是连接神性与人性的桥梁。华兹华斯强调大自然与心灵的交融，着力表现自然景色对内心世界的感染与影响，把大自然视作美、生命和理想境界的象征，从中获得创作灵感并感悟人生真谛、透视生活本质，人性、自然、神性在诗人无边的爱心和敏锐的顿悟里达到了和谐统一。我国著名学者苏文菁在其《华兹华斯诗学》里的观点也许是对华兹华斯诗歌主题的最佳总结："华兹华斯的自然观立足于人与自然的关系，他认为自然是人性、理性、神性的结合体，实际上这'三位一体'也是人的最高属性。人是感性的、有血有肉的人，人也是富于理性与智慧的人，人更是有信仰、有爱有义务的人。完美的人就是这三者的统一体。但是，在现实生活中，人们要么偏执于理性，要么沉浸于感性，忘记了人类自身的义务与信仰，于是人迷路了。华兹华斯指出，只有大自然还保有这三种属性，人要重获完美的人格，必须重返大自然。人类重返大自然的中介是儿童。"①所以，"华兹华斯的自然观既是精神的体系，又是现实的存在"，"是一种力图从精神方面、从人类心灵方面拯救人类的观点"。②

---

① 苏文菁：《华兹华斯诗学》，第 65—66 页。
② 同上，第 59 页。

二、华兹华斯的神性自然观

精神与自然的关系问题是西方精神史中的重要问题,任何时代都对这个问题有所反映,但是,不同时代人们对这个问题的看法有着截然不同的答案。在古希腊时期,古希腊人与自然是一体的,他们并没有把人生与自然完全分开,对自然的反映即是对人自身的反映。

例如,赫西俄德的《神谱》既歌颂了众神的诞生,同时也是对自然本身的歌颂。随着人类对自身智慧的过分自信,人类就越来越与自然相疏远。在中世纪,唯有上帝是最真实的存在;到了莎士比亚,哈姆莱特高唱:人是"万物的主宰,宇宙的灵长!"这种上帝理念的绝对化导致了人在宇宙中地位的急剧膨胀,最终导致了人与自然观念的严重脱离,使西方社会陷入了严重的精神危机。卢梭是西方现代社会第一个意识到人与自然关系严重脱节的伟大思想家,他强烈地批判现代社会只注重科学和理性却忽视了人类最基本的人性的严重错误,从而导致了人类德性的堕落,由此,他发出了"返回自然的"第一声呐喊。同时,卢梭精神世界中根深蒂固的宗教情感使他从圣洁的大自然中发现了上帝的存在:"这个有思维和能力的存在,这个能自行活动的存在,这个推动宇宙和万物的存在,不管它是谁,我都称它为上帝。"①上帝无处不在,世界万物都是由他所创造,他也蕴涵在世界万物之中。这种万物有灵论的泛神论观点是西方上帝观念的一次质的变化,是卢梭在上帝被推下神坛后为失去信仰的西方人寻找的一块精神栖息地。华兹华斯就是在这样的一种精神背景下去寻求精神与自然的交融的,他可以说是卢梭在英国的真正传人,但是,华兹华斯与自然沟通的深度和广度上都要比卢梭前进一步。

华兹华斯诗歌中的自然山水并不是单纯的物质对象,是人、上帝与自然的同化,是充满神性和灵性的。我国学者王佐良对华兹华斯

---

① 卢梭:《爱弥儿》下册,商务印书馆1999年版,第394—395页。

诗歌的泛神论有较深的感受,他认为,华兹华斯的诗歌已不属于一般的山水诗范围,"其主旨似乎是,自然界最平凡最卑微的事物都有灵魂,而且它们是同整个宇宙的大灵魂合而为一的。就诗人自己来说,同自然的接触,不仅能使他从人世的创伤中恢复过来,使他纯洁、恬静,使他逐渐看清事物的内在生命,而且使他成为一个更善良、更富于同情心的人"。① 王佐良的这一论述使我们清楚地看到,华兹华斯把自然中的一切存在包括最平凡最卑微的事物都看成是有灵魂的,而且它们的灵魂与整个宇宙的大灵魂融为一体。自然被诗人赋予了神性的光晕而不再是客观的自然,诗人通过诗来表达内心对自然的虔敬,描绘他直观与顿悟到的神性自然。

在《自然景物的影响》(*Influence of Natural Objects*)中,诗人将大自然的神性与宇宙大灵魂融合在一起,并称其为"宇宙精神":"无所不在的宇宙精神和智慧,/你是博大的灵魂、永生的思想! /是你让千形万象有了生命,/是你让他们生生不息地运转!"②华兹华斯对自然中体现的宇宙精神怀着无比虔敬的心情,他甚至把它与基督教的上帝相提并论。不过,华兹华斯的上帝与基督教的上帝有本质的差异,华兹华斯是基于泛神论的立场来理解上帝的,因而,他的上帝并不是基督教那种远离人世的、冷漠、抽象的彼岸世界的上帝。同时,华兹华斯的上帝观是个人体验的产物,他在与自然的情感交流中不由自主地把个人的精神与宇宙精神相互交融在一起,而这种宇宙精神本身在华兹华斯的观念里是和传统的基督教上帝重合在一起的。尽管基督教的上帝被启蒙运动的理性所摧毁,但华兹华斯却在自然中重新发现了上帝的存在,他体现在所有的存在物中。华兹华斯的自然体验使他将超出经验世界之外的绝对价值引入自然界中,使自然万物充满着神性的辉映,自然或卑微之物在上帝的神光普照

---

① 王佐良:《英国文学论集》,外国文学出版社 1980 年版,第 79 页。

② 华兹华斯、柯尔律治:《华兹华斯、柯尔律治诗选》,第 26 页。

下而拥有了神圣性。华兹华斯的很多诗歌在描绘了自然景物之后，总是将对象提升到神圣的境界。如《致杜鹃》(To The Cuckoo)在描绘了杜鹃鸟的声音及由此勾起诗人对自己童年的回忆后，诗人写道："赐福的鸟儿！是你的音乐/使我们这片天下/化为奇幻的仙灵境界/正宜于给你住家。"这仙灵境界既是鸟的神圣居所，同时也是诗人精神的永恒栖息地。在《水仙》中，诗人受到突然出现的一大片欢舞的水仙花的感染，从而触动诗人的心灵。在诗的最后一段，这一景象与天堂联系在一起："这水仙常在我眼前闪现，/把孤寂的我带进了天堂。"此外，虽然有很多描写自然景物的诗并未直接描写"宇宙精神"，也没有在最后将对象提升至神灵与天国境界，然而，我们同样能感觉到神性的氛围。如《阳春三月》(Written in March)里"四十头牛儿吃草一个样"，使人感到一种神性的涅槃，因而，在华兹华斯那里，自然永远是人类心灵的伊甸园。同样，在《廷腾寺》(Lines Composed A Few Miles above Tintern Abbey)中，诗人也表现了自己对大自然的神性依恋。在阔别怀河美景五年后，诗人故地重游，对景抒怀："多少次，/在精神上我转向你，/啊，树影婆娑的怀河！"怀河美景不仅在往日的岁月里慰藉了诗人的心灵，给了诗人以精神的寄托，甚至在未来的日子里，诗人也从这美景中吸取"将来岁月的生命和粮食"。

华兹华斯之所以把自然看成自己的"生命与粮食"，乃是由于他真正地在思想上实现了精神与自然的交融。华兹华斯在法国大革命和英国工业革命的重大社会事件中，清醒地认识到人类与自然的疏离给人类生存造成的严重危机，使人类失去传统信仰和伦理价值依靠。于是，他背时而动，在人们普遍追求功利和贪婪掠夺自然的时候，他隐居湖区，企求在大自然中寻找人类生存的意义根基。华兹华斯在《转折》(The Tables Turned)中，号召人们超越认识和书本，而直接用心灵去感受：

啃书本——无穷无尽的忧烦；

听红雀唱得多美！
　　到林间来听吧，我敢断言：
　　　这歌声饱含智慧。

唱得多畅快，这小小画眉！
　　　听起来不同凡响；
　来吧，来瞻仰万象的光辉，
　　　让自然做你的师长。

自然的宝藏丰饶齐备，
　　　能裨益心灵、脑力——
生命力散发出天然的智慧，
　　　欢愉显示出真理。

春天树林的律动，胜过
　　　一切圣贤的教导，
它能指引你识别善恶，
　　　点拨你做人之道。①

诗人一开始就劝告朋友放下书本（quit your books）、奔向自然，"到林间来听吧，这歌声饱含智慧"；接着强调"自然的宝藏能裨益心灵、脑力"，同时还能"指引你识别善恶，点拨你做人之道"。整首诗表面上是以作者友人为对象，而实际上是对整个文学界、知识界的号召。在诗人看来，大自然本身就是一首最美好的诗歌，它不仅能够唤起人的激情，而且还能赐予人们智慧和力量，人只有在自然环境中才能保持自己的尊严和纯洁的心灵，与束缚自由、压迫个性的工业社会

① 华兹华斯、柯尔律治：《华兹华斯、柯尔律治诗选》，第 228 页。

分庭抗礼。诗歌第四节"…Come forth into the light of things, /Let Nature be your Teacher"可谓全诗主题所在,大自然富于灵性和智慧之光,让我们走出阴暗的书斋,进入光明的世界,接受大自然的恩赐。全诗字里行间处处埋伏着理性与非理性、书斋与自然的强烈对比。按传统观念,智慧与真理只能是闭门苦读的结果,而华兹华斯则以其独特的浪漫主义情怀给人与自然的关系提出了全新的解释,主张从自然的领悟中学习;而 breathe 一词则说明大自然赋予的智慧与真理犹如宜人的清风,毫无令人窒息的感觉,突出了自然之灵性对人性美好影响的生态思想。

华兹华斯的很多作品都将自然景物提升到神灵境界,赋予自然神性的光晕,从而使自然不再是单纯的、客观的自然。华兹华斯认为:"自然界最平凡最卑微之物都有灵魂,而且它们是同整个宇宙的大灵魂合为一体的。"小小的云雀也能"倾泻出对那至高无上的主宰的颂赞"。《致云雀》(To a Sky-lark):

> 带我飞上去! 带我上云端!
> 　　云雀呵! 你的歌高昂强劲;
> 带我飞上去! 带我上云端!
> 　　你唱啊唱啊,周围远近
> 天宇和云霓都悠然回响;
> 带着我飞升,领我去寻访
> 你那称心如意的仙乡!
>
> 我辛苦跋涉于旷野穷荒,
> 　　到如今已经神疲意倦;
> 此刻我若有仙灵的翅膀,
> 　　我就会凌空飞到你身边.
> 你的歌饱含神圣的欣喜,

> 周围的气氛是狂欢极乐;
>
> 带着我飞升,高入云霄,
>
> 到你的天国华筵上做客!①

这里的自然,是充满了人性的自然,是弥漫着神性的自然,"云雀"的歌声"高昂强劲",带给我欣喜,消除我疲劳;"云雀"的世界自由自在,"称心如意",是"天国",是"仙乡"。在诗人眼里,自然是有感情、有灵性的,自然可以陶冶心灵、提升道德,可以恢复人类完美的人性。我们可以看到诗人的目光超越一切湖光山色、花鸟鱼虫,直接摄取大自然所蕴涵的"宇宙精神",并将人的思想感情与它紧密地联系起来,使自然景物既渗透着神性又体现着鲜明的人性色彩。1793年8月,23岁的华兹华斯曾独自徒步旅行,到英格兰西布茅斯郡(Monmouthshire)游历了风景秀丽的怀河(the Wye)河谷和古老的廷腾寺(Tintern Abbey),创作出《廷腾寺》。请看其中诗句:"这里的清流,以内河的喁喁低语/从山泉奔注而下。我再次看到/两岸高峻峥嵘的伟崖峭壁,/把地面景物连接于静穆的天穹,/给这片遗世独立的风光,增添了/更为深远的遗世独立的意味/……"这里诗人用洗练的文笔和朴素的风格生动展示了廷腾寺的自然风景,并用清晰而又传神的诗句表达了自己起伏不定的心情。从诗歌的第22行到49行,诗人似乎认为最理想的心理状态应是达到物我交融,与大自然完全和谐一致。在这种平静的心绪中,人世上许多阴暗而不可理解的事物在我们的心灵上的沉重负担得以减轻;高尚的感情引导着我们,我们几乎暂时忘掉了自己血液的流动、肉体的存在,而变成纯粹的精神;我们坚信万物和谐而充满了欢乐,于是以平静的眼光观察、洞见事物的本质。请看其中:"……当我孤栖于斗室,/困于城市的喧嚣,倦怠的时刻,/这些鲜明的影像便翩然而来,/在我的血脉中,在我的心房

---

① 华兹华斯、柯尔律治:《华兹华斯、柯尔律治诗选》,第71页。

里,唤起/ 甜美的激动;使我纯真的性灵/得到安恬的康复;……"在
华兹华斯的自然观中,无论有生命或无生命的事物,无论人或自然,
都互相联系在一个和谐的整体中,自然是连接神性与人性的桥梁。
在《劝导与回答》(*Expostulation and Reply*)中,华兹华斯这样回答
友人提出的"为什么,威廉,在这块石头上/你坐了整整半天工夫/孤
零零一个,把大好时光/在沉思幻想中虚度":

>   …………
>
> 同时,我相信:宇宙的威灵
>   也会留痕于我们心底,
> 我们唯有明智地受领,
>   用它来滋养心力。
>
> 我们置身于宇宙万物里,
>   它们都说个不休,
> 对我们难道就没有教益?
>   又何需苦苦寻求?
>
> 那就别问我:为什么这样
>   坐在石头上,俨如
> 与万物交谈,把大好时光
>   在沉思幻想中虚度。"①

华兹华斯强调大自然与心灵的交融,着力表现自然景色对内心
世界的感染与影响,把大自然视作"美"、"生命"和"理想境界"的象

---

① 华兹华斯、柯尔律治:《华兹华斯、柯尔律治诗选》,第 227 页。

征。"与万物交谈","宇宙的威灵也会留痕于我们心底",从中获得创作灵感并感悟人生真谛、透视生活本质。人性、自然、神性在诗人无边的爱心和敏锐的顿悟里达到了和谐统一。

华兹华斯的神性自然观根植于基督教传统和他那泛神论思想。基督教认为,自然与人类都同样是上帝的创造物,他们之间的关系应该是平等对应的;泛神论思想在此基础上又进一步认为,上帝的灵光体现在他的每一种创造物上,而每一种创造物都与上帝一样具有神性,并同时相互依存。因此,人不仅要像基督教教导的那样爱自己的同类,而且更要爱世界上所有的生灵,甚至包括非生灵的泥土和瓦块。在《序曲》第一卷,诗人写道:"宇宙的智慧与精神! /你是灵魂, /是超越时间、万世永存的思想, /你将生命与永恒的运动赋予/景物或眼中的形状……"①可见,华兹华斯充满着对大自然的崇拜,并把自然视为圣灵存在的最高艺术体现。华兹华斯所要探求的是这种自然界与人类的意识相互依存或者是两者构成的"对应"的力量。对于华兹华斯来说,上帝的灵魂不在天国,而在大自然中,大自然无处不有上帝的精神存在,而人的灵魂又是依存于自然界的,所以,自然就成了上帝与人类的纽带,不仅具有神性,同时也兼具人性与理性。华兹华斯从有限的自然现象中体验到了大自然的无限本质,即他所说的"宇宙精神",这种体悟完全是华兹华斯个体心灵与上帝的神性交流,是完全出自他个人的心理体验。而强调以个人体验为宗教信仰基础的正是浪漫主义的一个独特的宗教情感。华兹华斯以其深厚的诗性智慧为现代人创造了一种新型信仰模式,从而使我们能够在丰富多样的大自然中去感受神性的光辉。

---

① 华兹华斯:《序曲》,丁宏为译,中国对外翻译出版公司,1999年版,第16页。

三、华兹华斯的理性自然观

　　著名英国利物浦大学英国文学教授、著名生态批评学者姜奈生·贝特认为,华兹华斯诗歌的一个突出特点就是对生态系统的重视和从生态系统利益的视角评价事物。他写道:"华兹华斯绝对不是一个反动诗人,他的政治观根基于'绿色',他是我们第一个真正意义上的生态诗人。"①他还强调说:"华兹华斯诗歌里对自然神圣性的尊重实际上也就是'一种生态伦理'(an ecological ethic),在价值标准严重迷失的今天一定要加以重新肯定。"②"华兹华斯是个严肃而又有道德感的诗人。他在寻求新的存在的理由,他在考虑人与自然、人与世界的新的关系,在考虑一种新的秩序的依据。华兹华斯把自然神圣化,把上帝的属性转移到自然中来,并将之视为一个有机体,正是这种寻找新的存在理由的结果。"③华兹华斯认为,自然与人同是上帝的创造物,是一个整体的不同表现,同是宇宙的组成部分,既然如此,要关心人的生存就必须关心与之共存的自然,当然"爱自然"就自然"通向爱人类"。华兹华斯的诗歌主题表面上是描写自然、歌颂自然的情感表达,实际上是关于人以及人的生存的理性思考。

　　请看其《责任颂》(Ode to Duty)中的诗句:"'上帝之声'的严峻的女儿!/'责任'呵!你是否喜爱这称号?/你是指路的明灯,你又是/防范或惩罚过错的荆条!当'恐怖'虚声恫吓,幸有你/律令威严,伸张了正义;/你叫人摆脱了浮华的引诱,/叫世间昧昧众生终止无谓的争斗!/……"④这首诗里,华兹华斯强调了人对自然的责任,

---

①　Bate, Jonathan. *Romantic Ecology: Wordsworth and The Environmental Tradition*, London and New York: Routledge, 1991, preface.

②　Ibid, p. 11.

③　苏文菁:《华兹华斯诗学》,第48页。

④　华兹华斯、柯尔律治:《华兹华斯、柯尔律治诗选》,第240页。

指出"纷杂的欲望已成为负担"，人类不能靠欲望和希望指引自己，"责任"才是"指路的明灯"、"防范或惩罚过错的荆条"；也只有责任"威严的律令"才能"伸张了正义"、"叫人摆脱了浮华的引诱"。在《早春命笔》(Lines Written in Early Spring)中，诗人一边感受着大自然的美好，"丛林里，我斜倚一树而坐，/听到千百种乐音交响"；同时面对资本主义商业发展致使人类无视自然、破坏自然的现状，心中又涌现出不尽的"怅惘"，"不禁悲从中来，想到/人怎样作践自己"。叙事诗《鹿跳泉》(Hart-Leap Well)中这样感叹："再没有狗儿、羊儿、马儿或小牛/到石潭边上来，用泉水润润嘴唇；/常常，半夜里，当万物都已睡熟，/泉水发出悲悲切切的呻吟。/……"这里诗人叙述了贵族为了自己的享乐纵情猎杀野生动物、肆意破坏自然并以征服自然为荣、以征服自然为乐的故事。诗人警告后人物欲膨胀不仅伤害了自然，也伤害了人自身；肆意改造自然带来的只能是可怕的灾难，无情的时间会把人造的艺术景观变成废墟，生态的美丽与平衡将不复存在。鹿跳泉一带变成了最荒凉的地方，白杨树死气沉沉，"泉水发出悲悲切切的呻吟"，再没有狗、羊、马等小动物来这里饮水润唇。

面对资本主义商业发展带来的人性异化，华兹华斯特别提出了"简朴地过活"，提醒那些为欲望所累的人们，"虽然很幸运、很富有，心中却不快，脚步却沉重"。在一首《无题》诗中，他写道：这尘世拖累我们可真够厉害：/得失盈亏，耗尽了毕生精力；/对我们享有的自然界所知无几；/为了卑污的利禄，把心灵出卖！在《这个世界令人难以容忍》(The World Is Too Much With Us)中，华兹华斯明确指出英国社会已经腐败不堪，社会风气每况愈下，人们在冷若冰霜的商品原则面前变得贪得无厌、唯利是图。他这样写道："这个世界令人难以容忍；近来和未来，/我们追求钱财，挥霍无度，耗尽精力；/我们的世界与大自然格格不入，/我们丧失了自己的良心，卑鄙的实惠！"华氏认为人类社会的发展、经济的增长、物质的需要都应限制在生态系统可以承载的限度内，人类应追求简单的物质生活和丰富的精神生活；少一些欲望，多一份纯真。面对"世风日下"，人们再没有"内心的安恬"，整个英国成了"死水污地"，诗人写下了《伦敦，一八零二》，呼吁"弥尔顿！今天，你应该活在世上"，" 回来吧，快来把我们扶持，/ 给我们良风，美德，自由，力量"。《露西组诗》（Lucy Poems，1799）里描述的那个摆脱了尘世纷扰、摒弃了社会赞许需要的纯自然的女孩，给读者留下了深刻印象。从生态批评的角度看，这首诗表现的不仅仅是入世和出世这类人生选择的问题，更重要的是如何融入自然、如何顺应自然规律、如何化解人类对生态危机的恐惧进而追求一种超越物质和世俗的更简单、更诗意的生存方式的含义。正因为如此，克洛泊尔才把这首诗看成是所有浪漫生态诗的"根"，并声称它的精神"在整个浪漫诗歌中回响"。①

　　华兹华斯时刻实践其"他是人性的最坚强的保卫者，是支持者和维护者，他所到之处都播下情谊和爱"的诗学宣言，把道德、责任放在诗歌创作首位。华兹华斯在谈到诗与道德伦理的关系时这样写道："这些热情、思想和感觉到底与什么相联系呢？无疑的，它们与我们伦理上的情操、生理上的感觉，以及激起这些东西的事物；它们与元素的运行、宇宙的现象相联系；它们与风暴、阳光、四季的轮换、冷热、丧亡亲友、伤害和愤懑、感德和希望、恐惧和悲痛相联系。"②可以看出诗人作诗不仅仅是要表现个人的热情与思想，他的热情与思想应该是整个时代的、社会的。当然，这里华兹华斯并不只是在探讨诗歌的本质，也不是在强调他的诗作都来源于其生活的时代和社会，他把"伦理上的情操、生理上的感觉，以及激起这些东西的事物"放在诗歌创作的首位，彻底说明了华兹华斯绝对不是一般意义上的自然诗人，

---

　　①　Kroeber, Karl. *Ecological Literary Criticism*；*Romantic Imagining and the Biology of Mind*, Columbia University Press, 1994, p. 47.

　　②　转引自刘若端：《十九世纪英国诗人论诗》，人民文学出版社 1984 年版，第 18 页。

他的诗作不仅承载着诗人追求回归自然、诗意生存的浪漫情怀，更是彰显了人类早期关注人类自身生存良性发展的生态智慧。

华兹华斯不止一次地表达对当时的喧嚣人寰的焦虑与不安。1808 年，他在写给友人乔治·彼沃蒙特(Sir George Beaumont)的信中把自己视为教师，他觉得事实上每位伟大的诗人都应该首先是一位教师，诗魂亦师魂，并清楚地看到人们"正在堕落"①，批评"人们的庸庸碌碌和盲目奔波的生活"，他要帮助人们"创造一种……审美观"，教给他们"艺术性鉴赏力"，使他们变得"更有智慧、更好"。② 他有时甚至像是在呼喊："你们啊，再聪明一些！"（Lines Left upon a Seat in a Yew-tree, 55 行）体现了难以言喻的文学使命感，表现了诗人对国家民族命运、捍卫纯洁人性、追求诗意生存的强烈责任感。因此，华兹华斯期待的诗意生存应该是宁静和谐的生态与平静恬淡的心态，没有喧嚣、没有浮躁，更没有无穷尽的贪欲，有的是阳光、绿草、溪流、鸟鸣，更有平静而又忙碌的农夫、专注吃草的牛群，"耕田郎阵阵吆喝/ 山中有欢愉/泉中有生趣/云朵轻飏/碧空晴朗"（《阳春三月》）。③

"无论大自然，还是心灵，再还是人类，其作用只不过体现诗人欲依赖自己的资源改进民众素质之愿望，也就是把他们变得更温和、更沉稳、更有同情心、更富于诗意想象力，也因为拥有这些品质而表现出更多的尊严。"④以华兹华斯等为代表的 19 世纪浪漫主义诗人视一切"自然"的东西都是美好的，反对压抑和约束，自然与人的关系应

---

① Selincourt, Ernest De, Rev. Mary Moorman. *The Letters of William and Dorothy Wordsworth*: *The Middle Years*. Part Ⅰ. *To Robert Southey*, Feb. 1808, Oxford: Clarendon Press, 1969, p. 56.

② Ibid. p. 86.

③ 华兹华斯、柯尔律治：《华兹华斯、柯尔律治诗选》，第 95 页。

④ 丁宏伟：《理念与悲曲——华兹华斯后革命之变》，第 138 页。

是自觉、平等与和谐的,自然是人类的哺育者,也是人类的良师益友和导师,人和自然不但有物质上的联系,更有精神上的关系,浪漫主义诗歌的自由观念和生命意识在"自然"的境界里找到了终极归宿。不过,在生态危机日益严重的今天,我们会更加感到 19 世纪浪漫主义诗歌在追求回归自然的进程中,其深层不但蕴涵了释放人的非理性内容的潜在欲望,而且更是处处体现着诗人们对人的处境及命运与前途的理性思考,这种思考是一种深层伦理标准的思考,它吻合了当今生态危机时代人们渴望亲近自然、回归自然的价值标准,吻合了生态批评的理论内涵:人类应重新思考人与自然的关系、重新认识自己在自然界的位置和责任。华兹华斯是一位真正自觉的大自然的歌手,但他绝不是一般意义上的、停留在表面上歌颂自然景物的自然诗人。他的内心充满了对自然万物的极端热爱,这种热爱包含着对遭到工业文明侵袭的自然景物的深切同情、怜悯和尊重,显示了他对良性生态建构的极大关注,对国家、社会健康发展的高度责任感和他对人性异化带来的欲望膨胀、诗意生存萎缩的忧虑与批判。

总之,华兹华斯对自然的热爱绝不同于一般流连于山水风情的世俗文人,他笔下的自然是神性的、是人性的本真状态,同时,他对人与自然的关系进行了深入严肃的思考,其中涉及人与自然的信仰关系、价值关系、道德关系、审美关系等。一方面,人通过对自然的尊重与敬畏,通过对自然万物所包含的神性的感悟,通过与自然感官上的直接对话与交流,实现灵魂的净化和人性的复归,使人摆脱工业文明和科学理性对灵魂的压抑和扭曲,回归到原初自然本真状态,恢复人的童心与淳朴,恢复人的睿智与敏感,恢复原有的想象力和同情心;另一方面,自然在经过了人对它信仰和态度的转变,可以避免因人类的狂妄和无知所带来的厄运,更加充分地展现自然所固有的温和与包容、丰富与和谐,更加充分体现造物主的智慧和自然的灵性,从而给人以精神上的启发和慰藉。华兹华斯等浪漫派诗人以其诗人的敏感和文学家的道德认识到革命的暴力无济于事,人类社会的进步依靠的不是法国暴力革命式的政治手段，更不是英国工业革命式的经济手段，而是重建人类审美价值体系的精神手段。这种终极审美价值体系正是来源于人类共同的精神家园———自然，即自在的自然与人性的自然的统一。只有当人类认识到这一点并为之毫不吝惜地献出自己的全部想象力和情感的时候，才能享受到人与自然的和谐共生，也才能体会到这一精神家园的真正价值和实现人类的终极审美。

第四节　柯尔律治的神性回归及其生态伦理寓言

柯尔律治（Samuel Taylor Coleridge，1772—1834）与华兹华斯一样关注当时的现实生活、关注人类的未来命运，面对启蒙理想破灭后物欲横流的现实，他们以诗人特有的敏感和良好的道德责任，企图通过唤醒人性的自然回归带来人类精神世界的改变，以解决人类发展的社会问题。他们一方面用大自然的美来填充自己的心灵，另一方面则试图在宗教里寻找精神支撑，自然景物在他们心中与人类同等重要，同样来自上帝，是神的本体，没有自然就没有人类自身，人对自然应有一种宗教般的责任。这种将自然界的一切均看作神的浪漫主义泛神论思想，为构建人与人、人与社会、人与自然和上帝和谐共存的关系提供了必要的精神基础。

柯尔律治的重要诗篇都写于 1797—1798 一年之内，《老水手行》、《忽必烈汗》（Kubla Khan，1816）、《克里斯托贝尔》（Christabel，1816）三部长诗虽然后两者均未完成但都写得瑰奇，不同凡响，似乎好懂又难解，特别是《老水手行》，因其超自然、神秘主义特点至今仍有一种特殊的吸引力。同时，柯尔律治的《这菩提树凉亭是我牢房》（This Lime-Tree Bower My Prison）、《思乡》、《重临海滨》等短诗也同样深切表达了诗人对自然的虔诚、对自然生活的向往。在英国浪漫主义诗人中,柯尔律治无疑最热心于从神性自然的角度表现自然,这使他的诗歌实际上具有对"生态自我实现"和"生态中心平等"的喻蕴。

一、柯尔律治自然观的哲学思考

柯尔律治被称为英国浪漫派诗人中最具哲学深度的理论家,他的某些哲学和诗学思想,与当代最流行的一些哲学、诗学观点并无二致。柯尔律治自然观的中心是"太一",即"太初的整一与极善"。"太一"包容万物,一切事物均从属于它。这个"太一"如果用宗教术语来说就是"上帝",柯尔律治从这个"太一"概念引申出他的"万物一体"说,即所有单个生命都是构成"普遍生命"的组成部分,生命最普遍的规律就是"两极性,或曰自然中根本的二元性":其一为"从普遍生命分离",即个体化过程;其二为"回归普遍生命",即所有生命体都被包容进了"普遍生命"。① 在他看来,生命不是静止之物,而是一种行动和过程,是联结两极对立势力的纽带。在《笔记》第三卷中,柯勒律治写道:"整一是'人类思想和人类情感的最终目的'。"②柯尔律治的生命理论论证了人与自然本质上的同一性。人作为生命个体和普遍生命具有内在统一性,在本质上是与自然融为一体的。人在生命的运动中实现着个体与自然万物的和谐共生,而且自古以来就维系着这种和谐关系,只是近代以来工业化和科学技术的进步把理性推到至高无上的宝座,而情感与信仰则受到普遍压制,才使得人与自然发生了二元分离。科学对自然的揭秘导致传统的宗教与神学的没落,同

---

① 蒋显璟:《生命哲学与诗歌——浅谈柯尔律治的诗歌理论》,《外国文学评论》,1993 年第 2 期。

② Perry, Seamus. *Samuel Taylor Coleridge*, *Kubla Khan*, *The Ancient Mariner and Christabel*, from Wu, Duncan. A Companion to ROMANTI-CISM, Blackwell, 1998,1999, p. 131.

时不断强化着人物质欲望和贪婪；工业化将人变成了机器手，吞噬着人的想象力，使人的本质逐渐异化。因此要恢复人已丧失的自然情感和感性思维，复归人类天性，就必须让人回归自然，重新创建人与自然和谐共生的生存空间。

从原始与自然的统一，经过异化的痛苦和磨难，复归于同自然的统一，这是一条环行的旅程。基于泛神论思想的浪漫主义诗人将人与自然看成是同样来自于上帝"天"的自然之物，属于同一个整体，"天"是一切生命之源，也是一切价值之源。人类生命是由天地自然所赋予的，人对自然界应该有一种崇敬之心，这种神圣感实际上赋予人以现实的使命感，这就是热爱和保护大自然，与大自然中的一切生命保持和谐，这种对于人与自然、人与上帝关系的理解更是体现了现代生态观的哲学理念。中国古代人也从自然属性上提出了"天"的解释，而"天"的最初含义就是必须皈依的自然。早在先秦时代，孟子和荀子就主张人体天道，尊重自然规律，提出对林木水产的捕伐要依时令而行。孟子提出了尽心知性以知天，"万物皆备于我"，将自己的性情与万物的本性相联系，讲究"物我同一"。到宋代，张载更是提出了著名的"民胞物与"的命题："天地之塞吾其体，天地之帅吾其性。民，吾同胞；物，吾与也。"以天地之体为身体，以天地之性为本性，将民众看成是同胞，万物看成是朋友。这些都是中国儒家在"天人之辩"立场上强调对自然生态的统一关系。并且，这种生态环境既是物质的环境，也是精神的生态。①

其实，柯尔律治自然观的哲学思想与我国古代道家自然观不谋而合。道家思想向往回归自然，追求"以天合天"、人与物为一，通过遵循自然规律的方法以求得精神的自由。它的"人与天，一也"与柯尔律治"unity""oneness"同义，而且均认为人作为自然的一部分，与天在本质上是同一的，与大自然本是一体的。《庄子·齐物论》里

---

① 张艳梅、蒋学杰、吴景明：《生态批评》，人民出版社 2007 年版，第 48 页。

"天地与我并生,万物与我为一",充分表现了道家要求人的行为都应与天地自然保持和谐统一的生态智慧。在老庄的体系中,把"天"理解为"自然之天"。所谓"自然之天",既包括各种自然现象,又包括自然现象及事物客观存在的、不受外力制约的天然的本性或状态。天道自然无为而有为,这是天道存在的方式,因而道家反对儒家把"天"赋予仁爱的道德意义,而使生命返归于自然的本真,达到自然主义的"天地与我为一"的和谐境界。《老子》第七十三章云:"天之道,不争而善胜,不言而善应,不召而自来,坦然而善谋。天网恢恢,疏而不漏",与柯尔律治的《老水手行》罪与罚的故事有异曲同工之妙。老子对功利、技术、竞争、过度消费的批判和柯尔律治对人类欲望过度膨胀的生态预警,为今天人们价值标准的迷失提供了很好的启迪作用。

柯勒律治的自然理念是在华兹华斯自然理念的启发下形成的,但他却比后者更深沉、更神秘,简直可以说就是一种宗教理念。柯尔律治的自然观,集中表现为"被造自然"和"造物自然"的对立统一,前者指万物的实体,后者指创造性的自然精神,这是事物的最高本质,即本体。上帝爱人也爱鸟,人不应该杀鸟。因为人和鸟都是上帝的造物,它们之于神就像过程之于本源、现象之于本体。人与自然互为命运,应和谐相处。人只是整个自然秩序中的一个环节,只是有机统一体中的一个部分,只是从"整一"(上帝)分离出来的一个"众多",因而回归整一极善应该是人类自觉的精神追求。

二、柯尔律治自然观的神性回归

柯尔律治与华兹华斯一样把自然万物视为神性、灵性与人性的结合体,与人享有一切平等权利,是不可侵犯的,唯有尊重自然的神性、与自然和谐相处才能获得美好的幸福生活。《老水手行》无疑充分体现了这一自然主张。诗人运用隐喻、象征手法,在带领读者经历了从整一到分离、再回归到整一的本体思维旅程的同时,也使作品充满了神秘且恐怖的情景,有一种超自然的神力笼罩着万物。对此,柯尔律治同时代的人不能理解,甚至连他最亲密的合作者华兹华斯也认为,该诗对他们合作出版的《抒情歌谣集》是一个"伤害"。① 随着人类对自然的认识从"天人合一"、"天人对立"发展到"天人对立统一"的理解,我们不难发现诗中出现的超现实的幻想、超自然的神灵和超万物的上帝,其实就是超意志的自然力、超物象的宇宙精神和超时空的终极的象征。老水手对信天翁的射杀以及此后对自己行为的深刻内省,代表了整个人类的行为与反思,是大自然所涵示的无限宇宙精神和人类对这一精神的无限探求,是人类自由精神的重要内容,也是 18 世纪末、19 世纪初西方欧洲浪漫主义的精神实质。

《老水手行》向读者展示了一个个奇异的镜头和可怕的场面:一只可爱的信天翁被老水手杀害,众水手议论纷纷,莫衷一是。复仇的精灵暗中尾随帆船,伺机报复。海上狂风大作,继而又静得可怕。由于船上淡水耗尽,船员"一个个倒地死去"。在诗歌的第四部分中,柯尔律治生动地描述了老水手极度的精神孤独和他在死亡线上挣扎的痛苦情景。"孤独、孤独、多么孤独,茫茫大海就他一人。"精神上的折磨与肉体上的痛苦使老水手明白了这一系列灾难与不幸的原因,他对自己残害动物、乱杀无辜的行为后悔莫及。他的良心受到了谴责,于是便跪地祈祷。顷刻之间魔力消失,一股神奇的力量将船送回了老水手的家乡。在诗歌结尾处,老水手将故事叙述完毕,便独自离去。此刻,远处传来了婚礼上的欢闹声。这位年轻人对老水手的冒险经历感到惊诧不已,无心前往参加婚礼。"他将变得更为严肃,且更加明智。"

有人说:"上帝创造了人,也就创造了人的欲求与责任的矛

---

① Spenser, Hill. J.. *A Coleridge Companion*, London: Macmillan Press, 1983, p. 111.

盾。"①人类精神中的这两极，在西方文学中经常表现为"罪"与"罚"的伦理探讨：欲求是"罪"的根源，"罚"则是责任的警示。信天翁象征基督之灵，它的被杀就是亵渎神；后来水蛇的出现则象征"圣灵"的复活；老水手的经历象征人类由"原罪"到忏悔到获得救赎的苦难历程。由于宗教在观念上对多种意识形态有着一种极强的整合力，在思维方式上又具有宏观性、终极性的特性，因而也就自然成了柯尔律治精神感受的借助之物，或者说是他心灵探求的一个表现手段。因而，与其说文本中"罪与罚"观念是宗教思想的体现，不如说是柯尔律治借用宗教术语对"欲求与责任"这一人类精神中的两极进行的一个最高意义上的概括。事实上，基督教的"罪与罚"观念在其实践意义上，亦早已成了西方人精神追求和心灵矛盾的写照。毋庸置疑，当华兹华斯等浪漫主义诗人们返归自然，将自己的情思融注于自然风物的时候，他们实际上是在描述着人与自然之间的那种平等、亲善、和谐的关系。可是，《老水手行》却给我们描述了这样一番情景：由于老水手射杀了一只信天翁，整只船都遭受了可怕的灾难："……／水呀，水呀，处处都是水，／泡得船板都起皱；／水呀，水呀，处处都是水，／一滴也不能入口。／连海也腐烂了！哦，基督！／这魔境居然出现！／黏滑的爬虫爬进爬出，／爬满了黏滑的海面。"②水手们"一个个砰然倒下，成了僵硬的尸堆"，老水手奄奄一息，孤独如死。此时，大自然所构成的氛围是一座炼狱，给我们的感觉不再是博大雄伟，而是沉重滞缓、神秘恐惧。

　　人类自从自然中分离出来，就有了人与自然的对立。这里有两方面的含义：一是忽略了万物的有机统一，与自然日渐疏远；二是主张人类中心论，对大自然进行肆意掠夺和破坏。人类生存环境的日

---

　　①　李燕乔：《西方现代文学中的"原罪说"》，《外国文学与文化》，新华出版社 1989 年版，第 158 页。

　　②　华兹华斯、柯尔律治：《华兹华斯、柯尔律治诗选》，第 297 页。

益恶化正是大自然对人类罪行的报复。作品中信天翁从上帝(即"太一")居住的"雪与雾的国土"飞来,代表着神圣、高洁的自然法则的力量,是永恒宇宙的化身,是人类自由精神的写照。它紧随船行,表明自然对人类的呵护与关爱,体现着一种和谐共生的原始理念。老水手无知地将其射杀,漠视了这种和谐,侵害了生命共同体中其他生物的生存权利,因此不可避免地遭到自然的惩罚。与其说老水手射杀信天翁是无意的行动,不如说是作者的有意安排:故意让他处于大自然的对立面,品尝一下毁灭这种自由精神的后果。诗的最后,通过老水手的心灵忏悔对上述思想作了归纳:"对大小生灵爱得越真诚,/祷告才越有成效;因为上帝爱一切生灵——一切都由他创造。"①

柯尔律治与华兹华斯一样时刻表现着对上帝的虔诚、对自然的崇敬,不过,他们心中的上帝并不完全等于基督教的上帝。在柯尔律治和华兹华斯看来,自然和人本身都是上帝的子民,人、自然与上帝是同在的。在《重临海滨》里,柯尔律治这样写道:"上帝与你同在,欢乐的海洋!/我满怀欢欣地又来向你致意!/海浪、航船,一切常动不息,/人们在你岸边多么心旷神怡。""呵,种种希望又在我心中激荡,/随着希望健康也回到我的身上!/上帝与我同在,上帝在我心中!/如果生命是爱,我就不会死亡。"②上帝在诗人心中的位置多么重要!只要与上帝同在,生命就有了欢乐。不过,诗人心中的上帝,其实就是自然万物,所以,他还写道:"而当我重临你喧嚣的海滨,/心中涌起千种希望和欢欣,/涌起无数亲切温馨的往事,/崇高的理想,蓬勃的雄心。"③可见,在诗人的情怀里,亲临自然,就意味着"希望和欢欣",与自然的相融总能令诗人萌发"崇高的理想,蓬勃的雄心"。诗人借

① 华兹华斯、柯尔律治:《华兹华斯、柯尔律治诗选》,第 321 页。

② 华兹华斯等:《英国湖畔三诗人选集》,顾子欣译,湖南人民出版社 1986年版,第 144—145 页。

③ 同上,第 144—145 页。

歌颂自然而歌唱上帝，也是借歌颂上帝而表现自然的力量，因为歌颂自然本身不足以表达对自然的敬佩，而须以上帝为喻。人在自然中获得上帝的恩泽，这样，人、自然与上帝达到一种共融的和谐。

柯尔律治对自然神性的虔诚还充分表现在他的《这菩提树凉亭是我牢房》。1797 年 7 月的一天上午，柯尔律治盼望已久的几位友人来到他的乡间住所造访，而恰在此时柯尔律治却因失事伤腿。当朋友们"正快乐地游逛""重新眺望丘陵、草地、大海"时，柯尔律治不得不困在小小的菩提树凉亭里。不过，凭着对神圣大自然的感悟，诗人仍能拥有一颗快乐纯洁的心情。"环顾四周/凝视又凝视，变化万千的景色，/直到一切似乎都有了生命；当上帝让人们目睹他的存在，/如许色彩面纱似盖着他的生灵。"①从此我将明白/自然绝不遗弃智者和纯洁的人；/纵使地方再小，那里也有自然，/纵使地荒物稀，也是悦目赏心，/使五种官能奏效，使我们的心/永远为爱和美开放！"②

三、柯尔律治自然观的生态伦理启示

"人与自然"是一个体现人性与传达人类生存前途及精神景况的世界性母题。19 世纪的浪漫主义即是这一母题在西方文学中的集中展现。伴随着自身物质生活方式和理性思维能力的不断变化和发展，人类对自然的认识与理解也不断发生着变化。从远古时代至今，人类对自然的认识曾经历了神话自然观、有机论自然观、神学自然观、机械论自然观、辩证唯心自然观，以及辩证唯物自然观——这样一个从"天人合一"、"天人对立"发展到"天人对立统一"的漫长演变过程。20 世纪的现代化文明进程所带来的精神文化危机和物质文明劫难，促使人们对人与自然的关系进行新的反思和探索。

---

① 黄宏旭：《英国浪漫主义诗人抒情诗选》，第 156 页。
② 同上，第 157 页。

　　柯尔律治和华兹华斯同是英国浪漫主义文学最杰出的代表,只不过他们的表达方式不同。华兹华斯通过歌咏自然,而柯尔律治则通过把人置于自然的对立面来体现诗人早期的人文关怀。柯尔律治的《老水手行》乍听起来似乎是一个宗教神话般的说教故事,告诫人们因果相报的轮回。诗歌中充满了神秘且恐怖的情景,一种超自然的神力笼罩着万物。正因如此,诗歌出版后很长一段时期不被人们理解。当时,唯一肯定它的人是著名作家查尔斯·兰姆,他直觉地感到这首诗奏响了英语诗歌的新乐章。可是,就连他也只能说:"对这样一首诗,我们只能感觉、品尝和冥想,不能谈论、描述、分析和批评。"①直到19世纪末,这种难以言说的状况才慢慢得以改变;20世纪的评论家们对这一作品也作出了各式各样的现代阐释。人们渐渐认识到,那个深藏于迷雾之中、令人困惑不解的超自然神力既不是基督教的上帝,也不是超验主义者的"超灵",它其实就是渗透于物质世界中、不同物种间生命的相互依存和相互作用的自然之力。在宇宙中,信天翁虽然只是一个幼小的生物,但是,它的生命与人类的生命一样伟大,伤害它也就等于伤害人类自身。因此,人与其他物种之间应始终保持一种和谐相亲的关系。诗中老水手正是经历了一场生死劫难之后,才对生命价值有了一种全新的感悟。信天翁代表着神圣、高洁的自然法则的力量,它紧随船行,表明自然对人类的呵护与关爱,体现着一种和谐共生的原始理念。老水手无知地将其射杀,漠视了这种和谐,侵害了生命共同体中其他生物的生存权利,因此不可避免地遭到自然的惩罚。他所"感悟到的真理远远超越了宗教教规,而成为一种对宇宙万物和谐的肯定"②。

---

　　① Spenser, Hill. J.. *A Coleridge Companion*, London: Macmillan Press, 1983, p. 154.

　　② 安德鲁·桑德斯:《牛津简明英国文学史》,人民文学出版社2000年版,第532页。

《老水手行》用生态预警的方式向人类发出警告:人类正朝其大限一步一步逼近。任意掠夺自然、射杀野生动物的结局就是灭亡。柯尔律治等浪漫主义诗人提出的口号"回归自然"、"返回中世纪",其实也就是寻找自然的上帝,隐遁自然的天国。不过,需要指出的是,这些浪漫主义诗人并非中世纪的虔诚教徒,他们所崇拜的上帝实质上是他们心灵的最高实在,他们所隐遁的天国无非是个人心灵流溢的自由天地。对于柯尔律治来说,寻找上帝就是在自己内心寻找世界的秩序和整一,隐遁天国就是隐遁到文学想象的自由王国,通过艺术创造,对分裂混乱的社会人生进行一个终极把握。贝特评论道:柯尔律治《老水手行》咏叹的不是命运悲剧,而是自然伦理或大地伦理的伦理悲剧,批判的是人类的骄妄和毫无"物道"的残暴。杀死无辜的鸟儿,标志着人类与其生存环境里的其他生命彻底决裂和完全对立,从此便成为生物界的局外人,成为被大地母亲所抛弃的孤儿,就像那个整夜徘徊在黑暗森林里的老水手。①

现代环境自然观认为自然界是动植物之间、有机物与无机物之间、地球与其他星球之间经过漫长时间的地质演化与自然进化形成的动态平衡体。它是一种物质性的客观存在,同时又是充满活力的有机体。② 也就是说,自然界不仅包括宇宙的一切物质存在,它同时还指涉所有物质存在以其各自的运动方式交汇而成的运动系统。在这一系统中,不同运动形式之间和同一运动形式内部存在着内在的平衡关系,有机界生物界则存在着生态平衡和自组织机制。这种自然界本身的客观性和整体性,维持它呈现为一个自在自因的动态发展过程。现代环境自然观并未改变自然概念所涉及对象的范畴,而

---

① Bate, Jonathan. *The Song of the Earth*, Cambridge: Harvard University Press, 2000, pp. 49—50.

② 郇庆治,《自然环境价值的发现》,广西人民出版社 1994 年版,第 218—219 页。

是重新界定了自然界的内在机制,明确了人类在其中的位置。人类虽然具有许多优于其他物种的特性与能力,但不等于人类在自然界中拥有绝对的优先权,可以随意剥夺其他物种的生存权利。现在越来越多的人开始认识到了这一点,并在为规范人类的实践活动而作出努力。

浪漫主义者认为,在"自然"的境界里,一切物质的、理性的束缚都被解除,人性可以舒展自如,自我情感可以尽情抒发,个体生命的价值能得到充分实现;自然不仅是人类的哺育者,也是人类的良师益友,二者有物质上的联系,更有精神上的相互依存。"自然"丰富了浪漫主义诗学的哲学内涵,成为浪漫主义诗学的理想境界。德国19世纪伟大诗人席勒(Johann Christoph Friedrich von Schiller)在《论朴素诗与感伤诗》(1796)一书中写道,自然是培育点燃诗之精神的唯一火焰,是诗之精神汲取力量的唯一源泉。当人与自然和谐统一时,人性充分地表现在现实中,诗人就必然要依据客观规律"模仿现实";当人与自然分裂对立时,人性和谐成了追寻的理想,诗人就必然通过主观沉思"表现理想",即"把现实提高到理想"。所以,"诗人或是体现自然,或是寻求自然"①。席勒认为,在初始状态,人和自然是统一的,自从人脱离自然发展以来,变得越来越矫饰虚伪,缺失的自然愈显珍贵,现实与自然的统一也就成了人性完整的理想。席勒的观点体现了浪漫主义崇尚人与自然和谐共存、崇尚自由和个性解放的特点。不过,在追求理想人性的过程中,浪漫主义诗人虽然露出了非理性的端倪,但还十分朦胧,其深层仍未割断与自由、平等的理想和理性主义思想的联系,浪漫主义诗人的自由观念和生命意识在"自然"的境界里找到了终极归宿。浪漫主义文学中人文主义观念已经表现出对欧洲近代理性主义文化传统的反叛精神,这种反叛还没有完全摆脱理性主义思想的文化传统。浪漫主义文学的自由观念和生命意

---

①　席勒:《美育书简》,徐恒醇译,中国文联出版社1984年版,第51页。

识的深层，包含了释放人的非理性的内容的潜在欲望，但这种非理性的背后实乃隐藏着诗人们对人的处境及命运与前途的理性思考。

从《老水手行》到《重临海滨》和《这菩提树凉亭是我牢房》，可以看出柯尔律治尊重自然神性、呼吁人与自然和谐共生的生态整体观，这种与现代环境自然观相吻合的生态伦理意识也许最集中地体现在他的《思乡》："或当你在夏日的庭荫里，/把结婚纪念日来庆祝，/儿女们在身旁嬉戏欢宴，/这天伦之乐是多么幸福。"[①]这可以说是柯尔律治向往人与自然和谐相融的人间天伦之乐生活的最佳表达。人们在大自然的环境中才能享受天伦之乐，人与自然应该是一幅多么和谐共生的美景：如果没有夏日的温和、庭园的绿荫、成群的儿女，如果不是在结婚纪念日，人类幸福就无从谈起。这是柯尔律治自己构想的自然伦理的理想图景，也是我们生活在现代工业文明侵扰下的人们忽略而又渴盼的诗意生存美景。

第五节　雪莱诗歌的自然与理性

在英国浪漫主义诗人中，雪莱、济慈与拜伦属于年青一代的诗人。这些年轻的诗人在启蒙思想尤其是法国大革命精神的激励下，怀着青春的激情和梦想投向充满黑暗和旋涡的社会现实，凭着自己微弱的力量去改变罪恶的旧制度和腐朽的伦理道德。然而，在世俗的现实目前，他们似乎显得有些稚嫩和弱小，因而最后一个个都被拒绝在社会生活的大门之外。这种现实境遇使他们不约而同地走上了自然之境，企图从神圣、永恒的大自然中寻求精神上的慰藉。但是，由于他们各自的具体性格和处境的差异，他们走上自然之途的路径是各不相同的，而且他们对自然的理解也呈现出各自的特点。

---

① 华兹华斯等：《英国湖畔三诗人选集》，第133页。

一、雪莱诗歌的思想基础

珀西·比西·雪莱(Percy Bysshe Shelley,1792—1822)在世不足三十年,创作不过十来年,但留下了众多不朽诗篇,并以其独特的人格和道德魅力赢得了"众心之心"的美誉,为英国诗歌史增添了浓重一笔。所有这一切都与其生活的时代和由此而产生的一生追求自由、平等、博爱的思想密切相关。

雪莱生活在英国和欧洲历史上发生重大转折的特殊时期。法国革命掀起的政治浪潮波及了整个欧洲大陆,使得欧洲社会自产业革命以来逐渐发生、发展的社会矛盾日益严重。英国国内专制制度和宗教势力狼狈为奸,暴力镇压人民日益高涨的革命热情。为了转嫁国内矛盾,英国统治者们联合欧洲大陆封建势力,对新兴的法兰西共和国以及拿破仑帝国发动战争,一定程度上削弱了人民争取自由、平等的力量,也给人民大众带来了巨大的灾难。但与此同时,这一战争进一步激化了英国国内矛盾,使得英国王权和宗教道统产生了严重危机。此时,英国社会各阶层力量逐渐发生分化,统治阶级加强控制和维护王权和宗教道统的力量,而普通民众顺应时代潮流推动改革的呼声越来越强,两者斗争日趋激烈。正是在这样一个黑暗与光明交织的时代,诗人雪莱经受着、感悟着并坚定不移地抒发着自己反叛黑暗邪恶势力及追求自由、平等、博爱的浪漫情怀。

雪莱出生于一个有地位和权势的贵族家庭。早在伊顿公学时,他就显示出是个优秀的古典派学者,但他并不感到愉快,因为他生来具有叛逆的、不落俗套的性格。他以"疯子雪莱"和"无神论者雪莱"而闻名。他热衷于研究电、化学,还有天文学,并进行了一些令人兴奋的试验,因而引起了许多流言蜚语,他在学校所亲身遭受和亲眼目睹的种种迫害使他终生厌恶专制和暴力。1810年,18岁的雪莱进入牛津大学,深受英国自由思想家休谟以及葛德文等人著作的影响,雪莱习惯性地将他关于上帝、政治和社会等问题的想法写成小册子散发给一些素不相识的人，并询问他们看后的意见。就是在这个时候，雪莱发誓："我发誓，必将尽我一切可能，做到理智、公正、自由。我发誓，决不与自私自利、有权有势之辈同流合污，甚至也决不以沉默来与他们变相地同流合污。我发誓，要把我的一生献给美……"①1811年3月25日，由于发表了一篇题为《无神论的必然》(*The Necessity of Atheism*)，入学不足一年的雪莱被牛津大学开除。雪莱的父亲要求雪莱公开声明自己与《无神论的必然》毫无关系，而雪莱拒绝了，他因此被逐出家门。1812年2月12日，同情被英国强行合并的爱尔兰的雪莱携妻子前往都柏林支持爱尔兰天主教徒的解放事业，在那里雪莱发表了慷慨激昂的演说，并散发《告爱尔兰人民书》以及《成立博爱主义者协会倡议书》。在政治热情的驱使下，此后的一年里雪莱在英国各地旅行，继续散发他自由思想的小册子。同年11月，他完成叙事长诗《麦布女王》(*Queen Mab*, 1813)，这首诗富于哲理，抨击宗教的伪善、封建阶级与劳动阶级当中存在的所有的不平等。雪莱借女王之口阐述了他有关哲学、宗教、道德等方面的观点，把自己的理想寄托在一个没有专制、压迫和宗教欺骗的人类社会里，唯有宣传进步的思想才能走向这理想社会，而任何暴力都是与这一实践格格不入的。1816年12月11日，雪莱前妻哈丽艾特溺水自尽。这事虽然最终使雪莱得以和其精神导师葛德文的女儿、一个真正能理解他思想的玛丽成婚，但当地大法官裁决他与哈丽艾特生的两个孩子由其外祖父照管，从而残忍地剥夺了他对子女的监护权，同时裁决他收入的五分之一充作子女的养育费用。雪莱由此受到了精神上的极其沉重的打击，他被迫离开了英国，再也没有回来。总之，雪莱短短的一生经历了重大的社会变革，也经历了心酸的个人苦难，同时又有幸受到了卢梭、伏尔泰、洛克、葛德文等人思想的影响，使得他在遭受种

---

①　安·莫罗亚:《雪莱传》，谭立德、郑其行译，上海文艺出版社1981年版，第7页。

种来自于政府、宗教、家庭和其他世俗力量围攻和迫害的同时能依然以其坚定的信念追求着自由、平等的人生目标,为其诗歌的永久魅力奠定了坚实的思想基础。

雪莱追求自由、平等的思想首先体现在他对道德观念的阐释(《关于道德观念的思辨(片段)》)上。雪莱认为道德是由"慈善和公正"两部分组成的,"慈善就是行善的愿望;公正是对于如何实现善的方式的理解","公正和慈善是人类心灵基本法则的产物"。① 雪莱把慈善与公正看成是人类心灵的基本法则,一个人首先要有做好事的愿望,同时还要有做好事的正当途径。他认为一个行动是善还是恶,要看这个行动对绝大多数有情之物产生快乐或痛苦的后果,而不仅仅看其后果对那个行动者本人有利或有害(这样会损害道德的纯粹性),因为道德与其说看行动的后果,还不如说要看行动的动机。② 雪莱强调善的动机,关注行动给大众带来快乐或是痛苦的后果,这可以说是伟大诗人雪莱的社会伦理观,是其诗歌创作的思想根本。

其次,在对待宗教问题上,也凸显了雪莱热爱自由、为人类谋求幸福与和平的思想。雪莱以无神论作为批判宗教迷信和宗教压迫的利器,反对宗教与暴政狼狈为奸的龌龊氛围,批判宗教虚伪、残暴的本质。在《无神论的必要性》中,他借培根的话表明自己的观点:"无神论给人们带来理性、哲学、自然崇拜、法律、荣誉,以及能够引导人们走向道德的一切事物;但是迷信破坏这一切,并且把自身建立为一种暴君统治,压在人类的悟性上。"③看来,雪莱不是绝对地反对宗教,而是反对把宗教当成一种迷信去控制、压抑人的自由精神。他认为好的、道德的宗教应该是符合人类发展目标的。因此,在《驳自然

---

① 雪莱:《雪莱政治论文选》,杨熙龄译,商务印书馆 1982 年版,第 123 页。
② 同上,第 131 页。
③ 同上,第 5—6 页。

神论》中,雪莱批判英国宗教"信仰已被当作功过的标准"①,在《致爱尔兰同胞书》中,他强调一个人信不信宗教、信仰何种宗教并不重要,重要的是"他是否有德,是否爱自由和真理,是否愿人类得到幸福与和平"②。

总之,雪莱为自由而战的思想基础与其对时代现实问题的敏感和对人类幸福的关爱是分不开的,他那开放性的文化视野和探究事物本相的热诚使得他能兼容并包人类一切关于政治、法律、伦理、哲学等方面的优秀思想,从而建立起自己独特的浪漫主义诗歌创作思想体系。

二、雪莱诗歌的自然情怀

歌颂大自然、表达对力与美的崇拜是雪莱早期抒情诗的重要内容。雪莱对大自然有着极其卓越的感受能力,他把动物、植物当作自己的兄弟姐妹,并从大自然那里获取了他在人间不能得到的爱与美,以慰藉他孤独的灵魂。在雪莱看来,"大自然是诗人,它的和谐,比最神圣的诗篇更能使我们的精神屏息惊叹"③,雪莱的抒情诗总是能够表现出"超出个人小我的范围而具有对大自然和整个世界一种契合无间的情感"④。雪莱对自然的感情是诚挚的,他以清新、快乐的笔调向我们展示了大自然真实的、赤裸的美,如《尤根尼亚山中抒情》(*Lines Written Among The Euganean Hills*):

我伫立着,倾听赞美声喧:

---

① 雪莱:《雪莱政治论文选》,第 100 页。
② 同上,第 13 页。
③ 同上,第 27 页。
④ 阿尼科斯特:《英国文学史纲》,戴镏龄等译,人民文学出版社 1980 年版,第 338 页。

　　　　成千百只白嘴鸦在欢呼

　　　　富丽堂皇的太阳喷薄欲出;

　　　　它们的翅膀灰白,集结成群,

　　　　凝露的迷雾凌空飞行

　　　　像片阴影,直到灿烂光华

　　　　绽放在东方,便会像晚霞,

　　　　点染着火红和蔚蓝,漂浮

　　　　在深不可测的天渊虚空处,

　　　　它们有着紫色纹理的翎羽

　　　　会缀上星星点点金色的雨,

　　　　闪现在阳光照耀下的森林

　　　　上空,当它们乘着那清晨

　　　　一阵阵的劲风,不声不响

　　　　穿越过支离破碎的雾飞翔,

　　　　那开始消散的雾带着微光,

　　　　沿着阴暗的峭壁向下流淌,

　　　　终于,一切都明亮而清晰

　　　　这孤独的山头笼罩着安谧。①

　　诗人把自己的全部情感都倾注到大自然中,企求从大自然的美景中获得安慰和宁静的心境。再如他对大海的描写:"看啊,从那边升起了太阳,/硕大,鲜红,光焰万丈,/半倚半靠在晶莹的大海洋/那不断颤动着的水平线上。"②同样描写得美艳绝伦,令人神往。但是,雪莱并没有真正陶醉于自然美景中,当他真正被自然的美景所感动时,他同时也把自己的心灵不由自主地表现了出来,并且与大自然内

---

① 　江枫:《雪莱全集》第 1 卷,第 107—108 页。

② 　同上,第 109 页。

在的精神和灵魂融合在一起，形成人与自然和谐的大合唱。例如雪莱在《勃朗峰》中描写："万物永无穷尽的宇宙，从心灵/流过，翻卷着瞬息千里的波浪，/时而阴暗，时而闪光，时而朦胧，/时而辉煌，而人类的思想源头/也从隐秘的深泉带来水的贡品，/带来只有一半是它自己的声音，/就像清浅的小溪可能会有的那一种，/当它从旷野的林莽，荒凉的山峦/之间穿过，周围有瀑布奔腾不息，/有风和树在争吵，有宽阔的大江/冲过礁石无休无止地汹涌咆哮。"①这种描写既是对自然的纯净描写，同时又是诗人不息心灵的写照。再如："而在下边，/巨大的洞窟映射着滚滚激流的闪光。/激流从众多隐秘的沟壑汹涌奔腾，/在山谷里汇成一条宏伟的大河，/那些远方国土的呼吸，和血液，/永远喧闹着向海洋流去，/不断把轻捷的雾气喷吐给苍穹。"②同时，雪莱把对自然的描写与诗人自己独特个性融合在一起，体现出浪漫主义诗人自由主体精神与自然的合力，使我们从中领会到诗人宽阔的精神境界。在《坚强的雄鹰》（*Mighty Eagle*）中，诗人写道："坚强的雄鹰！你高高地飞翔，/在云雾弥漫的山巅丛林之上，/披沐着晨曦的璀璨的光明，/像庄严的行云，而当夜幕/从天渊降临，你傲然不顾/壁垒森严的暴风雨在逼近！"③进而，在《云雀颂》中，雪莱让自己的自由精神伴随着云雀高飞：

　　　　你从地面升腾，
　　　　高飞又高飞，
　　　　像一朵火云，
　　　　扶摇直上青冥，
　　　　在歌声中翱翔，在翱翔中歌吟。

---

① 江枫：《雪莱全集》第1卷，第35页。
② 同上，第45页。
③ 同上，第67页。

......
> 教给我一半，你的心
> 必定熟知的欢欣，
> 和谐、炽热的激情
> 就会流出我的双唇，
> 全世界就会像此刻的我——侧耳倾听。①

　　这首诗寄托了雪莱所欣赏的一种欢快的人生，那只高飞的生灵所表达的是一种高远的志向、开阔的视野、崇高的境界，一种人类自由精神的状态。可见，雪莱诗中的大自然并不是一种单纯的自然，而是与他自我的人生历程、自我的人生追求密切相关的自然。诗人把生命和欢乐、把美丽和希望送给人间，让人们忘记忧伤与悲苦，在爱情与酒的赞歌中享受这神圣的欢乐。诗人最后恳请云雀，把它胸中的欢乐赠送给他一半，让诗人自己也能像云雀那样把欢乐带给人间。在《云》中，诗人则完全把云塑造成一个为人类造福的神圣形象：

> 我为干渴的花朵送去甘露，
> 从海洋与河流；
> 我给绿叶带来凉爽的庇荫，
> 当它们做午梦的时候。
> 从我的翅膀上摇落滴滴水珠，
> 洒醒每一颗蓓蕾，
> 当它们的母亲向着太阳跳舞，
> 它们在她怀里安睡。
> 我挥动猛烈冰雹的打禾棒，
> 给底下的绿野涂上白粉；

---

① 黄宏旭：《英国浪漫主义诗人抒情诗选》，第91—96页。

> 然后再用雨水把它洗光，
> 我还一路响着轰雷般的笑声。①

　　它变幻无穷，但永不会死亡，总是以各种不同的方式给人类带来幸福与笑容。这种把自然景物拟人化的修辞手法是雪莱等浪漫主义诗歌中的一大特色。

　　1819年，雪莱写了著名的《西风颂》。在这首著名的诗里，雪莱把他对自然景物的描写与他对自由、民主的政治理想联系在一起，这就使他的自然诗被赋予了深厚的政治内涵。雪莱把西风当成自由的象征，它能横扫落叶，在太空中掀起激流，卷起云块，唤起海浪。它不仅是破坏者，也是保护者。诗人一方面以西风为中心，准确而有力地描写了一系列自然播种子、驱乱云、放雷电，把地中海从夏天的沉睡中吹醒，让大西洋涂上庄严的秋色，写出了大自然如何在西风的影响下发生变化；另一方面，诗人以此象征了当时的整个现实，寄托诗人对未来的希望。那"枯死的落叶"不正是反动势力？他们虽然看来人多势大，但"有翼的种子"——不胫而走的革命思想——却暗藏在地下，只等春雷一响，就会将它的色与香撒满人间。旧的必将让位于新的。诗人请求西风把他振奋起来，使他发出革命的歌唱：

> 我若是一朵轻捷的浮云能和你同飞，
> 我若是一片落叶，你所能提携，
> 我若是一头波浪能喘息于你的神威，
>
> 分享你雄强的脉搏，自由不羁，
> 仅次于，哦，仅次于不可控制的你；
> 我若能像在少年时，作为伴侣，

---

①　杨熙龄译：《雪莱诗选》，山东大学出版社1999年版，第94页。

随你同游天际，因为在那时节，

似乎超越你天界的神速也不为奇迹；

我也就不至于像现在这样急切，

向你苦苦祈求，哦，快把我飚起，

就像你飚起波浪、浮云、落叶！

我倾覆于人生的荆棘！我在流血！

岁月的重负压制着的这一个太像你，

像你一样，骄傲，不驯，而且敏捷。①

诗人把自己想象成云块、落叶和波浪，凭借它们把自己投入西风的怀抱，"在你威力下急喘，/享受你神力的推动，自由自在，几乎与你一样"，让西风把自己像云块、落叶、波浪般高高扬起。它清晰地表现了诗人企望自己那颗在生活的斗争中饱受创伤的痛苦心灵，也能像在西风下翻滚的浪潮、飞扬的枯叶、疾驰的云块一样，热烈无畏地去迎接现实生活中的斗争风暴，期盼在西风般的猛烈革命风暴中获得自由和解放。"请把我枯萎的思绪播送宇宙，让它像枯叶一样促成新的生命"，雪莱的革命乐观主义使他在诗篇的结尾发出了响彻欧洲的预言，这是诗人发自整个灵魂的呼唤："要是冬天已经来了，西风哟，春天怎么会遥远？"诗人对革命取得最后胜利充满信心。诗人希望诗歌像西风一样，促成新世界的诞生，"愿你从我的唇间吹出醒世的警号"，像预言的喇叭把沉睡的大地唤醒。《西风颂》以生动的比喻和丰富的自然形象表达了诗人对自由的渴望和对新生活的追求，成为英国浪漫主义时期最出色的抒情诗之一。

---

① 黄宏旭：《英国浪漫主义诗人抒情诗选》（下），第88—89页。

在长诗《麦布女王》、《普罗米修斯的解放》（*Prometheus Un-bound*，1820）等作品中，雪莱更是把自然放在宽阔的宇宙背景中，让自己的想象纵情于宏伟而遥远的事物中，在苍穹深处的群星之间来回穿梭，"雪莱以他灵魂的慧眼看见有灵魂的星球旋转在太空。体内炽热，光芒远射，把黑夜照亮。他的目光能够探测深不可测的天渊，辨认出一个个翠绿的世界、拖曳着发光长发的彗星和皎洁清凉的月亮，在彼此追赶。他把这些天体比作清晨花心里的露珠；他看着它们旋转，一个接着一个，从发生到消亡，像溪流里的气泡，闪光、破碎，然而不朽，永远不断产生出新的实体、新的规律、新的神……"①在雪莱的心目中，宇宙间各天体不仅仅是各种物质的混合，而是有生命的精灵。雪莱把他的想象纵情于其间，既是一种与宇宙的嬉戏，同时又是他追求精神的自由、解放的象征，他把追求自由、解放的过程放在宇宙的背景下，使这种精神显得更为崇高和神圣。因此，雪莱的自然描写，并不是一种单纯的景物摹写，而是诗人内心的自由情感与自然景物的水乳交融，是主客体的完美融合。

三、雪莱诗歌的理性精神

雪莱诗歌的理性精神不仅体现在他那彰显精神自由、和谐生态的自然诗作中，更是体现在他那著名的四首长诗或歌剧中。雪莱并不十分看重诗歌艺术本身，他歌颂人类与大自然的一切美好事物，展示人类与自然界中的美与善，其真正目的是唤醒沉睡的民众，向一切不公不义的事物挑战，扫除欧洲政治和宗教的污浊气氛，为人类的未来设计一个和谐、光明的图景。受当时英国思想界先进人物威廉·葛德文、潘恩等的影响，无神论、不问宗教信仰的政治平等、民族独立、出版自由等都是青年雪莱为之奋斗的重要目标。在《麦布女

---

① 勃兰兑斯：《19世纪文学主流》第4册，人民文学出版社1984年版，第283页。

王》中，雪莱借女王之口阐述了有关哲学、宗教、道德等方面的基本观点，把自己的理想寄托在一个没有专制、压迫和宗教欺骗的人类社会里。雪莱强烈反对暴力和战争，认为只有进步的思想才能使人类走向这一理想社会。他写道：

> 不需要暴虐的法律的锁链；
> 天性中那些柔嫩、胆怯的欲望
> 以朴素的本色出现，
> 自信而大方，坦然表露
> 爱情的产生和渴念的增长，
> 不受制于枯槁而自私的贞操，
> 廉价的道学者才沽名钓誉，
> 以秋霜般的无灵性自傲！
> 也不再有卖淫的秽毒
> 污染人生和快乐的清泉；
> 女人和男人，彼此信任，彼此相爱，
> 平等、自由、纯洁，相伴而行，
> 走在道德的山径上，那里的石阶
> 再不沾染朝香客脚下的血。①

　　这与葛德文认为有了理性就可以无需法律和国家制度的理性主义完全一样，人类凭借内在的美德与理性就能与自由、平等相伴而行。

　　《伊斯兰的反叛》（*The Revolt of Islan*，1818）是雪莱离开英国之前发表的又一首政治题材的长篇诗歌。1817年，这首诗以《莱翁和茜丝娜，或黄金城的革命》（*Laon and Cythnal；Or，The Revolu-*

---

① 　王佐良：《英国浪漫主义诗歌史》，第147页。

tion of Golden City）为标题在英国印刷，但直至第二年才以现名正式出版。不少评论家认为，《伊斯兰的反叛》是雪莱早期创作思想、艺术风格和审美意识的综合体现。值得一提的是，"湖畔派"诗人柯尔律治的《忽必烈汗》和骚塞（Robert Southey）的《撒拉巴》（*Thalaba the Destroyer*，1801）等作品也具有浓郁的东方色彩和异国情调，但雪莱借助东方题材旨在表达他对社会现实尤其是对法国革命之后欧洲局势的看法。在这首诗的序言中，作者清楚地表明了他的创作意图："在读者心中唤起对自由和正义的热烈向往。"①尽管这首长诗描写了伊斯兰黄金城的人民起义，但诗歌的主题与情节同当时的法国革命具有一定的联系。诗人仿佛告诫人们，尽管革命和起义常常因反动势力的强大而失败，但要求自由平等和社会变革的呼声已深入人心，"人类正在从麻痹的状态中觉醒过来"。

　　《伊斯兰的反叛》用一个具有象征意义的寓言作为诗歌的引子，生动地描述了莱翁和茜丝娜这对年轻恋人领导伊斯兰人民反抗暴君、争取自由的斗争经历。蛇代表善，被鹰击败而坠落海中。它后来被一位美丽善良的少女救起，伤愈之后又投入新的战斗。蛇与鹰在空中激烈搏斗的场面，象征着善与恶的冲突。诗人暗示了善与恶、光明与黑暗的斗争是人类永恒的主题。而善良的人们恰恰是通过这种斗争才日趋成熟、不断进步的。作者通过主人公莱翁和茜丝娜坚贞不屈、视死如归的斗争精神来唤起人民对自由的渴望。《伊斯兰的反叛》在一定程度上反映了诗人对法国革命失败的反思和对当时欧洲社会局势的深切关注。雪莱不仅公开为民主力量辩护，而且对当时在社会上普遍流行的悲观情绪提出了严厉的批评。如果说《麦布女王》因包含了大量的政治议论而具有明显的说教性，那么，《伊斯兰的反叛》则以生动的叙述和精彩的情节来打动读者的心灵。此外，雪莱在诗中成功地塑造了一个崭新的浪漫主义女主人公的形象，茜丝娜

---

① Cliffs. *Notes on Keats & Shelly*, Nebraska, U.S.A. 1971, p.63.

不仅美丽纯洁,而且正直勇敢,是一切美好品质的化身。诗人通过主人公为自由平等而死的献身精神,表达了自己对人民英雄的无限崇敬和对自由必胜的坚定信念。

长诗《解放了的普罗米修斯》是雪莱最重要的诗剧,也是他最优秀的作品之一。这部作品写于 1818 年至 1819 年期间,即英国社会矛盾十分尖锐、欧洲民族运动空前高涨时期。这部诗剧取材于古希腊关于普罗米修斯的神话传说。普罗米修斯因盗取天火送予人类、使僵硬的尸体起死回生而激怒了上帝宙斯。为了惩罚他的盗窃和反叛行为,宙斯将他锁在高加索山崖上,并让一只神鹰不断啄食他的内脏。然而,普罗米修斯宁死不屈,表现出坚定的意志和刚强的性格。古希腊伟大剧作家埃斯库罗斯(Aeschylus,大约公元前 525—456)曾写过一部名为《被缚的普罗米修斯》的悲剧。雪莱在诗剧的序言中说,他虽然沿用了埃斯库罗斯的题材,但他改变了原著妥协的结局。"老实说,对于这样一个软弱无能的结局,让一个捍卫人类的英雄同压迫者妥协,我感到十分厌恶。"①在他的诗剧中,雪莱对故事情节作了重大改变,并以新的历史内容来充实这个神话。《解放了的普罗米修斯》以漫无边际的宇宙为背景,不仅叙述了一个具有广泛象征意义的神话故事,而且还塑造了一个受到人类同情与崇敬的巨人的形象。《解放了的普罗米修斯》全剧共分四幕,人物众多,情节动人。在第一幕中,雪莱描述了普罗米修斯同众神的信使墨丘利以及复仇女神之间针锋相对的斗争。主人公虽受尽折磨,但坚毅不屈,拒绝向独裁者妥协:"毫无变化,永无休止,没有希望,但我坚定不移。"然后,包括地球在内的各种精灵和自然力量相继出现。他们大都将世上的罪恶与痛苦归咎于神权与专制,并预言暴政定会结束,幸福必将来临。第二幕描写了普罗米修斯的恋人海洋的女儿亚细亚为救情郎不辞劳苦、四处奔走的经历。美丽纯洁的亚细亚不仅对爱情忠贞不渝,而且机

---

① 阿尼克斯特:《英国文学史纲》,第 333 页。

智勇敢、不畏强暴。她深信正义必将战胜邪恶,并预感总有一天会和普罗米修斯重逢。亚细亚与其妹妹一起来到冥王特摩高根处求救,冥府之神出于同情出面干涉。在第三幕中,特摩高根乘机将宙斯推翻;普罗米修斯被大力神赫拉克勒斯救出,终于获得解放。时间之神使这对受尽磨难的恋人重新团聚。自从宙斯垮台之后,世界发生了深刻的变化,新的文明开始诞生。雪莱怀着激动的心情向读者描述了新世界的面貌:

> 令人厌恶的假面具已被撕去,人类不再有君主,
> 自由自在,无拘无束,但还是人,
> 人人平等,不分阶级、种族和国家,
> 摆脱了恐惧、崇拜、差别和头上的君主,
> 人类变得公正、温和、聪明,但还是人。①

　　诗剧的最后一幕描绘了整个宇宙的伟大胜利和欢庆场面。自然界的各种正义力量和精灵热烈欢呼春天的降临和新生的开始。在新的世界乐园中,艺术和科学将成为重建大地的主导力量;自由和博爱精神将得到发扬光大。《解放了的普罗米修斯》以希腊神话为题材表达了诗人对法国革命失败后残酷压迫人民的反动势力的不满情绪以及对人民为自由而斗争的光辉前景所抱的坚定信念。这部诗剧不仅塑造了一个不向神权和专制低头的伟大英雄的形象,而且还以神话为依据塑造了许多象征着变革力量的宇宙精灵的形象。作者融大自然的威力与人类自由精神于一体,气势磅礴,魅力非凡,不愧为英国浪漫主义诗剧的杰出范例。
　　《钦契一家》(The Cenci,1819)是雪莱的另一部重要诗剧。如果说《解放了的普罗米修斯》以神话为依据,表现了诗人对灵化的大自

---

① 侯维瑞:《英国文学通史》,上海外语教育出版社1999年版,第403页。

然和宇宙力量的生动描绘，那么，《钦契一家》则体现了作者的现实主义倾向。这部诗体悲剧根据意大利编年史所记载的钦契家族的历史写成。钦契伯爵是个荒淫无耻、恶贯满盈的家伙。他残暴成性、无恶不作，甚至害死儿子，强奸女儿。他这种暴戾行为非但没有受到法律的惩罚，反而受到封建统治者的纵容。女儿贝雅特丽齐是个美丽、善良的姑娘，她对父亲的罪行忍无可忍。当她企图说服父亲改邪归正的一切努力失败之后，她便与其兄弟和继母联手杀死了这个残酷无情的家庭暴君。不久，钦契伯爵死亡的秘密泄露，钦契一家涉及此案的成员被教皇判处死刑。贝雅特丽齐在忍受了种种酷刑之后勇敢地走向刑场。《钦契一家》在一定程度上反映了雪莱对暴力斗争的肯定，这也许是雪莱思想的进步。他似乎意识到，当消极抵抗和道德感化失效之后，暴力行动必然成为同邪恶势力和独裁统治斗争的唯一手段。钦契家族的故事虽发生在 16 世纪，但雪莱认为，罪大恶极的钦契伯爵是整个封建制度和全部腐朽势力的化身，他所代表的那种骇人听闻的暴虐和残忍并未消失，各种封建残余势力依然存在。因此，诗体悲剧《钦契一家》在当时不仅产生了一定的社会影响，而且还折射出重要的现实意义。

综观雪莱的诗作，无论是《西风颂》、《云》、《云雀颂》等自然诗，还是《麦布女王》、《解放了的普罗米修斯》等反抗暴政与压迫的政治诗，都离不开自然的主体形象和争取自由的思想根基。雪莱正是这样巧妙地把二者结合起来彰显其伟大的生态伦理思想，人类只有达到了精神自由才有可能真正实现和谐生存的自然状态。同时，雪莱受卢梭、伏尔泰、洛克、葛德文等人的思想以及法国大革命的影响，使他逐渐成为他所在的那个贵族阶级的叛逆，在面对种种来自于政府、宗教、家庭和其他世俗力量的围攻和迫害之时，雪莱以其坚定不移的精神与种种丑恶现象展开不妥协的斗争，正是在这样的斗争中，雪莱的诗歌和他的整体的人生展现出了独特的人格和道德魅力，体现出他对于人类命运、社会正义、崇高理想的深深关怀。

第六节 济慈诗歌的生态思想

约翰·济慈(John Keats,1795—1821)是英国浪漫主义时期又一位杰出诗人,有人甚至认为他是最具有艺术气质的诗人,勃兰兑斯称他是"英国自然主义最芬芳的花朵"。济慈诗歌的艺术风格和对自然形象的选取与英国浪漫主义前期"湖畔派"诗人有明显的区别,同时与拜伦和雪莱也不尽相同。贯穿于19世纪和20世纪上半叶济慈诗歌研究的主要观点是对济慈诗歌中唯美主义美学观和艺术观的肯定。批评家们认为济慈不关心现实世界、不关心社会和政治,对济慈诗歌中的现世性、政治性和人文关怀基本上持否定态度。20世纪末以来,随着社会、政治、经济等各方面的发展,济慈诗歌研究的重心也从过去的审美转向了历史。1979年,杰罗姆·麦克甘(Jerome J. McGann)发表了《济慈与文学批评中的历史方法》(*Keats and Historical Method in Literary Criticism*),从历史的观点出发肯定了政治、历史、社会等因素对济慈诗歌的影响。[①] 不过,虽然与新批评所倡导的诗歌内部的审美研究相比,新历史主义从历史的角度去研究济慈诗歌的政治性确实是一大进步,但是,如果仅把目光聚焦在济慈诗歌的政治倾向上而忽略诗歌中自然因素及其深刻内涵,那同样是失之偏颇的。从生态伦理批评视角来关注济慈作品,我们会发现济慈诗歌的审美是一种至高的生态伦理审美,济慈诗歌的政治倾向包含着对自由民主的渴望,对真、善、美诗歌的艺术追求与和谐精神生态的向往。

---

① McGann, Jerome J. "*Keats and Historical Method in Literary Criticism*", *The Beauty of Reflections: Literary Investigations in Historical Method and Theory*, Oxford: Oxford University Press, 1985.

一、济慈诗歌的生态关注

约翰·济慈生活在英国 19 世纪早期，用著名英国批评家威廉·哈德逊（William Henry Hudson）的话说，"从 1795 到 1821 年，济慈的生命尽管短暂，却经历了近代欧洲发展史上一段富于伟大思想且有些悲天悯人的时期"①。从 1816 年发表其第一部诗集《恩底弥翁》（*Endymion*，1818），到最后去世，济慈的创作生涯只有短短的六年，然而由于时代和个人等多种因素，济慈诗歌呈现出卓越的社会关怀、自由情怀和艺术魅力。可以说，如果仅从表层上研究济慈诗歌的审美和政治趋向而忽略其内在的关注自然生态、人文生态的精神的话，那就如同我们研究华兹华斯只看到其歌颂自然景物、流连于山山水水而忽略其对人性异化、对人类良性生态受到威胁的忧思一样。综观济慈的生活经历，我们不难发现，是个人生活的悲苦和时代危机的现实促成了济慈诗歌的生态关注。

济慈 1795 年生于伦敦一个马厩主家里，1804 年父亲坠马身亡，1810 年母亲因生活所迫出逃流亡在外回来又因病离开人世，1818 年，他的小弟弟托马斯病死，而年轻的济慈在照料弟弟的过程中也不幸染上了当时的不治之症肺病，从此，他遭受着病痛折磨和家境贫寒的双重负担。济慈的爱情也是苦涩的。他曾经对乔治亚娜情有独钟，但是，家庭的变故让他对现实抱有强烈的戒心，过于强调精神恋爱使得他与乔治亚娜擦肩而过。后来，济慈对布劳恩的爱情虽然非常强烈，但他脆弱、敏感、多疑的性格以及他每况愈下的身体注定了又一次爱情悲剧。同时，作为诗人的济慈，在 1816 年发表了第一首长诗《恩底弥翁》后获得的不是批评家的赞誉，而是社会各界保守势力对他作品中表达的民主思想的冷嘲热讽和恶意攻击。对济慈来

---

① Hudson, William Henry. *Studies in Interpretation: Keats-Clough Matthew Arnold*, New York: G. P. Putnam's Sons, 1896.

说,生活是痛苦的,命运是残酷的,但是他并没有被厄运所压垮。他在给赫西的信中说,天才诗人不能靠法律和教条来抚养,只能靠自身的感觉和留意成熟起来,达到一种自我拯救。贫困和疾病造成了他命运的悲惨,但从另一方面来说,它们也同时培养了济慈异常敏锐的感觉,致使他的听觉、视觉和味觉都非常发达。勃兰兑斯总结说:"对于音乐,他有一对音乐家的耳朵;对于光和色彩的变化,他有一双画家的眼睛。而且,他长于描述一切不同种类的声音、气息、味道和触觉,在这方面,他拥有一个会使任何最伟大的诗人都感到嫉妒的丰富多彩的语言宝库。"①因此,可以说,正是由于贫困和疾病阻止了济慈在现实世界里创造他生命的价值,但也是它们成就了他在艺术的殿堂里的辉煌。他的人生不幸造就的丰富、敏感的艺术感觉驱使着他在自然中捕捉万物各种细微的生命现象,来体现他那现实苦难与理想世界的断裂。《蝈蝈和蟋蟀》中的蝈蝈、蟋蟀,《秋颂》中的蜜蜂、忽起忽落的小虫、呼哨的知更鸟、呢喃的燕子以及《夜莺颂》中的夜莺,与彭斯的"小田鼠"、布莱克的"病玫瑰"和柯勒律治的"信天翁"等有其惊人的相似之处,诗人们均表达了对工业社会下人类对大自然的强势掠夺,对处于被动地位的自然万物的同情和无奈。不同的是济慈还有另一层含义,那就是象征自己虚弱多病的身体在面对自然的千变万化时的脆弱。由此,笔者认为济慈笔下的这些弱小生命具有双重含义。这双重含义也许在《今晚我为什么大笑》(*Why did I laugh tonight*)中给予了更直接的表白:

　　　　说吧,我为什么大笑? 啊致命的苦痛!
　　　啊黑暗! 黑暗! 纵然徒劳我也要呜咽着
　　　　　问遍苍天冥府和我自己的心灵。

---

　　① 勃兰兑斯:《19世纪文学主流》第4册,人民文学出版社1984年版,第168页。

> 我为什么大笑?我知道这躯体中孕育的
>
> 幻想遍布天国的每一个角落;
>
> 但我却愿在今晚悄然离开尘世,
>
> 现实的华盖已被扯得又碎又破。①

    这里,诗人自己身体状况的痛苦不言而喻,同时,诗人对现实的极度失望和无奈也跃然纸上。

    对自然的关注是英国浪漫主义诗人的诗学传统,济慈对自然的偏爱不仅来自于他个人的生活苦难,而且与他生活时代的生态危机更是密切相关的。英国浪漫主义诗人的自然转向不只简单地是受法国大革命的影响,历史上很多先例证明,政治危机的爆发源于生态危机,反过来又会加剧生态危机。在《浪漫派、叛逆者及反动派:1760—1830 年间的英国文学及其背景》(*Romantics, Rebels and Reactionaries: English Literature and Its Background 1760—1830*)一书中,玛里琳·巴特勒(Marilyn Butler)印证了生态的失衡给英国造成的灾难性社会后果:"1815 年至 1819 年,英国动荡不安,严重的暴力大概比法国大革命期间任何时期更有一触即发之势。"②同时,通过翔实的例证,她认为把在此间写下的最著名的诗作,"说成在相当程度上逃避现实是有误导性的"③。同时,历史学家、自然学家也都证实了 18 世纪末、19 世纪初全球气候的异常,1816 年甚至被称为是欧洲历史上"没有夏天的一年"(the year without a summer)。在这样一个政治危机和生态危机共存的多变时代,诗人济慈的作品自然就带上了关注生态、关注社会伦理的现实性特征。《夜莺颂》的开头这样

---

    ① 黄宏煦:《英国浪漫主义诗人抒情诗选》,第 157 页。

    ② 玛里琳·巴特勒:《浪漫派、叛逆者及反动派:1760—1830 年间的英国文学及其背景》,黄梅、陆建德译,辽宁教育出版社 1998 年版,第 216 页。

    ③ 同上,第 242 页。

写道：

> 我的心头压着沉重的悲哀，痛苦的麻木
>
> 注入了全身，就像饮过毒汁，
>
> 又把满满的一杯麻醉剂仰首吞服，
>
> 于是向着列斯的忘川河下沉：
>
> 这并不是因为我美慕你那幸福的好运，
>
> 而是你的快乐使我太欣喜，——
>
> 你呀，轻翼的森林之仙，
>
> 在满长绿荫、
>
> 音调优美、阴影无数的山毛榉，
>
> 正引吭欢歌，尽情地赞颂着夏季。①

　　诗人一开始就向我们描述了夜莺的世界与现实世界的矛盾与断裂。诗歌中的"我"的处境与夜莺（"你"）欢快的世界形成了鲜明的对立："我的心头压着沉重的悲哀"，反衬了"你"的"欢欣"；"你那幸福的好运"更加突显了"我"的痛苦；"你"是"轻翼的森林之仙"，自由飘飞于绿色丛林，而"我"则陷于人生的迷雾，"向着列斯的忘川河下沉"；"你"已经在歌唱着温暖的夏天，而"我"却还在寒意料峭的春日。这两个对立而又难以调和的世界深深地隐埋在"我的沉重的悲哀"的"aches"一词中，并贯穿全诗的始终。"aches"一词多义，可指"痛苦"，又指"渴望"。诗人一方面用之指代这个现实世界给他带来的"痛苦"，另一方面又用之来象征对夜莺所在的那个理想世界的"渴望"。现实的世界越是痛不欲生，对理想的世界就越是渴望至极；反之，在"渴望"与"痛苦"之间，诗人就像在饮鸩止渴："饮过毒汁，又把满满的一杯麻醉剂仰首吞服"。饮鸩不能止渴，吞服鸦片也不能根治

---

① 黄宏煦：《英国浪漫主义诗人抒情诗选》，第 165 页。

痛苦，这无疑暗示着理想世界与现实世界矛盾对立的无奈。诗人就在这两个世界的撕扯挤压中忧心如焚，因此他渴望饮"一口葡萄的佳酿"，因为"只要一尝便想起了花神和绿野的风光，/还有阳光下村民的欢乐/颂歌和舞蹈"。为什么诗人要借助饮酒？为何要用"想起"二字？春天的世界难道不是春意盎然、阳光明媚、春花烂漫、生机无限吗？鲜花、阳光、春日、杏花吹满头、载歌载舞的场景为什么只能靠酒来"想起"呢？这是不是暗示了它们在现实生活中的缺失?! 那为什么现实生活中会缺少这些在我们看来非常平凡的事物呢？当这些习以为常、我们熟视无睹的东西都散失掉的时候，我们才会倍感珍惜，才会觉得它们的真正价值。而当这些东西都真正失去的时候，生态平衡的破坏程度也就可想而知了。"花神和绿野的风光"只能在记忆里寻找了。"绿色"是生命的颜色，没有了绿色也就没有了生命。而"阳光"也是万物生长之必需，对人来说，需要阳光的温暖；对植物来说，需要阳光的滋养；没有了阳光，怎么能见到"花神"？没有了"绿色"、"阳光"和"花神"，怎么会有村民的舞蹈、生命的欢歌？这里最明显地暗示了一个缺乏阳光与绿色的世界，这是一个生态严重遭到破坏的世界，这也许正是对 1816—1818 年正在经历着严重生态危机的欧洲的影射。面对"这里人们呆坐，听着彼此的悲叹怨嗟；/瘫痪的老人只有几根残存的白发在摇晃，/年轻人变得苍白，消瘦，夭折"的现实，诗人不禁发出"去吧！去吧！我要和你一同飞去"的呐喊，梦想着没有死亡和黑暗、只有永生和歌声的夜莺世界："不朽的鸟呀，你将与世长存！/苦难的人们相继消逝，你的歌声依然。"然而，随着夜莺歌声的逐渐消逝，诗人又从美好的幻境回到了痛苦的现实当中。可是，他却对自己刚才经历的心理变化感到十分惊讶和困惑："那究竟是幻觉，还是一场觉醒的梦？夜莺的歌声已经消逝：我是醒着还是睡着？"

二、济慈诗歌的生态理想

如果说济慈对生态危机的关注隐含在诗的现实世界与理想世界

的断裂中的话,那么,济慈对于生态和谐的期盼与颂扬则是直接地表达在他的诗歌里。无论是《颂诗》(Ode)里"你们坐在极乐世界的草地上谈笑,/草地上只有狩猎女神的小鹿啃着青草;/你们与天庭的树木窃窃私语,/多么优雅自在,多么无拘无束",还是《幻想》(Fancy)中"尽管严霜相逼,她仍会带给大地/已经失去的美丽;/她会一起带给你/夏日所有的欢娱;/她会从露湿的草地,多刺的树枝上/带给你五月的蓓蕾和花朵的芬芳;/她会静静地/神秘地偷出/所有堆积如山的秋令的财富",无不张扬着诗人对大自然的热爱,对生态和谐的期盼。"草地"、"小鹿"、"花朵"这些象征着自然、纯洁和美好的自然之物无数次地出现在济慈诗歌中,这难道不说明诗人渴望着远离工业文明污染的田园宁静生活吗?而表现这种宁静、和谐境界的最佳作品当数诗人在1819年9月写下的《秋颂》:

> 雾气洋溢、果实圆熟的秋,
> 　　你和成熟的太阳成为友伴;
> 你们密谋用累累的珠球
> 　　缀满茅屋檐下的葡萄藤蔓;
> 使屋前的老树背负着苹果,
> 　　让熟味透进果实的心中,
> 使葫芦胀大,鼓起了榛子壳,
> 　　好塞进甜核;又为了蜜蜂
> 一次一次开放过迟的花朵,
> 　　使它们以为日子将永远暖和,
> 　　　　因为夏季早填满它们的粘巢。
>
> 谁不经常看见你伴着谷仓?
> 　　在田野里也可以把你找到,
> 你有时随意坐在打麦场上,

让发丝随着簸谷的风轻飘;
有时候,为罂粟花香所沉迷,
你卧倒在收割一半的田垄,
让镰刀歇在下一畦的花旁;
或者,像拾穗人越过小溪,
你昂首背着谷袋,投下倒影,
或者就在榨果架上坐几点钟,
你耐心瞧着徐徐滴下的酒浆。

啊,春日的歌哪里去了? 但不要
想这些吧,你也有你的音乐——
当波状的云把将逝的一天映照,
以胭红抹上残梗散碎的田野,
这时啊,河流下的一群小飞虫
就同奏哀音,它们忽而飞高,
忽而下落,随着微风的起灭;
篱下的蟋蟀在歌唱;在园中
红胸的知更鸟就群起呼哨;
而群羊在山圈里高声咩叫,
丛飞的燕子在天空呢喃不歇。①

诗歌开头以各种果子为描写对象给我们展现了一幅悦目的农家丰收在即的秋景。"果实圆熟的秋"、"累累的珠球缀满茅屋檐下的葡萄藤蔓"、"葫芦胀大"、"甜核"、"永远暖和"的日子,宁静、丰硕、富足的农家幸福在恬然的自然生态中展现。接着第二节写人,"伴着谷仓"、"背着谷袋"、"随意坐在打麦场上,/ 让发丝随着簸谷的风轻

---

① 王佐良:《英国浪漫主义诗歌史》,第286—287页。

飘;/有时候,为罂粟花香所沉迷,/你卧倒在收割一半的田垄,/让镰刀歇在下一畦的花旁"。开仓、打麦、捡穗、运粮、在田垄边美美地打盹、看榨果架上徐徐滴下的酒浆。庄稼人秋收后的喜悦与幸福充溢在字里行间,还有什么比这种生活状态更悠闲自在、更让人神往呢?与《夜莺颂》里瘫痪、白发摇晃的老人,苍白、消瘦的年轻人形成了强烈对比。《夜莺颂》里是一幅现实与理想断裂的惨景,而《秋颂》则带给我们一幅生态和谐的美景。接着,诗人用"云"、"胭红"、"田野"描述了乡村傍晚美丽的秋景,又用"蟋蟀"、"知更鸟"、"群羊"、"燕子"的"歌唱"、"呼哨"、"咩叫"、"呢喃"带我们走进了一个美妙的秋的音乐世界,让幸福的人与这美好的景完全消融在一起。这就是诗人的生态观,一种万物诗意栖居的自然伦理观。济慈从秋写到春,又从春写到秋,有早晨和中午丰收的喜悦和迷醉,又有傍晚的悠闲与自在,从累累果实的葡萄架下到夕阳胭红涂抹的田野、老树、河流,人的精神经历了怎样一种清醒、一种摆脱所有尘世纷扰的解放!收割是人的最原始的行动之一,而收割的所得——特别是精神上的丰足则是人的文化能有的最高成就。那么,诗人济慈又是怎样如此快地实现了从现实冰冷的《夜莺颂》到和谐自然的《秋颂》的转变呢?也许我们可以从诗人写信给友人的信中找到答案。1819 年 8 月,济慈写给友人芳妮的信表达了他对生态环境正常化的欣喜:

> 连续两个月的好天气对我而言是最大的幸福——不再有冻红的鼻子,整天打冷战的身体,只有清新空气里的静心思考。拿一张干净的毛巾,打一盆净水,一天可把脸擦上十来遍,无需过多的锻炼,只需每天散步一英里。我最大的遗憾就是因身体不够好,在距离海边这么近的地方住了两个月了还不能游泳。——不过,我还是非常陶醉于这种好天

气的,它应该是我能够拥有的最大福气了。①

可见,在济慈看来,人的幸福的最根本的东西应该是好的天气、纯净可洗可游的水和没有污染的锻炼环境。因此,贝特认为,《秋颂》不是一个逃避政权文化破裂的幻想,而是对人类文化如何在与自然联系并相互影响中发挥作用的深思。就济慈而言,他自身与所处的环境的关联以及与构成社会的人之间的关系都是密不可分的。②

在 1819 年 9 月 19 日写下《秋颂》两天后,济慈在给友人 J. H. 雷诺兹的信中,又一次阐述了天气与他写作该诗的紧密联系:

> 现在这季节太美了,特别是空气,虽然仍有些冷劲。真的是,不开玩笑,纯洁的天气,戴安娜般的天空,我从未像现在这样喜欢这收割后的田野,它比春天那冷冷的绿色好多了。不知怎的,收割后的田野给人以温暖的感觉,就如同一些看上去给人温暖的绘画一样,这一点在周日的早晨散步时得到了最深切的体会,由此写下了这首诗。③

这些话更加表明了自然环境对人的影响,尤其是对体弱多病的诗人济慈。自然环境对人的影响与社会人文环境对人的影响一样举足轻重。1816 年欧洲历史上"没有夏天的一年"(the year without a summer)当然带来的是饥寒交迫的残酷现实,这一现象一直延续到 1818 年,因此济慈《夜莺颂》里现实与理想断裂的不可调和便不难理

---

① Jonathan, Bate. *The Ode 'To Autumn'as Ecosystem from Coupe*, Laurence. *The Green Studies Reader: From Romanticism to Ecocriticism*, London: Routledge, 2000, p. 257.

② Ibid. p. 257.

③ Ibid. p. 258.

解了;而 1819 年美丽夏日和随之而来的秋收的喜悦便成就了《秋颂》这一代表和谐生态的伟大诗篇。

济慈对自然的感悟是多层面的,他总是善于通过声音、色彩、触觉、时间等多种意象来表达对自然的多重情感,这或许也是他常被批评家们冠以唯美主义诗人的原因之一吧。首先,各种飞鸟和昆虫的声音在济慈那里就是自然界中最和谐、最美妙、永不停息的生命大合唱。蝈蝈和蟋蟀不分寒暑的吟唱、夜莺在黑暗中的高声歌唱、飞虫的哀音、知更鸟的呼哨、燕子的呢喃、尼罗河滚滚向前的声音和大海发出的永恒絮语等,汇成了一个理想中的生态和谐大世界。其次,诗人还善于通过大自然的颜色,尤其是绿色来表达自然中生命力的和谐与永恒。绿色在大自然中是一种春意盎然、充满生命力的色彩,在《蝈蝈和蟋蟀》中,诗人描述了自然中的树荫、草地、草叶、草丛、林莽、田野、晶亮的河以及与自然颜色融为一体的蝈蝈和蟋蟀身体的颜色,都是自然界的"绿色之邦",它既蕴涵着无限的生机,又给人以安宁、平和与慰藉,从而给人以一种生生不息的永恒之感。《秋颂》中,麦田、谷穗和圆熟果实的明丽色彩同样赋予了一种生命的满足和慰藉之感。最后,济慈还善于通过敏锐的味觉来体现自然界的永恒魅力。《夜莺颂》中饮"一口葡萄的佳酿","只要一尝便想起了花神和绿野的风光,/还有阳光下村民的欢乐/颂歌和舞蹈"给读者留下了不尽的回味与思考,是怎样一种美酒只要尝一口就能让人忘记世间一切丑恶与忧伤而融进一个布满花神和绿野的世界?

总之,济慈正是怀着这种对自然的无限眷恋之情、热爱之情对大自然的神圣和美进行礼赞的,同时又将自己激越饱满的生命感悟诗意地抒发出来,从而使其诗歌闪现着生命的永恒光芒。

三、济慈诗歌本质的真善美

济慈诗歌艺术包含了真、善、美的丰富蕴涵。"美即是真,真即是美",是济慈在《希腊古瓮颂》(*Ode on A Grecian*, 1819)中对诗的本质的总结,是他著名的美学思想。济慈的这一美学理论既是他热爱自然的报偿,也是他生命的结晶,甚至可以说这是济慈用生命换来的诗歌果实。他在给范妮·布劳的信中曾经写道:"'如果我死去',我自言自语道:'身后没有留下任何不朽之作,没有什么可以让我的朋友为我感到骄傲的东西,但是我一向热爱一切事物中美的本质。要是我过去有充分的时间,我是会让后人记得我的。'当我身体健康,每一下脉搏都为你跳动的时候,这样的思想来得很微弱,而现在你可以与这位(我可以这样说吗?)'崇高智者中的最后一位病夫'分享我的一切思想了。"①这是一个伟大的天才诗人用短暂的生命焕发出来的生命的光芒。

济慈认为:"真实的事物指的是像日月星辰与莎士比亚的诗剧这样的存在对象;半真实的事物如爱情、云彩等,它们需要心灵的呵护方能获得完整的存在;而虚无的事物则需要由炽热的追求来赋予它们伟大与尊严。"②为了表现这一美学思想,济慈通常把历史上的美丽传说或神奇而美丽的大自然与对现实生活的观点结合起来:"太阳,月亮和天真的羊群/长出披着绿荫的老树和新林;/自由自在地生活在绿色王国里的水仙;/为自己备好凉荫用以御夏的淙淙清泉;/那密密的到处生长着的矮小的树林,/在它们中间麝香玫瑰开得多么喜人;/还有我们所能想象的伟大先哲;/命运的壮丽,我们所听到的一切/美妙动人的故事和传说——所有这一切都是美好事物;/从天的边崖源源不断地涌向人间,/是我们取之不尽的琼浆的源泉。"(《恩底弥翁》)③济慈的"真"和"美"时间上包容了过去、现在和未来,空间上包容了自然界、人类社会,并利用情感的交感使二者水乳交融地结合在一起,使之在深度上达到了探索人类精神的效果。

---

① 傅修延译:《济慈书信选》,东方出版社 2002 年版,第 347 页。

② 同上,第 102 页。

③ 黄宏煦:《英国浪漫主义诗人抒情诗选》,第 187 页。

　　济慈诗歌本质"真"与"美"的实现与济慈"善"的价值观密不可分,"善"是其对社会伦理的根本认识。综观济慈诗歌,生态危机、生态和谐是其关注的主要内容;同时,追求自由、反对暴政也是他的诗歌精神。1814 的《咏和平》(On Peace)这样写道:"啊,欧洲! 决不能让握有权力的暴君祸首/再把你变成原来那暗无天日的旧欧洲;/让锁链就这样断裂,勇敢地说你已自由。"①在 1815 年《李·亨特出狱之日而作》(Dedication. To Leigh Hunt, Esq.)中,济慈又写道:"那又怎么样呢,为了向喜好阿谀奉承的政权/阐明真理,和蔼的亨特身陷囹圄,/但却犹如一只搜索长空的云雀,/欣喜自由地在他不朽的精神里翱翔盘旋。"②如果说前者是对当时欧洲强权实力的控诉和批判,那么后者就是对自由民主精神的礼赞和向往。可见,济慈的"善"就是关注自然、关注人生、关注社会伦理,是建立其"真"与"美"的基础,也是"真"与"美"的最佳境界。换句话说,也就是只有在"善"这一充分展现人文关怀精神的基础上,济慈诗歌的美才具有了具象的呈现。

　　与此同时,我们也看到,济慈在追求真、善、美的过程中,如同其他浪漫派诗人一样利用想象的力量将艺术与生活结合起来,这就使得济慈的诗歌艺术和对现实生活的关怀与思考紧密相连,并且暗喻了对生活形态发展走势的启示;对善的揭示,也并不是停留于伦理上的说教,而是通过人物行为在诗歌文本中的展示,来披露人性灵魂中善恶交织的复杂性,展示社会善恶之间的相互冲突乃至于相互促进的二律背反的关系;对善的认识与崇尚,是诗人基于恶对善的毁灭所带来的凄惨后果。在表层上,济慈诗歌的描写对象似乎过于集中于神话传说、远古故事和对大自然的歌颂,但是在深层上却是以迂回的方法来透视人类灵魂的本真面目,并以此为视角,深入到深远的社会

---

①　黄宏煦:《英国浪漫主义诗人抒情诗选》,第 147 页。
②　同上,第 145 页。

关怀中去，从而从小我之爱过渡到大我之爱，之也就大大地提升了济慈诗歌的内涵和意义。

总之，诗歌处于一个丰富而复杂的视界中，影响诗歌生成的因素是多元的，有心理的、无意识的、语言的、文本的，当然更有社会的、历史的、政治的。需要注意的是，任何一种批评都只能是一种可能或选择，而对济慈诗歌的研究应该是综合的。济慈诗歌始终贯穿着活跃的自然审美特征和政治意识，两者的并存与交融既是矛盾的、互相排斥的，又是互动的、相互渗透的，其中蕴含着诗人对个人生活、对现实社会的体验感悟，对自由民主的渴望和对诗歌艺术美的追求和向往，这实际上是诗人审美意识和渴求精神生态和谐的表现，是诗人宽泛的人文精神的展示，只不过这种表现和展示潜在、隐蔽在其诗歌的审美表达之中罢了。因此，应该说济慈诗歌对自然的向往、对崇高审美情致的向往与他对自由和民主政治的追求在精神上和潜意识中达到了一种和谐，形成了崇尚自然的人文主义精神。①

第七节　拜伦自由旗帜的终极指向

拜伦(Lord George Byron, 1788—1824)是英国浪漫主义文学中的一个具有独特反叛性格的诗人。他出生于一个贵族家庭，父亲是个浪子，他挥霍掉上辈的殷实家产后，搞得贫困潦倒，最后离家出走。母亲靠着极其微薄的收入与儿子苦苦度日，因此而怨恨，有时因孤寂和失意而发狂。拜伦先天畸形足，然而当他长到十岁时意外地成了勋爵，并就读于英国九大名校之一的哈罗公学。由于他的先天缺陷，拜伦强迫自己参加游泳、骑马、击剑、格斗和拳击等方面的体育活动。

①　章燕：《审美与政治：关于济慈诗歌批评的思考》，《外国文学评论》2004年第1期。

他雄心勃勃,非常自负,动辄怒不可遏,但对自己的朋友却非常坦诚,对贫苦的人也怀有一颗同情之心。

拜伦在剑桥大学读书时,就发表了充满青春气息的诗《懒散的时刻》(Hours of Idleness，1807),但《爱丁堡评论》对这位年轻的诗人进行了严厉的抨击。拜伦对此大为震怒,写了一首讽刺长诗《英国诗人和苏格兰评论家》予以回敬。在诗中,他对支持该杂志和得到该杂志支持的所有主要作家都进行了无情的嘲弄,并形成了自己独特的诗歌风格。由于拜伦拥有勋爵的社会地位,使他有机会参与国家政治事务。他几次在上议院发表演说,对工人罢工和破坏机器的行为进行了强有力的辩护,他说:"你们把这些人称为暴徒、亡命之徒,说他们危险又愚昧,似乎认为平息多头群氓的唯一办法是砍掉一些多余的头。但即使是一群暴徒,要使他们恢复理智,用强硬加怀柔的混合对策,也会比进一步激化矛盾和加倍重罚效果更好。我们心里可明白自己承受了暴徒的恩惠? 正是这群暴徒,在你们的田地上劳动,在你们家里伺候你们;给你们的海军补充兵员,使你们今天能向全世界挑战。如果因为遭受漠视和灾难而陷入绝望,他们也会向你们挑战。你们尽可以把人民称为暴徒,但是不要忘记,暴徒往往是表达人民的感情的。"①

但是,拜伦这种与统治阶级对立的立场以及他对下层人民的同情态度遭到了他们的普遍不满。如果说拜伦一开始的言行还受到他们谨慎的附和的话,那么,在后来的时间里上议院已经没有一个人同他站在一起了。此外,拜伦还在爱情和家庭问题上陷入了窘境,这使他遭受了众多流言蜚语的攻击。由于拜伦自然承受了其父母的遗传,致使他在生活方面比较放任自流,但绝没有达到有损社会伦理道德的程度。然而,拜伦夫人与他的离异更使得人们对流言添枝加叶。

① 转引自鲁宾斯坦:《英国文学的伟大传统》(中),上海译文出版社1998年版,第176页。

拜伦感到他一个人的嘴是说不过众多经过精心修饰的伪善者的大合唱的,由于他不可能进行辩护和反驳,拜伦无路可走,尽管他平时恃才傲物,但面对这种造谣中伤,他也感到无计可施。他曾经悲哀地说:"我感到,假如人们叽叽喳喳地议论着的一切全是真的话,我就不配住在英国;假如这些全是造谣中伤的话,英国就不配让我居住。"①他于 1816 年 4 月 25 日乘船悄然离开故土,活着的时候再也没有回来。

一、拜伦的自然观

虽然拜伦没有像其他前期浪漫派诗人那样咏唱自然、关注自然,但是,作为一位不折不扣的浪漫主义诗人,拜伦总是把对自由的终极追求与对自然的顶礼膜拜交融一起。当拜伦由于孤傲而不愿屈服于任何权势而被迫离开英国后,他游历了欧洲大陆的西班牙、意大利、阿尔巴尼亚、希腊、瑞士等地,诗人在享受着精神自由的同时,感受着异国他乡的风土人情、山山水水,试图通过自然美景找到自己的精神归宿,实践着对自由精神的向往。

> ……
> 船儿呀,带我乘风破浪,
> 横渡波澜起伏的海洋;
> 随你把我送到哪一处,
> 只要不是我的故土。
> 欢迎你们,蓝色的海波!
> 我将赞美石窟和荒漠,
> 待到渡过重洋抵达彼岸!

---

① 拜伦:《恰尔德·哈洛尔德游记》,第 45 页。

祖国啊，祝你晚安！①

　　拜伦就这样在《恰尔德·哈罗尔德游记》中开始了他的自然之旅，寻求着人类自由的精神家园。他"静坐在岩石上，/对着滔滔的河水和广漠的荒原沉思冥想"，他攀登上渺无人迹的山峦，俯看着泡沫飞溅的瀑布，以一个都市人的经历体悟着自然的力量。在形同陌路的人群中，唯有大自然的宽广胸怀才能接纳这无家可归的游子。"大自然始终是我们最仁爱的慈母，/虽然她温柔的面容总是变幻不定；/让我陶醉在她赤裸着的怀抱里头，/我是她不弃的儿子，虽然不受宠幸。/啊，粗犷的本色使她最显得迷人，/因为没有人工的痕迹把她亵渎；/不论日夜，总是对我笑脸盈盈，/虽然只我一个向着她的形象注目，/我是越来越向往她，而且爱她，当她发火恼怒。"②拜伦生性孤傲，唯有在自然的怀抱里才能感受生的温暖和快乐。他提醒自己："最不合适与人们为伍，在人群中厮混；/他同人们格格不入，志趣迥异；/岂肯随声附和，虽然他的灵魂/在年轻时，曾被自己的思想所战胜；/他特立独行，怎肯把心的主权/割让给心灵所反对的那些庸人；/在孤独中感到骄傲，因为即使孤单，/人在离群索居时，别有一种生活会被发现。"③拜伦似乎看透眼前的一切，一向追求自由的心灵不允许他与庸人为伍，在自然的世界里，诗人的心灵才能得以抚慰。所以，他写道："起伏的山峦都像是他知心的朋友，/波涛翻腾着的海洋是他的家乡；/他有力量而且有热情去浪游，只要那里有蔚蓝的天和明媚的风光；/沙漠、森林、洞窟以及海上的白浪，/这些都是他的伴侣，都使他留恋；/它们有着共通的语言，明白流畅，胜过他本国的典

---

① 　拜伦：《恰尔德·哈洛尔德游记》，第 12 页。
② 　同上，第 84 页。
③ 　同上，第 133 页。

籍——他常抛开一边,/而宁肯阅读阳光写在湖面上的造化的诗篇。"①我们可以这样说,如果说湖畔诗人们是因厌恶工业文明带来的人性异化、自然破坏和世风日下而投身于大自然的怀抱的话,那么,拜伦对自然的热爱也许更多的是基于对社会黑暗、当权腐败的痛恨和反抗。

大自然不仅使拜伦得到精神上的无限慰藉,而且更使他心灵上得到一种净化和愉悦。"月亮升起来了,然而夜幕还没下降,/夕阳和她两个平分了整个的天空;/蓝色的弗里乌利山脉的高峰顶上,/灿烂的晚霞像一片大海似的汹涌。/天上万里无云,而色彩变幻无穷,/西方,白日渐渐投进那儿织成一道彩虹;/另一方,在蔚蓝的太空中浮动徐徐,/是一弯柔和洁白的眉月,像一个幸福的岛屿。"②这里诗人在静观自然景色的同时,似乎是站在人世之外,以一种超然的态度体会人生深刻的奥秘。诗人融情感于自然景物,不知不觉就受到大自然的熏陶,因而其灵魂也自然获得了净化和慰藉。"一颗星辰出现在她的身畔,/和她一起统治着半边可爱的苍穹;/可是另一边夕照之海还在翻卷,/它的波浪溅泼着遥远的拉新山峰,/仿佛白日和黑夜两个还在争风,/直到造物把秩序端正;布兰塔河上,/浓浓的水悄悄流着,天上彩色缤纷,投下新开的玫瑰似的紫色和芬芳,/漂动在她的流水上边,闪耀着亮晶晶的光芒。"③对自然景色细致入微的观察充分显示了诗人的自然之情,与此同时,置身于这些美丽景色之中,在拜伦看来就如同与知心的朋友倾心聊天,充分享受着精神上的愉悦。

不过,与其他浪漫派诗人比较,拜伦更喜欢狂野的自然,他热情奔放和受压抑的个性致使他不由自主地投向这种异常而又非常刺激的景色。比如他写大雷雨的来临:"天色聚变了! 多么剧烈的转

① 拜伦:《恰尔德·哈洛尔德游记》,第 133 页。
② 同上,第 175 页。
③ 同上,第 212 页。

变！/夜、雷雨和黑暗啊！你们惊人地雄壮，/然而你们的力量又值得人爱恋，/好比一个妇人的黑眼珠闪射光芒！/从这峰到那峰，在喧嚣的崖石上，/活的雷电跳纵着！并非出自一片云后，/却是每一座山都张大喉咙在叫嚷，/瑜拉山透过那云雾的帷幕，在她四周，/答应着大声呼唤她的欢腾的阿尔卑斯山头！"①这气势是多么的雄伟壮观！置身其中，自然的威力就能清晰地被体验、被震撼。同样，拜伦也喜爱那波涛汹涌的大海，那恶浪滔天、狂风怒号的大海承载着多少深不可测的奥秘！吸引着拜伦心向往之。在《恰尔德·哈洛尔德游记》中，拜伦深情地写道："我一直爱你，大海！在少年时期，/像你的浪花似地，依靠住你的胸膛，/由你推送前进，就是我爱好的游戏。/从童年起，我就爱玩你的波浪——/我喜欢它们；如说汹涌不止的海洋/显得多么可怕，也可怕得令人高兴，/因为我，打个比喻，就是你的儿郎，/完全信赖你的波涛，不论远或近，/敢于抚摸你的鬃毛，就好像我现在这种光景。"②拜伦热爱天空雷雨的雄壮，热爱高山的伟岸，更热爱大海翻滚的波涛，充分体现了诗人反抗压迫、追求自由的个性。此时的拜伦，心灵与身体已与大自然完全融为一体，高山、天空和大海是他自身的一部分，而他也是它们的一部分。拜伦深情地爱着自然，自然同时又安抚着诗人孤寂的心灵，这也许是他感到的最纯洁的幸福。难怪勃兰兑斯这样写道："在茕茕孑立的孤寂中，他其实是最不孤独的；在这种时刻，他的灵魂意识到了宇宙无穷这一由它自身得到纯化的真理。"③

二、拜伦的自由观

然而，拜伦对现实的关注使他不可能真正停留在自然的怀抱中，

---

① 拜伦：《恰尔德·哈洛尔德游记》，第 175 页。

② 同上，第 290 页。

③ 勃兰兑斯：《19 世纪文学主流》，人民文学出版社 1984 年版，第 362 页。

享受着自然赋予的快乐。他对统治阶级的憎恨和对下层人民的同情不由自主地引发他对自由的渴望和追求。他说，他绝对不要安闲，静默对于一颗激动着的心来说无异于一座地狱。在充满不公正的社会中，自由对人类来说更为宝贵。因此，当拜伦在自然中获得了精神的疗伤后，他就开始把对自然的热爱升华为一种对人类精神自由的至高追求，并直接导致了他参加意大利烧炭党人的民族解放运动，最后客死在异国他乡。

18、19 世纪之交的欧洲，"自由"已经不再是一个新鲜的概念。早在 17 世纪末，英国伦理学家洛克就响亮地提出："所有人都生来就是自由的。"[①]法国哲学家伏尔泰在此基础上进一步将"自由"明确化："自由就是去做你的意志绝对必然要求的事情的那种权利。"[②]拜伦虽然对伏尔泰本人及其哲学思想颇有微词，却没有完全拒绝启蒙理性的责备，并且用厄尔普斯的弦琴弹奏出了一首辉煌的自由之歌："因为面对死亡我又何所愁，/死亡会使我重获自由。"[③]可见，他对于自由的精神与自由的境界是非常推崇的，并且为了自由可以不拒绝死亡。

作为一个诗人，拜伦在追求自由的旅程中，一直期盼着能够打碎人民身上的枷锁，赶走他们身边的困苦与贫穷，还人民大众以自由和谐的幸福生活。他认为"自由"应该是意志的根本，是一个人心灵取向的内在因素。也就是说，无论是理性的认知判断还是情感的感知印象，首先都必须具有自由的主体意识，否则理性和情感都将失去真实的基石。休谟这样论证了"道德区别不可能导源于理性，只能导源

---

① 列奥·施特劳斯等：《政治哲学史》，李天然译，河北人民出版社 1998 年版，第 545 页。

② 宋希仁：《西方伦理思想史》，中国人民大学出版社 2004 年版，第 258 页。

③ 拜伦：《拜伦诗选》，查良铮译，上海译文出版社 1982 年版，第 287 页。

于情感"①；弥尔顿也曾经这样强调"自由"："要想形成并完善道德，最合适的东西是自由。"②然而，就像拜伦的观点那样，自由是没有规范的，他完全属于个人的情感取向。因此，要想实现自由的理想，就必须唤醒广大群众的自由情感和道德意识。在拜伦所处的时代，地主为了地租对农民实行疯狂的压榨，资产阶级利用手中的资本对工人实行残酷的掠夺，海外殖民利益的争夺让人民颠沛流离，人们的自觉意识还没有完全苏醒。因此，崇尚自由的拜伦要想不成为精神荒漠上孤独的流浪汉就必须在丰厚的人文遗产上，用现代的理性精神、人本的道德关怀去鼓舞人们。在《唐璜》第三章《哀希腊》中，拜伦写道："希腊群岛啊，美丽的希腊群岛！/火热的莎弗在这里唱过恋歌；/在这里，战争与和平的艺术并兴，/狄洛斯崛起，阿波罗跃出海波！/永恒的夏天还把海岛镀成金，/可是除了太阳，一切已经消沉。"③然而，在痛苦中沉迷本不是诗人的真心意旨，他要激励人们反抗："自由的事业别依靠西方人，/他们有一个做买卖的国王；/本土的利剑，本土的士兵，/是冲锋陷阵的唯一希望"④。拜伦指出，在浮华、熙攘的国际关系后面，存在着的只是肮脏的交易和残忍的欺骗，真正的自由只能在血与火的交响曲中诞生，"让我像天鹅一样歌尽而亡；/我不要奴隶的国度属于我——/干脆把那摩萨斯酒杯打破"⑤。这样，拜伦的自由思想就不再是个体的价值取向，他站在时代的高度，引领世人向一个精神的圣地探寻，对社会不平的指责也就不再是个人的复仇泄愤，而是整个人类的正义的讨伐。因此，他的诗歌具有前所未有的

---

①　休谟：《道德原则研究·译者导言》，曾晓平译，商务印书馆 2004 年版，第 3 页。

②　列奥·施特劳斯等：《政治哲学史》，李天然译，河北人民出版社 1998 年版，第 515 页。

③　拜伦：《拜伦诗选》，第 171 页。

④　同上，第 178 页。

⑤　同上，第 179 页。

战斗力量,"自由"是其伦理思想的根本底蕴。

拜伦的诗歌摆脱了现实利益的纠缠,他将艺术置于一种自由的境地,始终没有放弃对社会黑暗与腐朽的揭露和批判。在拜伦那里,诗歌成了讽刺政府的投枪、争取自由的檄文、宣扬正义的美文,这就使得他的诗歌真正成为自由意志的艺术载体和心灵自由呼吸的通道。在《十四行:咏锡雍》的开头,拜伦这样写道:"锁不住的心灵哟!永恒的精神! /在地牢里最光辉夺目的是你,自由! /因为在这里,你栖息在人的心头——/这颗心只听命于对自由的热忱。"①无论当权者怎样黑暗与腐朽,人类追求自由的精神是永恒的,追求自由的决心更是改变不了的。同时,拜伦没有将诗歌供奉于朝廷的宗庙里,也没有将诗歌纳入感官与超理性的玄想,而是将其与广阔的生活相勾连,英国当时诗歌的表现领域也随着拜伦探寻的足迹和自由的思想而获得了更加广阔的空间。从英国乃至欧洲的历史、地理、人文、现实情况到风俗人情,如此种种在他的诗歌作品里都有真美的艺术再现,如《东方叙事诗》(*The Oriented Tales*)、《恰尔德·哈罗尔德游记》、《唐璜》等。拜伦不光是用"脚"和"眼"来扩大诗歌的表现主题,更是用心灵去耕耘人类内在精神的深层意蕴,故而其诗歌里波澜壮阔的艺术场景也能体现其不役于物的自由情怀。让我们看一看其长诗《审判的幻景》第 24 节:"他扑击着双翼,有如雷霆万钧/笼罩着覆舟累累的荒凉的海滨;/眉宇间有大海的风暴浪涛汹涌/……他一顾一盼就有幽冥弥漫苍穹。"诗人把追求自由的力量比作直击自由长空的双翼、雷霆万钧的海滨、波涛汹涌的大海,赋予了诗歌无限张力的同时又使得诗歌中表现的"自由情怀"拥有了积极的伦理价值与意义。

三、拜伦自由旗帜的终极指向

拜伦自始至终都关注人本身,关注人的生存状态,他对自然的情

---

① 黄宏煦:《英国浪漫主义诗人抒情诗选》,第 31 页。

有独钟、对人类精神自由的坚定不移，其实都是基于对人类自身的热爱。"自然画面因有人物而显得更加生动、更崇高、更富于诗意。"《恰尔德·哈罗尔德游记》、《唐璜》中旖旎的山水风光、地方人情、风俗习惯，无一不令人流连忘返，《审判的幻景》(*The Vision of Judgement*, 1822)、《曼弗瑞德》(*Manfred*, 1817)等诗也都充满了艺术想象的魅力。

拜伦对人的生存状态的关注，对社会尖锐的批判，对物质欲望的抵制，都表明他渴盼一个新的伦理王国的重建。虽然诗人对人性本质的认识趋向于简单，但他特别注重诗性之美的建立，要把人类从上帝与罪恶之中解放出来，从而拥有自由的"诗意的栖居"。"她女儿，/在较为柔和的阳光抚育下，/像夏天的浮云，银白、柔滑而秀丽；/……/她有生以来，一直是娇柔温雅；/如今激情和绝望撕裂着胸臆，/烈火便爆出这怒米低亚的血管，/像热带飓风横扫大漠荒原。"①拜伦的诗中这位美丽女性和她的甜美爱情犹如"夏天的浮云，银白""柔滑而秀丽"，在"柔和的阳光抚育下"恬淡、自然地享受着人生。然而，不幸的是，这种宁静和魅力却被她残暴而淫荡的父亲残忍地扼杀，使得她"激情和绝望撕裂着胸臆"，愤怒之火就像"热带飓风横扫大漠荒原"。通过诗中具有强烈伦理冲突的情节，诗人想唤醒人类维护美、追求善，同时也警醒了那些为所欲为的统治阶层；哪里有压迫和奴役，哪里就有反抗。诗人的目标是建立更好的"美"、"善"一体的社会。在《岛》(*The Island*, 1823)中，拜伦以深刻的抒情笔触描绘了一幅人与自然以及人与人之间水乳交融、和睦无间、幸福愉快的富于诗意的世外桃源的图景。拜伦的艺术匠心是很明显的；幸福不在于勾心斗角的利益褫夺，而是简单自然的生活；美好不在于烽烟战火的奴役和掠夺，而在于相互理解、相互尊重的和谐关系；灵魂的自我拯

---

① 拜伦：《拜伦抒情诗七十首》，杨德豫译，湖南人民出版社 1983 年版，第 216—217 页。

救不能依靠人民困苦的哀号和上层社会的良心发现，而是要靠内在意志的提升与个体自由意识的加强。

拜伦虽然不像济慈那样融关注社会与人生于至高审美的艺术形式里，也不像雪莱那样高举道德理性的大旗，但是他却以自己高唱自由的诗歌精神，一直被批评家认为是英国浪漫主义诗人中最具社会责任感的一位。他关注自然与人生、关注时代和社会，他诗中流淌着的是正气、勇气和侠义之气，所表现的是人生哲学、社会心声、时代精神，因此我们说他的诗表现了一代诗人对于伦理道德的思考，对于人类走向的关怀，当然也包括他对于自己的祖国命运的探索。更为可贵的是，他不光是诗歌的咏唱者，还是行为的实践者，他后来作为希腊民族解放军队的总司令而战亡，一个英国诗人能有如此英勇的行为，的确是让人难以忘怀的。苏曼殊曾经这样评价过拜伦："拜伦以诗人去国之忧，寄之吟咏，谋家国，功成不居，虽与日月争光，可也！"①拜伦注重诗歌的伦理价值和美学价值，关注社会的解放与人类的精神健康，执著地寻求实现理想的道路，吟唱出了人类的心声，其功绩确实辉同日月。②

---

① 苏曼殊：《苏曼殊全集》第1集，中国书店1985年版，第125页。

② 聂珍钊等：《英国文学的伦理学批评》，华中师范大学出版社2007年版，第420页。

■ 第四章

英国浪漫主义诗歌
生态意识的影响

第一节　英国浪漫主义诗歌的生态研究

　　从当代西方学者的研究中可以看到英国浪漫主义诗歌的生态伦理智慧已经得到了充分肯定。我们注意到纽约大学英语系教授劳伦西斯·洛克雷吉(Laurences Lockridge)在其《浪漫主义伦理》(*The Ethics of Romanticism*, 1989)一书中曾以马修·阿诺德(Matthew Amold)对英国浪漫主义诗歌的批评为例,肯定了英国浪漫主义诗歌所具有的生态伦理价值。他说,虽然阿诺德认为浪漫派"懂得不够"(did not know enough),但是他仍然把华兹华斯看成是继莎士比亚、弥尔顿之后的最伟大诗人,因为他向我们提供了"生活的批评"(a criticism of life)和"怎样生活"之困惑的解决方法(the means of dealing with the puzzle of "how to live")。① 而利物浦大学英国文学教授、著名生态批评学者乔纳森·贝特则直接把"浪漫主义"与"生态学"联系在一起,他在《浪漫主义生态学》(*Romantic Ecology*)一书

① Lockridge, Laurences. *The Ethics of Romanticism*, Cambridge: Cambridge University Press, 1989, p.1.

中写道："华兹华斯的《远足》最初吸引读者的是其'伦理思想'（its ethical content——引者）……因为它体现了华氏哲学思想的最高境界"①，他强调指出："华兹华斯诗歌里对自然神圣性的尊重，实际上也就是'一种生态伦理'（an ecological ethic），在价值标准严重迷失的今天一定要加以重新肯定。"②阿诺德和贝特的观点启发我们从当代生态伦理的角度研究曾历经褒贬的英国浪漫主义诗歌的必要性，也使我们看到英国浪漫主义诗歌中自然形象的生态伦理价值。

不可否认，法国大革命催生了英国浪漫主义文学，但究其真正的根源，那更应该是兴起于 17 世纪的工业革命。工业革命和法国的政治革命虽然为资本主义的现代化扫清了前进的障碍，但"心态的现代转型比历史的社会政治、经济制度的转型更为根本"③。法国大革命虽然具有追求自由、追求公正和社会进步的先进理念，但它那种追求社会进步的极端方式使英国浪漫主义诗人清醒地认识到其根本的局限性，而由此把拯救人类的理想投向了文学，期待通过自然复归人性本真、减缓工业革命带来的人性异化，来推动社会的和谐发展。西方资产阶级文明的标志是工业革命。工业革命的深化给人类物质生活带来了前所未有的变化，人们愈加崇尚科学和理性，相信科学技术能给人们带来最大的福利和满足；与此同时，资产阶级的价值观也日益侵蚀着人们的思想，人们追求实用主义，膜拜行动和成功，致使他们所创造的资产阶级工业文明充满着盘剥的、算计的、冷冰冰的机械论世界。德国法兰克福派思想家阿多诺（Theodor Wistuqrund Adorno）曾说："从进步思想最广泛的意义上看，历来启蒙的目的都是使

---

① Bate, Jonathan. *Romantic Ecology, Wordsworth and The Environmental Tradition*, London and New York: Routledge, 1991, p. 64.

② Ibid. p. 11.

③ 转引自刘小枫：《现代性社会理论绪论》，香港牛津大学出版社 1996 年版，第 14 页。

人们摆脱恐惧成为主人，但是完全受到启蒙的世界却充满着巨大的不幸。"①浪漫主义思想史家亨克尔更是明确声称："浪漫派那一代人实在无法忍受不断加剧的整个世界对神的亵渎，无法忍受越来越多的机械式的说明，无法忍受生活诗意的丧失。"②可以说，19 世纪初的英国除了以往恬静、诗意的乡村风光遭到严重破坏，人们的精神世界已经在本质上发生了质的转变：人们不再安于宁静平和的淳朴，而是极力追求着物质上的贪欲。面对这样一个异化了的、异己的、功利的世界，英国浪漫主义诗人们以其诗人的敏锐、强烈的社会责任感深深思考着、探索着拯救人类的良药。这些我们毫无疑问地可以从本书第三章找到答案。

诗人们期待以感性、艺术和审美的标准来代替科技理性的标准，以诗歌的原则来占据政治话语，以其内在心性和审美表达来反抗早期工业革命所建立的机械的、冷冰冰的理性世界，以一个诗意的精神世界超越现实世界的种种罪恶，从而为生命的存在找到一个终极的价值根基。浪漫主义诗人们深刻认识到，只有通过人们价值标准的改变，人才能实现真正意义上的自由，超越有限与无限的对立、时间与永恒的对立。由此，诗人们把社会问题根本改变的希望寄托于人类自身的心灵革命，即人性本真的复归，虽然心灵革命不能直接变革社会，但它至少可以使那些企图变革世界的人获得感性的审美解放，进而真正创造出理想的、自由的、富于人性的和谐社会。因此，我们可以这样认为，如果说工业革命是经济层面上的一场革命，法国大革命是政治层面上的革命，那么，英国浪漫主义诗歌则是在精神层面上进行的一场革命，而这种内在的心灵变革应该是所有变革的根本和关键，尽管它的实现有些困难。

---

① 　转引自陈学明：《20 世纪哲学经典文本·西方马克思主义卷》，复旦大学出版社 1999 年版，第 145 页。

② 　转引自刘小枫：《诗化哲学》，山东文艺出版社 1986 年版，第 6 页。

英国浪漫主义诗人对纯真人性的探索，对人、自然与社会和谐共生的远景思考，不仅彰显了一种人类精神生态的价值追求，同时表现出了一种超越历史发展的现代生态整体主义智慧。彭斯《小田鼠》对人性残忍的批判、布莱克"羔羊"与"老虎"对立进步的哲理表达，以及后期雪莱笔下"云雀"、拜伦异国山水对自由精神的向往等，都让我们感受到诗人们对生态整体的关注、对人的处境及命运与前途的理性思考，虽然其艺术表达方式和自然形象的选取不同。华兹华斯《序曲》第八章"爱自然通向爱人类"也许更加清楚地表达了这一诗歌思想：自然乃人类本身，要爱人类自身这个"小我"，首先必须爱"自然"这个"大我"，自然界万物在诗人眼里已不是一般意义上的外在自然之物，而是我们人类的"fellow-beings"，具有人性、灵性和神性，二者应该是一个和谐的、相互交融的整体。浪漫主义诗歌以自然为主题，歌咏自然的美好，强调人与自然和谐相融的重要，批判人类肆意掠夺自然的功利主义，向人们展示了一种工业社会下正确的自然伦理标准，是一种具有伟大现实意义的生态智慧。

浪漫主义诗人通过"自然与上帝、自然与人生、自然与童年的关系"，把人与自然的关系拓展到人与人、人与社会关系的伦理层面上，显示了一种超越时代的伟大智慧。柯尔律治《笔记》第三卷中"整一是'人类思想和人类情感的最终目的'"①，充分体现了浪漫主义诗人自然界一切为一体、天下万物都是保持生态整体和谐的平等成员的自然伦理观。根据柯尔律治的生命理论，万物归于"太一"，单个生命构成普遍生命，生命是一种流动过程，往返于两极之间，沟通着个体与普遍。人作为生命个体和普遍生命具有内在统一性，在本质上是与自然融为一体的。人在生命的运动中实现着个体与自然万物的和

---

① Perry, Seamus. *Samuel Taylor Coleridge*, *Kubla Khan*, *The Ancient Mariner and Christabel*, from Wu, Duncan. *A Companion to ROMANTI-CISM*, Blackwell, 1998, 1999, p. 131.

谐共生,而且自古以来就维系着这种和谐关系,只是近代以来工业化和科学技术的进步把理性推到至高无上的宝座,而情感与信仰则受到普遍压制,才使得人与自然发生了二元分离。诚然,在宇宙中,信天翁虽然只是一个幼小的生物,但是,它的生命与人类的生命一样伟大,是与人类共生的平等的生态共同体中的一员,伤害它也就等于伤害人类自身。因此,人与其他物种之间应始终保持一种和谐相亲的关系。诗中老水手正是经历了一场生死劫难之后,才对生命价值有了一种全新的感悟。他所"感悟到的真理远远超越了宗教教规,而成为一种对宇宙万物和谐的肯定"①。柯尔律治之所以故意把人放在大自然的对立面,首先批判的是人类无视自然存在、肆意毁坏自然的狂妄行为,然后通过老水手的忏悔来凸显人与自然同为上帝子民、同为大地生态共同体平等成员的自然伦理主题。柯勒律治的这一生命理论吻合了利奥波德《大地伦理》的精神实质:生态共同体的和谐、稳定和美丽为价值判断的最高标准。也就是说,"当一个事物有助于保护生物共同体的和谐、稳定和美丽的时候,它就是正确的;当它走向反面时,就是错误的"②。济慈《夜莺颂》里表现的生态失衡、现实与理想断裂的不可调和,《秋颂》里美丽夏日和随之而来的秋收的喜悦所代表的和谐生态无不彰显英国浪漫主义诗人的生态理想。雪莱把对自然的无限尊崇和争取自由的思想情怀巧妙地结合起来,凸显人类只有达到了精神自由才有可能真正实现和谐生存的伟大主题。

　　英国浪漫主义诗人虽然对自然素材的选取和艺术表达的方式各异,但尊重自然的精髓深深扎根于他们伟大的诗篇中,诗人们把大自然万物看做是与自身平等的成员,把大自然看作万物共生共存的理

---

　　①　安德鲁·桑德斯:《牛津简明英国文学史》,人民文学出版社 2000 年版,第 532 页。

　　②　Leopold, Aldo. *A Sand County Almanac*, Oxford: Oxford University Press, 1949. p. 224—225.

想家园。他们不仅仅从自然审美角度表达了人与自然和谐相处的审美诗意，而且更重要的是他们把自然与人的关系提升到了哲学高度，表现了一种超越历史发展的、与现代生态批评价值标准吻合的生态整体主义意识。华兹华斯、柯勒律治等确实因隐居于英国北部湖区而得名，但实际上，他们并非一般意义上的隐士，而是在迅猛而来的现代工业文明以及法国大革命这一特定背景下走向淳朴自然境界的浪漫主义诗人。他们不仅向人们奉献了一幅幅美丽的英国风景画，而且更重要的是，他们在自然的背后发现了某种精神或生命力的作用。阿布拉姆斯就坚持认为，华兹华斯的后期转向在本质上仍然是前期革命理想的继续，只不过对法国革命的幻灭使他将前期的启蒙理想内化成了后期的审美革命。这种审美化了的革命并非是他们革命理想的退化，相反是他们革命理想的一种真正提升。在经过法国大革命的洗礼后，浪漫主义诗人认识到暴力革命只能引起社会的更大的混乱和道德危机，只有在人们的精神世界中进行改造，才能使人们被法国大革命所搞乱了的人性得以恢复，而人性的最高标准并不是通过人类理性来获得，而是蕴涵在神秘美丽的大自然中，唯有自然才是人性的最高标准和最终归属。因此，浪漫主义诗人向自然的回归与中国诗人隐遁自然是两种性质不同的人性倾向，前者的目的在于从自然中寻找真理，而后者的目的则是与自然合一。

英国浪漫主义诗人生活在英国从农业文明急速地向工业文明转化的时期，作为有着敏锐观察力和良好社会道德的诗人，他们较早地看到了隐藏在工业文明繁荣背后的危机并以诗歌的形式表现着人类物欲膨胀、急功近利的人性危机和人类社会发展与自然环境冲突的自然生态环境危机。他们追求和谐自然，摆正人与自然的关系，反对物欲膨胀，强调人的自由天性和自由情感，倡导精神生态，反对科学理性和物质文明对正常人性的摧残，致力于物质文明重压下人性的拯救，将人的自然天性还给人自己。虽然说这种近似乌托邦式的思想运动在现代化工业文明发展进程中难以完全实现，但是，它毕竟从思想层面上影响着人们,在一定程度上纠正了启蒙运动和英国工业革命片面追求理性主义和狭隘经验主义的倾向,使得英国社会的发展实现了由追求纯粹的功利性向追求审美、追求富有人性的生命体验的转变,为英国现代社会的发展创造了深厚的伦理价值基础。英国哲学家罗素说:"浪漫主义运动的特征总的来说是用审美的标准代替功利的标准。"[①]这种审美标准是以人、自然与社会的和谐发展,以生态整体的良性建构为最高实在,是一种超越时代的生态伦理审美意识,这种审美意识与现代生态环境自然观具有理论上的共性,因而使得浪漫主义诗学思想具有开放式的文化批判和文化建构意义。

英国浪漫主义诗人关注人性的精神生态意识,关注人类生存的整体生态智慧,把人与自然的关系拓展到人与人、人与社会的道德规范的生态伦理思想,显示出了超越时代的伟大生态智慧,它不仅影响了 19 世纪后期乃至 20 世纪英国内外文学家们的创作,更重要的是,它为工业化时代人类面临生态危机、人性危机时的价值取向提供了道德标准。我们重新关注英国浪漫主义诗歌,把英国浪漫主义诗人的自然观作为现代工业文明重压之下进行人类审美思考的精神源泉,尤其是借鉴其超越现实、超越功利、不断接近诗意生存方式的精神追求,期望人类的价值标准能继续沿着浪漫主义所开辟的审美批判精神前进,以批判的姿态不断克服和超越现实世界的种种局限,为社会进步、为实现更加美好的生活而努力。

第二节　劳伦斯的生态观

戴维·赫伯特·劳伦斯(D. H. Lawrence,1885—1930)是 20 世纪英国作家中极具独创性又引起极大争论的一位。在短暂的一生

---

①　罗素:《西方哲学史》下卷,商务印书馆 1982 年版,第 216 页。

中，他创作了大量不同体裁的文学作品，包括长篇小说、短篇小说、诗歌、戏剧、散文、文学批评和游记等。由于作品中大胆的性描写，他在有生之年没有获得应有的承认。20世纪50年代，评论界开始出现"劳伦斯热"，他在文学史上的地位得到确立。20世纪末，随着生态批评的深化、人类生态意识的加强，人们开始对劳伦斯作品重新认识和思考。尽管评论界对劳伦斯的看法仍然不一，但他们似乎已经达成了一种共识：生活在英国社会转型期的劳伦斯拥有与众不同的视野，他试图通过人性中最根本的行为性的描写，反映现代人的异化感和精神危机，并以现代主义者的良知和勇气公开呼唤自然人性的复归，积极探索一种浪漫主义诗人理想中的和谐生态。

劳伦斯认为，现代工业文明不仅严重破坏了人类"诗意栖居"的自然环境，更压抑和摧残了现代人的心灵和本性，人与自然、人与人以及人与社会之间的关系变得格外紧张。劳伦斯对大自然和有机的农业社会情有独钟，曾试图寻找能使现代人安居乐业、修身养性的世外桃源，其足迹遍及美国、墨西哥和澳大利亚。这些国家充满生机的风景与欧洲日趋衰落的机械文明形成了强烈的反差。这不仅使劳伦斯的意识受到极大的冲击，也使他的视野更加宽广。作为一名现代主义者，他对自然与人性推崇备至，他一方面清楚地看到是可恶的工业文明破坏了自然环境，使得人性失去了和谐；另一方面，他相信自然的力量，并认为人性中具有一种巨大的原始能力，这种原始的自然力量是一种抗拒机械文明的原始力量，它通过与自然的和谐相融，实现人性的复归，最终帮助现代人走出困境。

劳伦斯的自传体小说《儿子与情人》(Sons and Lovers，1913)以肮脏、贫穷的矿区生活为背景，主人公沃尔特夫妇之间无休止的争斗以及保罗的情感障碍揭示了机械文明对人性的压抑和摧残，而且生动描绘了作为人体内原始丛林第一标志的性意识以及心灵的黑暗王国与工业文明制度之间的激烈冲突。小说中凸显的夫妻感情纠纷反映了机械文明时代男人和女人之间、自然本能与现代意识之间的必然冲突,保罗的情感障碍实际上是工业社会中人性扭曲的一个典型病例。劳伦斯在《若西汉矿乡》中写道:"在维多利亚时代的兴盛时期,有钱阶级和推动工业发展的人所犯下的严重罪行是,他们将工人投入丑恶、丑恶、丑恶……"①作为一名现代主义者,劳伦斯自始至终关注工业社会与人性之间的严重对立,并不遗余力地探索人物骚动不安的精神世界。劳伦斯认为,由于世界大战的爆发和工业社会的非人化倾向,现代人的生存环境及其精神状态已经严重异化,现代作家对此决不能视而不见或无动于衷。因此,劳伦斯的小说几乎都将人物所面临的严重困境作为焦点,对自然环境的惨遭破坏、对现代人性的异化和身份危机予以高度关注和全面观照。

　　《虹》(*The Rainbow*,1915)主要通过第三代人厄秀拉的成长与追求,揭示英国从传统的乡村社会到工业化社会历史进程中的社会问题,特别是人与人之间的精神问题。厄秀拉在性关系上的连遭挫折,不仅凸显了工业化社会中人类寻求建立自然和谐两性关系的难度,同时更反映了人与人之间精神上的疏远、隔绝与对立。作为一个现代女性,厄秀拉不满工业化社会所带来的冷漠虚伪,充满对现存秩序的叛逆精神;她蔑视基督教教义,痛恶所谓的民主制度,反对狭隘闭塞的家庭生活。可是,她对自由生活的追求、对自由精神的积极探索却屡遭挫折。厄秀拉少女时期与女教师英杰的同性恋经历,实际上正是她对传统规范的有意反叛,是她探索过程中的迷误和歧途。在随后与工程兵少尉安东·斯克列本斯基的热恋,也体现了她那自然本能与信仰之间的冲突与斗争,她一方面对作为英国海外工具安东所代表的社会势力满怀仇恨,一方面又对安东体现的男性自然力量充满热爱和渴望。由此,小说最后凌空而起的虹既象征着未来生活的美好,同时也揭示了工业化时代厄秀拉的期盼只能像虹一样虚无缥缈、遥不可及。

---

①　Laurence, D. H.. *Selected Essays*, Penguin, 1950, p. 119.

作为续篇的《恋爱中的女人》(*Women in Love*,1921)是《虹》所表现的那种探索的继续和发展。作品以两对男女青年(伯金与厄秀拉、杰拉尔德与古德伦)的感情波折为主线,以一对男子(伯金与杰拉尔德)朦胧的同性恋为次要情节,并且以伯金与贵夫人赫梅尔妮以及古德伦与德国颓废艺术家的暧昧关系为插曲,充分反映了工业社会中年轻人错乱的性意识和严重的身份危机,深刻揭示了英国年青一代严重的异化感和身份危机。劳伦斯一开始就通过厄秀拉和古德伦姐妹俩的对话说明造成现代人两性关系混乱和身份危机的社会根源:"这简直是一个地狱中的国家……所有一切都污秽不堪。"①这里的煤区小镇是"一个黑暗、死气沉沉而又充满敌意的世界"②,在这样残酷的环境中生存,人类必将精神空虚、茫然若失。作品中杰拉尔德集纨绔子弟的骄奢淫逸和实业家的精明冷酷于一身,追求效率和利益,崇尚地位和权力,可谓是现代工业和机器的化身。"他全身已经麻木"③,"无法同其他任何灵魂建立任何纯粹的关系"④,他的身躯"就像一棵内部组织受过霜冻的植物"⑤,失去了人应有的自然本性,最后竟然在风雪弥漫之中如痴如醉地走向阿尔卑斯山深谷,被冻死在铺天盖地的冰雪之中,这是他那"非人的机械原则"对他自身产生的毁灭作用。

劳伦斯同浪漫主义诗人一样视一切自然的为最美好的。他认为,两性关系是人之生存之根本,是人之自然情感的自然表达,因而应该是最美好、最有生气的东西。在他看来,"性与美是同一的,就如

---

① Lawrence, D. H.. *Women in Love*, New York: Modern Library, 1947, p12.

② Ibid. p. 13.

③ Ibid. p. 404.

④ Ibid. p. 403.

⑤ Ibid. p. 394.

同火焰与火一样。如果你恨性,你就是恨美。如果你爱活生生的美,那么你就会对性报以尊重"①。劳伦斯在小说中对性行为的描写几乎贯穿始终,并且在《查特莱夫人的情人》(*Lady Chatterley's Lover*,1928)中达到了极致。这部小说自问世以来在西方社会引起了强烈的反响和激烈的争论,曾因对男女性关系的自然主义描写而一度遭到查禁,直到 20 世纪 60 年代才获得出版。其实,从现代生态批评视角来看,这部小说的寓意是严肃的,它谴责资本主义工业化和机械化对自然和人性的摧残破坏,并探求实现身心统一、美满和谐的两性关系的新生和回归自然的途径。《查》仍然选择战后满目疮痍的矿区为背景。克里夫特·查特莱因伤瘫痪,失去了生殖能力。这位精力萎缩、感情贫乏的旧贵族兼新富豪回到英格兰北部矿区经营煤矿,从事写作。他的夫人康尼不得不过着守活寡般的空虚寂寞生活。与此同时,庄园里饲养雉鸡的猎场工人梅勒重新点燃了她心中爱的火焰和对生活的希望,她最后弃家出走,决心与梅勒在乡间开始新的生活。可以说,坐在轮椅里那个横行霸道的怪物查特莱爵士是现代工业文明的牺牲品,他生育能力的丧失正是资本主义工业文明对人性的扭曲和摧残。康尼勇敢地迎着晚风从死气沉沉的男爵府邸走向孕育生命的园工小屋,她与梅勒之间热烈的、完美和谐的两性关系象征着生命的复苏和人性的回归。他们的性爱不仅代表了一种巨大的再生力量,也是作者为死气沉沉的英国社会找到的一条起死回生的出路,尽管这种求索之路有一定局限性。可以说,在现代工业机器和资本主义文明重压之下,如果哈代表现的是充满着矛盾和悲剧意识的自然意识的话,那么,劳伦斯表现的则是对美好生活与和谐人性的积极探索与争取。

21 世纪是生态文明的世纪,生态理念已作为一种生存智慧渗透到社会的各个领域,随着现代文明的膨胀,对自然榨取的恶化,人们

---

① 劳伦斯:《劳伦斯随笔集》,黑马译,海天出版社 1993 年版,第 129 页。

开始思考人在宇宙中的位置，人与自然的关系，人的心灵上的生态问题。劳伦斯是一位具有强烈生命意识和"人类关怀"意识的作家，他通过对两性关系的探索，寻求人类在大地上"诗意的栖居"的理想存在状态。"生存还是毁灭"——这个曾经困扰"哈姆莱特"王子行进的难题，在现代人这里并未因文明的不断进步、科技的日益发达和社会的飞速发展而得到丝毫缓解。文明的进步伴随着人的自然性的失落，先进的科技带来的是人对自然的过度掠夺和破坏，社会的飞速发展窒息了人的精神空间，割裂了人与其生存环境应有的和谐，人类再次陷入"生存还是毁灭"的困境。重新认识自己，认识自己在整个生态系统中的位置和作用，成为人类寻求自救的必经之路。生态理念作为一种从生命最原始、最本真状态出发，尊重和维护生命之间复杂微妙的相互关联的新的价值观和世界观，具有宇宙本体意义。在劳伦斯的生命意识里，性既是生命之源，又是一种抗拒机械文明的自然力量，不受传统观念束缚的和谐、美满的性关系应该是人性解放的重要前提。尽管劳伦斯的济世药方令人感到窘迫，但在人性遭到严重摧残和扭曲的时代，他的思想和作品无疑具有明显的反叛性和革命性。从某种意义上说，强调人性的复归，赞美肉体的魅力和崇尚完美和谐的性关系，既是劳伦斯美学思想的核心，也是其现代主义事业的基本内涵。[①]

生活在英国社会转型期的劳伦斯，对世界、人性和文学的见解有着更深刻的认识和理解。他一方面继承着浪漫主义自然观传统，同时又以一种更加积极的态度表现着人与自然的关联，探索着实现人类精神生态的途径。劳伦斯了解英国矿工生活，当过职员和教师，在叔本华、尼采和弗洛伊德的学说流行之际，在第一次世界大战的硝烟弥漫欧洲大陆之时，他在其小说和文论中所表现出的思想是复杂的、

---

① 李维屏：《劳伦斯的现代主义视野》，《外国文学研究》2008 年第 4 期，第 48 页。

矛盾的,也是与众不同的。他虽然赞同弗洛伊德关于本我与自我之间的对立,无意识和有意识两种精神活动的冲突,但是,他绝不赞成文明的发展必须以压抑人的无意识的本能和欲望为代价,并强调如果文明的发展需要付出如此高昂的代价,那么,还不如不要这种所谓的文明。他认为遭到压抑的欲望本能不是罪恶,真正的罪恶应该是那种压抑的行为。他反对建立在恐惧基础上的性压抑,因此,探索一种所谓"新的两性关系",试图以实现一种"自然完美"的两性关系来摆脱工业化社会对人性的压抑,就成了劳伦斯作品的普遍主题。可以说,这种探索是一种更加积极的、具体的、现实的探索,它把前期浪漫主义诗人试图通过回归自然来拯救人性异化的那种似乎乌托邦式的浪漫追求,带到了人类生存的最根本方式中,因而更加具有现实意义。

　　人类进入工业时代以来,大机器文明取代了农业文明,既创造了高度繁荣的物质文明,同时也疏离了人与自然、人与人、人与社会的关系,打破了人与天地万物之间的和谐,人失去了作为人的完整性、自然性和和谐性,这是作为现代主义者的劳伦斯所深恶痛绝的。由此,劳伦斯从两性关系的视角来寻求人性的和谐和自我的完整,追求生命和谐美的终极价值。劳伦斯认为两性关系是一切行为的基础,是人与人关系中最基本的,它影响着宇宙的秩序,可以改变世界。他在作品中渗透着浓郁的生命气息,祈唤人性的复归和宇宙秩序的和谐,寻求人类"诗意的栖居"的理想化生存状态。他笔下的人物从这种生命的相互关联中获得启示,在生命节律的感应中不断地生成。在对劳伦斯《儿子与情人》、《虹》、《恋爱中的女人》和《查特莱夫人的情人》等四部重要小说作一番粗略浏览之后,我们发现劳伦斯那颇具现代启示意义的创作主题:人和自然中普遍存在生命力,正是这种生命力使人与自然形成有机整体。工业化进程割断了这种有机联系,造成了西方文明的堕落。要改变现状,必须重建人与自然的和谐关系。

　　曾永成在《文艺的绿色之思》中,运用马克思主义"人生成于自然"、人是"自然属人的本质的生态化结晶"[①]的观点来阐述人与自然的关系,这实际上与浪漫主义自然观本质上一致。浪漫主义自然观认为人本身就是自然的一部分,共同来源于一个源头,人只有与自然相融,才能回归自然天性,并在自然中得到净化和提升。因此,自然就不仅仅是作为一种外在之物而存在,而是更具有生命的气息,是植根于人的根柢的生命,并与人的自我、人的文明休戚相关。"自然的节律形式不仅通过感应给我们的生命注入活力和秩序,而且也是我们在感应中感悟到生命的智慧和意义,这种意义和感悟又进一步激发和调适我们的生命节律,使之升入审美的境界。"[②]劳伦斯出生于英格兰北部诺丁汉一个煤矿工人家庭,而恰恰在他生活的时期正是英国工业化进程加快的时代,他的家乡小镇一边是清脆葱绿的森林农田,一边是黑烟滚滚的煤矿,这种传统的农村经济和现代工业化社会的对立深深地影响了他,劳伦斯热爱自然,痛惜田园式古老英国的消失。他憎恶工业化机器文明,因为它不仅破坏了乡村的自然环境,也损害了人的自然本性和人与人之间的和谐关系。对比起来,劳伦斯比浪漫主义诗人在对待工业文明恶果的问题上有更深的感受,因此,我们可以看到,劳伦斯的作品在超越了浪漫主义诗人的乌托邦期盼、哈代的忧思和困惑之后表现的是积极的探索。《儿子与情人》中保罗母亲的婚姻不睦、保罗恋母情结造成他失去感情和理智的和谐,《虹》与《恋爱中的女人》中厄秀拉在性关系上的连遭挫折,以及《查特莱夫人的情人》中的康尼与查特莱爵士,无一不以恶劣的自然环境为背景。劳伦斯通过恶劣环境下两性关系的描写,旨在警示人们思考人与自然的关系,强调人的精神生态与自然生态的密不可分,进而积极探索拯救人类灵魂、解决社会矛盾的良药。

---

① 曾永成:《文艺的绿色之思》,人民文学出版社 2000 年版,第 35 页。
② 同上,第 36 页。

　　首先,劳伦斯与前期浪漫主义诗人一样认为自然与人一样是一种生命形式的存在,自然与人水乳交融、不可分离,人与自然的关系是共融互补并存的,正如劳伦斯自己所言"我是太阳的组成部分,如同我的眼睛是我的身体的一部分,我的血液与海洋融为一体"①。没有自然的和谐,也就没有人的和谐。《儿子与情人》描绘了在两个世纪之交英格兰北部煤矿工人家庭的生活情况,煤矿工人成天在黑暗、闷热、潮湿的坑道里冒着生命危险开凿岩石,他们逐渐变得粗暴蛮横起来;只有举酒消愁才能使他们忘却恐惧、忧愁和疲惫,只有粗声恶语打骂妻儿才能发泄他们心头郁积的怨恨。与此同时,他们的妻儿对着抽屉里最后一个铜板发愁,为将要出生的婴儿发愁。生活是无穷无尽的贫困、肮脏和恐惧。《虹》中工业文明入侵之前的布朗温一家过着田园牧歌式的生活,宁静的玛斯庄在埃利沃斯河的陪伴下恬静安详,掩映在花木丛中的布朗温一家"小径旁开满了嫩黄的水仙花,绿叶黄花茂盛得很,门前屋后丁香绣球花和水腊花争芳吐艳",布朗温一家人在田间自由自在地劳作。春天,他们感受播种生命的喜悦;秋天,"鹌鹑呼地飞起,鸟群像浪花般的飞掠过的土地",展现在我们面前的是一幅由天、地、人构成的和谐的生活画面。布朗温家族与自然这种"血液的交融",使人们感受到生命节律跳动的脉搏,他们的生存状态呈现的是平和安宁的美,但又不乏生命的活力,"他们会感到生命活力的冲动"。② 然而随着运河的开凿、铁路的架设、矿山的挖掘,他们听到的是令人头皮发麻的马达的轰鸣和令人心惊肉跳的火车的鸣笛,闻到的是"西风吹来坑道的硫质燃烧味","新筑起的运河坝穿过他们家的土地,弄得他们自己都不认识自己家的地方"。③可见,恶劣的环境只能给人带来压抑和烦躁,对自然的占有和掠夺只

---

① 　将炳贤:《劳伦斯评论集》,上海文艺出版社 1995 年版,第 269 页。
② 　D. H. 劳伦斯:《虹》,黑马译,译林出版社 2001 年版,第 2 页。
③ 　同上,第 7 页。

能给人类自身带来毁灭性的灾难。人生成于自然，且依存于自然，人只有在与自然的和谐相处中，心灵才能获得自由和美的愉悦。当自然被侵吞，留下的是丑陋的矿坑，到处一片萧条，人们也就因疏离自然而变成了没有灵魂的幽灵，生命失去了活力和意义。

《查》的战后满目疮痍和主人公康尼的性爱经历，同样突出了一个重要主题：就是现代工业对自然的破坏导致人性的扭曲。小说第二章当康尼跟克里福德来到拉格比时，她看到的英格兰是一个"铁与煤的世界，铁的残忍、煤的黑烟，还有那驱动着一切的无穷无尽的贪婪……这里的人与这个地方一样，憔悴、难看、阴沉，也与这个地方一样不友好……深渊是无法逾越的，深渊两边不会产生沟通……多么奇怪的人性扭曲啊"①。劳伦斯突出"铁的残忍、煤的黑烟"，警示人们铁与煤已经蚕食到人的肉体和灵魂。煤矿工人已经变成"半个人，一个全然没有美的生命、没有知觉总是在井下……当煤炭召唤他们时，他们成千上万地出现，他们是另一个世界的生物，他们是矿物世界那怪异变形的元素生物！他们是分解矿物的生物"②。在劳伦斯看来，工业化已经彻底扭曲了人的自然天性，人只是为贪欲而生存的生物，这个世界是没有希望的。虽然劳伦斯的描写有点过于自然主义的白描，但站在人性危机和生态危机日益严重的今天，我们感受到的是他对大自然与古朴的人文传统在一步步地遭到工业革命的蚕食、被贬损的自然界、恶劣的环境以及处处感到孤独、异化和被剥削的人群的有力批判。

劳伦斯一方面无情批判自然的惨遭破坏带来人性的扭曲，另一方面，与浪漫主义诗人一样强调自然的和谐实现着人性的和谐，人置身于大自然中会受到自然生命节律的感应，涌动着一种生命的意识，

---

① D. H. 劳伦斯：《查特莱夫人的情人》，赵苏苏译，人民文学出版社 2004年版，第 177 页。

② 同上，第 197 页。

享受着自然神性的恩泽。《虹》中童年的厄秀拉因家庭氛围的不和谐而变得压抑和孤独。但是,庆幸的是,她喜欢独自在山林里漫步,倾听涓涓溪流,忘情地与小鹿聊天,观看溪流经过石头时欢快的舞蹈。正是这种与自然的相亲和相融,使得小姑娘陶醉于自然生命的纯粹之中,感受着自然的律动,体验到一种美的存在,从而舒缓了她那备受煎熬的内心世界。而当厄秀拉与斯克里宾斯基的爱情遭遇挫折时,她仍然是让自己回归自然:"林子里的地上躲着一颗颗橡树子,橡实壳被胀破遗弃了,橡实仁裸露出来,绽开胚芽。"①厄秀拉就是一颗颗橡树子,是光洁裸露的橡实仁,它们扎根于大地,吸收自然的滋养,"绽开胚芽"、逐渐成长。厄秀拉在自然中获得一种生成的力量,这种原始的生命意识、微妙的生命节律是人与自然共有的,是由自然生成为人的生命基础。在劳伦斯作品中,无论是飞鸟游鱼、森林溪流,还是日月更迭、四季轮回,都与人的生命息息相通,自然界哪怕是平凡又极其细微的变化都可以渗透到人的生命意识里。劳伦斯置人物于自然之中,使人物在自然的世界里去找寻自由和自我实现的契合点,从而实现自然与人的心灵融合,共同传达生命的韵律。

劳伦斯探求两性关系的和谐也总是与太阳、月亮、大地、波涛、海洋及风雨寒暖等自然力量相结合,从两性交往中的微妙感觉、男女之间的细微心灵触动以及性行为中微妙的体验,来揭示人的生命延续与自然的生命延续具有本体上的一致性。《查》中康尼与梅勒的第一次性爱就是在松柏环绕、绿叶遮天的一堆枯树枝为床的一片荒野上完成的。与自然的完美结合使得她感到自己就"像是一片森林,充满了朦胧愉快的春天的呻吟,发芽吐蕾……像一个盘根错节、树叶交织的幽暗的橡树林,神秘的花蕾在展开"②。树林是康尼和梅勒的理想世界,是他们重温人类原始时代的纯真、自然的地方。在这里,他们

---

① D. H. 劳伦斯:《虹》,第 515 页。
② D. H. 劳伦斯:《查特莱夫人的情人》,第 170 页。

找到了人类已失去的"伊甸园"，摆脱了现实生活的奴役，脱离了肮脏的、污染的"烟雾与钢铁的可怖世界"。自然带给康尼和梅勒的是一种牧歌式的愉悦、一种无拘无束的自由、一种能释放内心欲望的灵丹妙药。《虹》中蜜月中的安娜和威尔"就像两颗埋在黑暗中的种子那样远离世界，突然像一颗剥掉了壳的板栗那样。他闪闪发光的裸体掉到了柔软丰腴的沃土上……在屋里柔美的宁静中，赤裸裸的栗核无声地抖动着，沉醉了"①。在劳伦斯看来，性"就如同照耀着草地的阳光"，是男女之间最自然也最微妙的关系，是"一种活生生的接触，没有这种真正意义上的接触，我们就不成其为实体"②。厄秀拉与斯克里宾斯基赤裸全身奔跑在黑夜的高原上，不仅是身体与自然的相融，更重要的是精神的解放，体验着一种最原始的、最质朴的美与自由。这种生命的交流在劳伦斯笔下外化为一种自然的律动、一种与自然一致的人的生命流程。人正是在这种与自然的和谐交融中达到"物性"和"心性"的和谐，从中体味出生命的价值和意义。《查》中查特莱和康尼的婚姻矛盾，象征着工业机器与自然人性的矛盾冲突，是僵化的陈腐的贵族制度和冷若冰霜的工业机器的象征，代表的是摧残人性、破坏两性关系的机械文明。而康尼和梅勒之间在荒野大自然中实现两性关系的完美与和谐，则象征生命的复苏和人性的复归。劳伦斯要传递的是：自然是人的精神源泉，要成为一个身心健康的人，就必须不断地与自然接触，只有在自然中人才能恢复自我。劳伦斯认为，健康、纯洁的性爱，既是可贵的生命之源泉，也是一种巨大的再生的力量，是人类重返自然、走向再生的出路。

劳伦斯通过人类心灵的动态描述，揭示人与自然之间的生命关联和人对自然的依存性，以及人在自我生成中追求主体内在"心性"

---

① D. H. 劳伦斯:《虹》,第 146 页。

② D. H. 劳伦斯:《劳伦斯随笔选》,毕冰宾译,四川人民出版社 1998 年版,第 48 页。

与外在"物性"和谐的迷惘和困惑，渗透着强烈的生命意识、平等意识、关怀意识和拯救意识。劳伦斯苦心营造的是沟通人与自然、人与文明、理想与现实、过去与未来的理想之桥、希望之桥。正如他自己所言："我们的生命就在于同周围活生生的环境建立一种纯洁的关系"①，然而这种美好的秩序因人的生成性而永远处于动态的变化与生成过程，它建立在人类认识世界、认识自我以及不断超越自我的现实基础之上，这种纯洁的关系是由精神的升华而生成的新的和谐，而绝不是对原有秩序的简单回归。如果说人与自然界的共生互融达到的是"物性"的外在秩序的和谐，那么人作为一种精神性的存在还需要一种内在的"心性"的和谐。这种和谐来自于人与自然、人与人、人与社会的和谐，来自于人的完整的自我价值的实现，这种内在的"心性"可以视为一种精神生态。在人的生命存在和生命活动中，精神占有主导地位，他直接决定人的行为。因此，关注精神生态不仅仅是为了使精神主体能够健康成长，同时也是为了使整个生态系统能够在"精神变量"的协调下平衡、稳定地演进。劳伦斯对两性关系的探索正是因为他看到了这股永远涌动着的力量，他只是通过这种途径寻求一种和谐宇宙秩序的建立，追求一种终极价值。

第三节　梭罗"诗意栖居"的亲身实践

　　亨利·大卫·梭罗（Henry David Thoreau，1817—1862）是美国19世纪伟大的超验主义作家。生前直到去世后的半个多世纪，他一直在文学界默默无闻。到了20世纪，人们才逐渐认识到他的生活方式及文学作品的重要价值。20世纪60年代以来，随着全球环境危机的日益严重和环保运动的迅速兴起，美国掀起了研究梭罗自然

---

① 罗婷：《劳伦斯研究》，湖南文艺出版社1996年版，第196页。

思想的热潮。美国"大地伦理"的提出者利奥波德称梭罗是"美国物候学之父"，菲利浦称他为"植物生态学家和自然保护主义者"，生态思想史家唐纳德·沃斯特称他为"生态思想史上最伟大的先驱之一"，并认为他"是一位在思想上大大超越了我们这个时代的基调的自然哲学家"。这样，"绿色梭罗"的形象逐渐复活。20世纪70年代以来，梭罗开始被称为环境主义的先驱。1995年，美国哈佛大学英文系生态批评家、梭罗研究专家劳伦斯·布伊尔教授在其专著《环境的想象：梭罗、自然写作和美国文化的形成》中，称梭罗为"美国最优秀、最有影响的自然作家"。今天，梭罗已被公认为环境主义的先驱之一。

1845年，梭罗28岁，他单身只影，借了一把斧头，来到了无人居住的瓦尔登湖附近的山林中，一直住到1847年才搬回家乡康科德城，其间共计两年两个月又两天。梭罗的生活与众不同、特立独行，不为同时代人所理解。他敬畏自然，学习自然，思考人生、社会、自然、文明。他根据自己在瓦尔登湖的亲身经历和对世界与人生的独立思考，写成了世界经典名著《瓦尔登湖》（Walden，1854）。他在瓦尔登湖畔过着一种无忧无虑、恬淡自然的生活。他通过回归自然，以物质生活的极其简朴换取了精神生活的无限丰富与充实，回归了人的自然、本真状态。他以实际行动为我们树立了"诗意栖居"的光辉典范。

"诗意地栖居"出自诗人荷尔德林的两行诗："人充满劳绩，但还/诗意地栖居于大地之上"，因海德格尔的阐发而在学术界广为流传。为了阐明"诗意地栖居"，海德格尔论述了"非诗意地栖居"。他指出："非诗意地栖居不是人的真正存在。非诗意地栖居是指人自身无希望的繁殖，人对物质的疯狂追求和对名声的疯狂追求。这种居住形式只会从根本上背离人的居住天性，打破人居住的四元世界。非诗意地栖居的表现形式是征服大地，掠夺天空，远离神性，丧失人作为短暂者的存在。"①海德格尔指出:"栖居是凡人在大地上的存在方式","栖居的意思是"置于和平中","处于和平中,处于自由中。自由在其本质上保护一切。栖居的根本特征是这种保护,它遍于栖居的整个领域"。② "在大地之上",还意味着"在天空之下","面向诸神的驻留"和"属于人的彼此共在"。海德格尔把"大地和苍穹、诸神和凡人"称为"四重性",这四者凭原始的一体性交融为一。他又指出:"凡人以拯救大地的方式栖居……拯救并不仅仅是把某物从危险中拉出来。拯救真正的含义,是把某个自由之物置入它的本质中……栖居本身必须始终是和万物同在的逗留。作为保护的栖居,就是把这四重性保持在凡人与之同在的东西即万物的存在之中……栖居将四重性的本质带入万物中而加以保护"。③这就是说,人生存于天地之间,就应该把万事万物保护在其本质之中,使自然之其为自然,使万事万物自由自在,与自然万物和谐共处。叶秀山先生指出,诗意是指"自由的境界","自在的境界"。人类在大地上栖居,就是人与自然都"自在","自在"即"自由","自由自在"。④ 因此,"人诗意地栖居于大地上"意思就是:人通过劳作,与地球万物在大地上自由相处,和谐发展。

可见,"诗意栖居"有三层基本内涵:"敬畏保护"、"自由自在"、"和谐相处"。海德格尔认为,诗的意志是一种爱的意志,美的意志,自由的意志。"诗意地栖居"是要人以敬畏的态度尊重自然,以诗人的眼光欣赏自然,以宽广的胸怀保护自然、感恩自然。海德格尔强调

---

① 参见尚永强、张强:《人与自然的对话》,安徽教育出版社 2001 年版,第376 页。

② 海德格尔:《人,诗意地栖居》,郜元宝译,广西师范大学出版社 2000 年版,第 95 页。

③ 同上,第 96 页。

④ 叶秀山:《何谓"人诗意地居住在大地上"》,《读书》1995 年第 10 期,第46 页。

"栖居"的基本特征是"保护",这种保护是精神性的守护,尊重自然之所以是自然,维护人与自然万物的和平共处,是因爱而生的自觉自愿的意识和行为。

18世纪浪漫主义思想的兴起,标志着西方文明史上第一个生态思想繁荣时期的到来。法国启蒙思想家卢梭被称为浪漫主义文学的"精神之父"。他认为,人性本善,而人类文明的发展使人性受到污染;人是生而自由的,而人类自己创造的文明却束缚了自己。"社会风尚里时时流行着邪恶和虚伪的精神,世态炎凉伴随着种种罪恶……科学和艺术永远伴随着虚荣和奢侈,人类的心灵、行为和情操随着文明的发展而堕落。"①浪漫主义者认为,现代文明使人性遭到严重异化,未经文明染指的原始的和自然的境界是最符合人性的,因此,他们主张回归自然。华兹华斯讴歌大自然中的湖光山色,沉浸于"天人合一"的理想境界,抒写着人性自由与美的赞歌;雪莱总在大自然中寻找力量,期盼"西风"涤荡文明社会的污泥浊水,创造一个爱的大同世界;济慈厌弃文明的社会,在大自然的无穷生命力中寻找人的精神寄托。在创作生涯中,梭罗深受爱默生超验主义的影响。美国超验主义的兴起标志着美国的第一次"文艺复兴",是浪漫主义的高峰。浪漫主义的重要特征之一就是讴歌自然,敬畏自然,把自然看作活生生的有机体,主张回归自然。超验主义进一步发展了浪漫主义的观点。这一思潮对精神的重视、对回归自然的提倡以及主张回归自然而获得知识、真理、智慧和精神完善的思想,对梭罗的诗意栖居观产生了重要影响。

首先,梭罗以诗人的眼光对美好的大自然进行了热情讴歌。自然是他创作的素材,他作品中的主角和作品的主题。阅读梭罗,我们发现他作品中的自然美丽、富饶、复杂、多变。蜿蜒娟秀的河流、平静

---

① 罗国杰、宋希仁:《西方伦理思想史》(下卷),中国人民大学出版社1998年版,第309页。

美丽的湖泊、郁郁葱葱的山林、波澜壮阔的大海,等等,一句话,自然界的一切都为梭罗的文学艺术创作提供了用之不竭的源泉。梭罗终生的习惯就是亲近自然、观察自然、欣赏自然、抒写自然。他作品中的自然无处不在,生机勃勃,占据着重要地位。梭罗当年住过的瓦尔登湖,今天已成为风景名胜,给读者留下了深刻的印象。他这样描写瓦尔登:"湖岸极不规则,所以没有单调之感……西岸到处是犬牙交错的深水湾,北岸更陡峭,南岸呈扇形展开,美不胜收……湖水边缘,群山耸起,山中间有个小湖,从湖心处望出去,森林的背景从未如此悦目,也没有这么独具一格的美丽。因为森林倒映在湖水中,湖水不但使前景美不胜收,而且由于湖岸弯弯曲曲,给湖水形成了一道最为自然而又令人愉快的边界线。"①不同的季节,大自然有不同的面容。梭罗密切注意自然界的季节变化。春天,万物复苏,鸟语花香,给人带来喜悦和希望,正如梭罗所写:

> 春天的第一只麻雀!新年伊始,充满青春的希望,以前从没这样!蓝鸟,歌带鹀和红翼鸟微弱的银铃般的啭鸣传遍部分光秃潮湿的田野,仿佛是冬天的最后雪花降落时发出的叮当声!在这种时候,历史,年表,传统和一切书面的启示又算得了什么?小溪唱起赞美春天的欢快歌曲。白尾鹞低低地飞翔在草地上,已经在寻找刚刚苏醒的第一批覆有黏泥的生命。在所有的有林小谷地里都可以听到融雪的滴落声,而并在湖里迅速融化。草在山坡上燃烧起来,像是一阵春火……②

对大自然的赞美贯穿在梭罗作品中,从上文的描写中我们可以

---

① 梭罗:《梭罗集》,陈凯、许崇信等译,三联书店 1996 年版,第 533 页。
② 同上,第 641 页。

看出,梭罗笔下的自然生机盎然、五彩缤纷、气象万千。梭罗是一位名副其实的诗人。他总是以诗人的情怀欣赏大自然,讴歌大自然。他作品中的自然独具特色,美不胜收,引人入胜,令人陶醉。哈佛大学英文系生态批评家、梭罗研究专家劳伦斯·布伊尔教授指出:"尽管梭罗在美术正规知识方面十分有限,但他对风景美学怀有浓厚兴趣,在整个成人时期总爱把大地当作景色看,欣赏其构造、光线、色彩、质地,等等。"①正如梭罗在描绘科德角秋景时所写:"可我从未见过如此美景如画的秋色。它像一块铺在不平整的地面上的地毯,犹如想象中那么精致华丽。大马士革锦缎丝绒,腓尼基推罗紫毛料,或任何织物都无法与之媲美。"②他由衷地赞叹:"这般如诗如画的秋天景色不是很像色彩浓重的地毯吗?从此以后,每当我看到一块地毯,其色彩比一般的更浓艳,我就会想象那上面有长满黑果木的丘陵,还有白珠树和乌饭树更加茂密的沼泽,一片片冬青栎和宾州杨梅,以及枫树、白桦和松树。什么染料能和这些色彩相比?"③梭罗认为,他在科德角看到的秋景是最新奇最独特的,这里的森林和田野才是自然风景最完美的形式,所有用财富和智慧精心构筑的公园和花园之类,都无法与之相媲美。

梭罗对大自然有着炽热的爱,他以诗人的眼光、诗人的心灵观察、研究充满诗意的大自然。从天上的日出月落、风生云起、雨雪雷电,到地上的花草虫鱼、飞禽走兽,天地自然之间,没有一样东西能逃过他的眼睛、耳朵、想象力,没有一样东西不引起他由衷的喜爱和浓厚的兴趣,也没有一样东西他认为不值得仔细观察描写。他描写一年的春夏秋冬、雨雪阴晴,写各种飞鸟鸣禽、小猫小狗,写狐狸的活

---

① Myerson, Joel. *The Cambridge Companion to Henry David Thoreau*, Shanghai: Shanghai Foreign Language Education Press, 2000, p. 171—193.

② 梭罗:《梭罗集》,第 1089 页。

③ 同上,第 1090 页。

动,写湖中的野鸭、林间的松鼠,写屋边的老鼠、地上的蚂蚁,写树叶
飘零的沙沙声,写过路大雁的阵阵惊寒,写冰面初春开裂时的咔嚓
声。他的观察力如此敏锐,以至于在普通人看来司空见惯、毫无意义
的事物在他笔下也会与众不同,别有情趣。"鸟兽是他的邻居,蚂蚁
的厮斗是两个帝国的交战,潜水鸟的'狂笑'透着足智多谋,枭的号叫
是瓦尔登的方言,狐狸会唱小夜曲,就连瓦尔登湖上的冰裂,也是冰
块的咳嗽声。"①

　　由此,梭罗在作品中以敬畏的态度、审美的眼光、饱含感情的笔
墨,对美好的大自然进行了热情赞美,这是他诗意栖居观的重要
方面。

　　梭罗的诗意栖居观不但包括对充满诗意的自然的敬畏、欣赏和
赞美,还包括自由自在的生活方式。这种自由自在的生活方式是建
立在精神自由的基础之上的,为此,梭罗极力倡导把人的物质欲望降
低到最低限度,丰富人的精神生活。他首先对工业文明对人精神的
毒害进行了猛烈抨击。我们知道,18 世纪 60 年代,随着英国第一台
蒸汽机的运转,人类进入了工业文明时代。到了 19 世纪中期梭罗生
活的时代,工业文明取得长足发展,当时的美国正在向着工业化、商
业化和城市化的宏伟目标高歌猛进,物质的积累日益丰富,但精神生
活消失殆尽,物欲膨胀、技术至上等开始污染人的天性,使人性发生
严重异化,把人沦为充满物欲、精神空虚、思维迟钝、行为无能的"非
人",技术的"机器"和消费的"奴隶"。梭罗对此忧心忡忡,他对重物
质、轻精神的错误倾向进行了严厉批判。看到同时代人为追求物质
财富而拼命劳作,欢呼雀跃,他一语惊人,发出长叹:"人类在过着静
静的绝望的生活。"②他批驳道:"大多数人,即使是在这个比较自由

---

① 苏贤贵:《梭罗的自然思想及其生态伦理意蕴》,《北京大学学报》2002
年第 2 期,第 59—66 页。

② 梭罗:《瓦尔登湖》,第 6 页。

的国土上的人们，也仅仅因为无知和错误，满载虚构的忧虑，忙不完的粗活，却不能采集生命的美果。"①他深刻地指出，他的同时代人因为生活而失去了生活，他们"生下来就继承了田地、庐舍、谷仓、牛羊和农具……谁使他们变成了土地的奴隶？……为什么他们刚生下来就得自掘坟墓？……他们不能过人的生活，一个劲地做工……几乎被压死在生命的负担下面……委屈地生活，拼性命地做工哪"②。他痛心疾首，"等到农夫得到了他的房屋，他并没有因此就更富，倒是更穷了。因为房屋占有了他"。"人类已经成为他们的工具的工具了。"③我们知道，人类文明、科学技术是一把双刃剑，它给人们带来舒适和方便的同时，也同时给人们带来了焦虑和不安，扼杀人的灵性，把人沦为工具的工具和技术的奴隶。人的异化必然导致金钱拜物、物欲横流，必然导致人的精神世界的萎缩，使人变成只有物质、物欲而缺乏精神和心灵的一具空壳，导致人的"体验感悟能力的贫瘠，记忆想象能力的迟钝，审美感受能力的退化"④。正如马克思和恩格斯所说："在我们这个时代，每一种事物好像都含有自己的反面……技术的胜利，似乎是以道德的败坏为代价换来的。随着人类愈益控制自然，个人却似乎愈益成为别人的奴隶或自身的卑劣行为的奴隶……我们的一切发现和进步，似乎结果是使物质力量具有理智生命，而人的生命则化为愚钝的物质力量。"⑤人的严重异化必将导致人性危机，人性危机必然导致生态危机，由此可见，梭罗的生存观是多么的超前。

---

① 梭罗：《瓦尔登湖》，徐迟译，上海译文出版社 1997 年版，第 4 页。
② 同上，第 3 页。
③ 同上，第 33 页。
④ 鲁枢元：《生态文艺学》，陕西人民教育出版社 2000 年版，第 158 页。
⑤ 马克思，恩格斯：《马克思恩格斯选集》（第 3 卷），人民出版社 1972 年版，第 518 页。

　　其次,梭罗不仅对当时的金钱拜物、物欲横流进行了批判,还反其道而行之,以自己的实际行动给我们树立了物质俭朴、精神丰富的生活方式的典范。1845 年,他孤身一人,带着最简单的劳动工具来到了瓦尔登湖畔,开始了为期两年多的林中生活。他在这里过着一种无忧无虑、恬淡自然的生活。他住在只能避雨、不能挡风的小木屋中。在他看来,穿堂而过的风声恰恰是大地音乐的天国乐章,是未被打断的创世纪的诗篇。他认为,一个人一年只劳作六周就足够了,其余的时间可以用来观察自然、感悟自然,向大自然学习,做大自然的朋友,提高自己的精神追求。每天早晨都是一个愉快的邀请,林中薄雾蒙蒙,百鸟欢唱,湖水清澈,树影婆娑,梭罗融入大自然中,圣洁地沐浴。阳光冉冉升起,林中空气清新,他感到身体洁净,心灵得以净化。此时,尘世间的一切纷扰都被抛之脑后,烟消云散,而代之以神清气爽、心旷神怡之感。在梭罗的心中,大自然中的一切每时每刻都在给他启迪,为他创造精神价值。他通过回归自然,以物质生活的极其简朴换取了精神生活的无限丰富与充实,回归了人的自然、本真状态。

　　再次,梭罗不仅对工业文明给人的精神和心灵造成的伤害进行了抨击,还对工业文明给充满诗意的自然造成的破坏进行了揭露和批判。物欲膨胀必然导致实用主义,而实用主义又导致自然生态的进一步恶化。在《瓦尔登湖》中,梭罗坚决反对湖旁边的林特湖以一个农夫弗林特的名字命名,其理由是因为弗林特对湖采取实用主义的态度,他与湖的关系完全是一种赤裸裸的金钱关系,他"强暴地糟蹋了湖岸……更爱一块大洋或一只光亮的角子的反光,……连野鸭飞来,他也认为它们是擅人者……他从没有看见这个湖,从没有在里面游泳过,从没有爱过它,从没有保护过它,从没有说过它一个好字眼儿,也没有因为上帝创造它而感谢过上帝。……他的田园处处都标明了价格,它可以把风景,甚至可以把上帝都拿到市场上去拍卖;在他的田园里,没有一样东西是自由生长的,他的田里没有生长五谷,他的牧场上没有开花,他的果树上没有结果,都是生长了金钱;他不爱他的水果的美,他认为非到他的水果变成了金钱时,那些水果才算成熟。"①这与海德格尔说的"开花的树"极为相称:"在工业时代,当实用主义、工具理性成为一个社会主导思想之后,树的天然本性被破坏了、遗弃了,或者被'障蔽'了,被迫隐蔽在世界的幽暗之处。而树的科学价值、实用价值以及商业价值反被认作是树的本性,甚至是唯一的本性,从而哄抬到至高无上的位置上去。"②正是这种商业主义理念导致了人们对森林的乱砍滥伐,梭罗对此扼腕叹息,口诛笔伐。他谴责道:"我第一次划船在瓦尔登湖上的时候,它四周完全给浓密而高大的松树和橡树围起,有些山凹中,葡萄藤爬过了湖边的树,形成了一些凉亭,船只可以在下面通过……可是,自从我离开这湖岸之后,砍伐木材的人竟大砍大伐起来了。从此要有许多年不可能在林间的甬道上徜徉了,不可能从这样的森林中偶见湖水了。我的缪斯女神如果沉默了,她是情有可原的。森林已被砍伐,怎能希望鸣禽歌唱?"③由此,梭罗对商业主义、物质主义对自然的美感、诗意和灵性的破坏进行了犀利的谴责。

梭罗"诗意栖居"观的最高境界是人与自然的和谐相处。这一点具有根本性的重要意义。生态批评认为,生态危机的实质是人性危机,是人们生活方式、价值观、自然观方面的危机。这一危机根源于宇宙观,根源于人与自然的对立。西方的宇宙观是建立在主客二分和抽象逻辑思维基础之上的机械综合宇宙观,主客二分是西方文化的典型特征。西方文化中的价值二元论和价值等级制把世界上的事物都分为二元对立结构,并把较高的价值赋予那些处于上面的事物,

---

① 梭罗:《瓦尔登湖》,第 181—182 页。

② 转引自张群芳:《〈瓦尔登湖〉的生态意蕴》,《安康师专学报》2004 年第 6 期,第 44—55 页。

③ 梭罗:《瓦尔登湖》,第 177—178 页。

例如：人类/自然、文化/自然、男人/女人、理智/情感、心灵/身体等。这种宇宙观在人类与自然的关系上主张人对自然的征服和控制，其实质是人类中心主义。其基本内涵是：人类是宇宙的中心，其他一切生物都处于边缘；人类是主体，处于主动、积极、支配的地位，自然界是客体，处于被动、消极、从属地位；人类是评判一切的价值尺度，凡是符合人类需要或爱好的事物都是好的，反之都是坏的，这些坏的事物就要遭到杀戮和放逐；人类为万物之灵，理所应当地开发、利用、征服、控制、统治大自然，使大自然服服帖帖地为人类服务。人类中心主义在不同的历史阶段有不同的形态，都是时代的产物，在当时的历史语境中都曾起到过积极作用，例如：打破宗教神学对人性的禁锢和压抑，增强人类认识自然、改造自然的信心和能力，促进人类的发展和社会的进步等。但从今天生态危机的语境中对其进行审视，其弊端和危害则日益凸显，例如：近现代人类中心主义割裂了人类与自然之间的生命联系，造成了人类与自然母亲的疏离，导致了人类与自然的对立，成为人类粗暴地开发、掠夺、控制、践踏、蹂躏大自然的理论依据。因此，近现代人类中心主义是生态危机的根源。人类中心主义必然导致人类沙文主义和物种歧视主义。

　　生态批评的一个重要方面就是解构和颠覆人类与自然的二元对立，主张人类与自然和谐相处。梭罗亲近自然，融入自然。他对瓦尔登湖的房子非常满意：

　　　　我无需到户外呼吸新鲜空气，因为屋子里的空气一样新鲜。我坐的地方与其说是在屋内，不如说是在门后，甚至大雨滂沱的天气也如此。哈里文萨说："鸟儿不到的住宅，就像不加佐料的肉。"那不是我的住宅，因为我发现自己突然与众鸟为邻；我用的办法不是把鸟儿关在笼中，而是把自己关在一只靠近它们的笼子里。我不但和一些时常飞到花园和果园的鸟儿更加亲近，而且还和一些更难于接近的扣

人心弦的林中鸣禽更加亲近起来,这类鸣禽从不,或极少向
村里人唱小夜曲——它们是林中画眉、韦氏鸫、裸鼻雀、野
雀、三声夜莺,等等。①

读完这段话,我们禁不住为梭罗的住处是如此完美地融入自然
而感叹。他与自然相处得如此和谐。他的生态中心观和现代意义上
的生态意识再次得到体现。现代人回归自然欣赏鸟兽时,一般都到
把鸟兽关在笼中的动物园中。与此相反,梭罗却把自己关在小木屋
中,把自己看作自然的成员和朋友。他为现代人正确处理人与自然
的关系树立了典范。我们由衷地赞叹他的生态意识的超前性。

梭罗认为,人是大自然的一部分。人属于自然,而自然却不属于
人。他在《瓦尔登湖》中写道:"大约骨骼的系统便是水分和硅所形成
的,而在更精细的泥土和有机化合物上,便形成了我们的肌肉纤维或
细胞组织。人是什么? 还不是一团融解的泥土? 手指和足趾从身体
的溶解体中流出,流到了它们的极限。在一个更富生机的环境之中,
谁知道人的身体会扩张和流到如何的程度呢? 手掌,可不也像一张
张开的有叶片和叶脉的棕榈叶吗?"②梭罗对大自然充满敬畏之心、
感恩之心:"太阳,风雨,夏天,冬天,——大自然的不可描写的纯洁和
恩惠,他们永远提供这么多的康健,这么多的欢乐! 对我们人类这样
地同情,如果有人为了正当的原因悲痛,那大自然也会受到感动,太
阳黯淡了,风像活人一样悲叹,云端里落下泪雨,树木到仲夏脱下叶
子,披上丧服。难道我不该与土地息息相通吗? 我自己不也是一部
分绿叶与青菜的泥土吗?"③然而,梭罗并没有陶醉在美丽洁净的大
自然中一味地赞美自然,他以极其敏锐的思想触角触及了他生活的

① 梭罗:《梭罗集》,第439页。
② 梭罗:《瓦尔登湖》,第283页。
③ 同上,第127页。

那个时代的大多数人感到陌生的严肃话题，提出了关怀大自然、与大自然和谐相处的超前思考。

梭罗是人与自然和谐相处的典范。他选择与禽兽为邻，与飞鸟为伴，而且相互生存得非常和谐。松鼠、飞鸟在他的房中、房前觅食，野鼠也过来坐在他的手掌中，一口一口地吃了他手中的干酪之后，扬长而去。美洲翁来他屋中做巢；知更鸟在他屋侧的一棵松树上巢居，受他保护。田鼠是他的兄弟，在他的屋子下面做窝，和他共享面包；鼹鼠住在他的地窖里，和他分享土豆的美味；兔子到他的门来，啃吃土豆皮……在他眼中，自然界的一切都是那么亲切、可爱，甚至连康科德的植物也是和他住在一起的居民。在瓦尔登湖，人与自然达到了真正的和谐交融。

当今全球性生态危机的实质是人类生存方式的危机。要想渡过危机，人类必须痛定思痛，改变自我毁灭式的生存方式，实现诗意生存。梭罗通过讴歌自然、敬畏自然、保护自然，通过批判商业主义、工业文明和消费主义对人的精神的腐蚀、对自然生态的摧残和破坏，通过倡导回归自然，与自然和谐相处，为我们树立了诗意生存的光辉榜样，他是海德格尔"诗意栖居"的真正实践者。"诗意栖居"是人类生存的终极境界，如果全人类有朝一日真的过上了"诗意栖居"的生活，那么，生态危机的解决将指日可待。但愿人类早日反思自我，改变自我，完善自我，真正诗意地栖居于大地之上！

■ 结束语

生态与文学

西方文艺复兴后，科学技术取得突飞猛进的发展，技术至上主义、技术乐观主义日益盛行。被称为现代科学之父的培根曾指出，人类是"自然的主人和所有者"，"知识就是力量"，人类获取知识的直接目的是"征服和控制大自然"。从笛卡尔"使自己成为自然的主人和统治者"的呐喊，到康德的"人是自然的立法者"的豪言壮语，标志着近代绝对人类中心主义开始在西方思想界占据主导地位。18世纪60年代，随着英国第一台蒸汽机的运转，人类进入了工业文明起，人类以空前的规模和速度作用于自然界，为自己创造了日益丰富的物质财富。然而，工业和科技的发展并不都表现为正确认识自然、合理利用自然、在自然能够承载的范围内适度地增加人类的物质财富；相反，在很多情况下表现为人性异化、物欲膨胀，干扰自然进程、违背自然规律、破坏自然美和生态平衡、透支甚至耗尽自然资源。因此，科技的发展需要新时代的人文精神——生态人文精神的引领，否则，人类赖以生存的生态环境将不堪设想。美国生态文学作家雷切尔·卡森指出："我们总是狂妄地大谈特谈征服自然。我们还没有成熟到懂得我们只是巨大的宇宙的一个小小的部分。人类对自然的态度在今天显得尤为重要，就是因为现代人已经具有能够彻底改变和完全摧毁自然的、决定着整个星球之命运的能力。"人类能力的急剧膨胀，"是我们的不幸，而且很可能是我们的悲剧。因为这种巨大的能力不仅没有受到理性和智慧的约束，而且还以不负责任为其标志。征服自然的最终代价就是埋葬自己。"①历史学家唐纳德·武斯特(Donald, Worster)在其《自然财富》(*The Wealth of Nature*)中写道:"今天,我们正面临生态危机,不是生态系统作用的结果,而是我们的伦理系统作用的结果。渡过危机,要求我们尽可能准确地认识我们对自然的影响;而且要求我们认识那些伦理系统并运用这种认识去变革伦理系统。当然,历史学家和文学学者、人类学家、哲学家不能进行这一变革,但是他们可以帮助人们树立这种意识。"②因此,生态危机从根本上说是人性的危机,是人类生活方式选择上的危机,要解决生态危机,就必须解决人的异化问题,解决人的精神危机。

伴随着对"现代性"及其带来问题的反省,到 20 世纪 90 年代中期,生态批评在美国文学界初步形成,进而又在世界许多国家得以发展。"生态批评或生态文学是以生态整体主义为思想基础、以生态系统整体利益为最高价值的考察和表现自然与人之关系和探寻生态危机之社会根源的文学。生态责任、文明批判、生态理想和生态预警是其突出特点。"③生态批评作为一种文学和文化批评倾向,集中在对表达现代人与自然关系的作品考察中,提倡精神生态与自然生态的良性互动;它不仅要解构人类中心主义的宇宙观和生活方式,还要建构一种以生态整体利益为宗旨的自然的、生态的、绿色的、可持续的价值观和生活方式,重建一种新型的人与自然关系。20 世纪上半叶的生态伦理思想成为生态批评最直接的精神资源,其中最主要的是史怀泽的"敬畏生命"伦理和利奥波德的"大地伦理"。史怀泽提出,

---

① Lear, Linder. *Rachel Carson*, *Witness for Nature*, New York: Henry Holt & Company, 1997, p. 107.

② Worster, Donald. *The Wealth of Nature*: *Environmental History and the Ecological Imagination*, New York: Oxford University Press, 1993, p. 27.

③ 王诺:《欧美生态文学》,北京大学出版社 2003 年版,第 11 页。

人类的同情如果"不仅仅涉及人，而且也包括一切生命，那就是具有真正的深度和广度"的伦理。利奥波德"大地伦理"则以生命共同体的完善、稳定和美丽为最高道德目标，这种观念标志着生态学时代的到来。20世纪西方文论的两大主潮是人本主义和科学主义。到了20世纪末，人本主义和科学主义都意识到了各自的盲点，二者试图走向融合。以关注人类生存前景为出发点的生态批评为两者的融合找到了一个恰当的结合点，以人类现代环境自然观重审经典文学作品使文学研究走向更加广阔的生态学视野，突破了以往历史范式或文本内部范式的研究，开辟了文学研究的新领域，丰富了文学批评理论。

我国学者鲁枢元的《生态文艺学》提出了"生态学的人文转向"这一具有开拓意义的论点；曾永成在其《文艺的绿色之思——文艺生态学引论》一书中，认为马克思在《1844年经济学－哲学手稿》中论述的"自然向人生成"说体现出基本的生态哲学思想；2003年王诺的《欧美生态文学》一书对生态批评的核心思想及人类应持怎样的生态观念、生态责任作了详尽的阐述，等等。张艳梅等的《生态批评》对作为一种文学理论范式的生态批评作了更加全面的阐释，具体观点如下：生态批评立足于文学发展的时代脉搏，以特定的角度研究文学创作和文学文本，探索并反思人们的生存方式和文明的发展模式，是对现代性带来的绝对真理和与之相应的人类绝对状况的一种批判。生态批评置身于"现代之后"众声喧嚣的文学话语之中，强调以关注自然生态的价值立场，来"指导"或"反驳"文学创作。生态批评具有这样的逻辑前提：经济（GDP）增长并不必然带来社会的文明进步，文明的发展并不意味着要付出巨大的生态代价和生活环境的全面"革新"。在这样的前提视野下，文学欣赏应该放弃工业化初期的"好大狂"癖好，追求人的生命活动与生态环境自然演化的重新"合一"。人类生存状态的变化导致了伦理要求的变化；与之相适应，学者们倾向于把伦理的变迁划分为自然伦理、社会伦理、环境伦理三个阶段。在最深层的意义上,伦理所表达的是人类的生存意识,而人类的生存意识总是对生存状态作出反映。生存状态发生变化后,生存意识也必然发生变化,伦理的要求也随之出现相应的改变。20世纪中叶以后,"回归自然"成为当代人一种普遍的社会心态和伦理要求。这种"回归"实际上表达的是人类生存状况或生存意识的一种转折,生态批评蕴涵的伦理价值正在于此。这一思想方法首次把批判的矛头鲜明地指向了现代人类生存的本质。随着地球环境不断恶化而产生的各种危机,人类终于承认现代文明的可持续性成了问题,文明发展不能与维持生命的整个生态系统分离。因此,向自然延伸的文学批评新视野——生态批评虽然不可能逆转对自然生态造成极大破坏的工业文明的发展潮流,但却可以和生态学及其他人文科学携手消解和批判与自然对立、分离的世界观,颠覆征服自然、控制自然、肆意挥霍滥用自然资源的人类中心主义的思想观念,通过构建新的时代背景下人与自然生态建立和谐的张力关系,努力唤醒人类在功利主义驱动下日渐麻木的心灵状态和过度膨胀的权利意志;力图重新寻找工业文明遗落的"天人合一"的田园思想。21世纪最紧迫的问题之一是地球环境的承受力问题,解决这一问题或是一系列问题的责任,将越来越被视作一切人文科学的责任;生态批评的意义还在于它虽然立足于文学但绝不拘泥于文学,而是把批评的触角伸向社会活动的各个领域,全面反思人类社会的存在和发展。①

把生态问题纳入文学研究,是人类面对自然生态危机、人性危机,寻求和谐、健康、持续发展之路的伟大举措。生态世界是人类视野里的万物生存世界,同时它又是一个独立于人类之外的世界。它不依赖于人类社会和人类文明而存在,每一种生态集群都是自然伦理中的有机组成部分,他们和谐有序地生活在一起。相比之下,人类的社会缺少的正是这种自然生态伦理,人本是宇宙生态的一部分,却

① 张艳梅、蒋学杰、吴景明:《生态批评》,人民出版社2007年版,第3—4页。

日益成为反生态的动物。人类正在把自己的道德伦理法则和科学技术强加于自然的生态世界。人类只有在全面的反思中,按照自然生态的伦理法则去重新建立自己的社会生活,重建人与自然和谐共在的文学艺术和伦理道德观念,以及宗教,才能真正获得可持续的发展。生态主义思想和自然生态的生活方式以及生态文学与批评中普遍追求的理想,是人回归到自然生态历史中去的一次艰难的选择。生态文学的伦理价值建构意味着人必须改变现有生活方式的物质形态,改变原有的以人为中心的精神文化形态。

面临生态危机和人性危机,人们开始重新审视人与自然的关系,认识到人在改造自然的同时,必须承担人对自然的道德义务和责任。因此,我们必须扩展道德功能的领域,把传统道德调整人和人之间关系扩展到调整人与人以及人与自然的关系,重视道德保护环境、保护自然的功能。浪漫主义诗人不仅较早地认识到了自然的价值,同时更是以诗人的智慧体察到了人与自然伦理关系的重要,由此希冀通过人与自然关系的重新认识达到人性复归、和谐生存的理想境界。生态批评关于现代生态环境伦理观的建构,标志着人类道德的进步和完善,是新时代人类处理环境和生态问题的新视角、新思想,是人类道德的新境界。生态环境伦理以尊重和保护生态环境为宗旨,以未来人类继续发展为着眼点,强调人的自觉和自律,强调人与自然环境的相互依存、相互促进、共存共融,突出强调在改造自然中要保持自然的生态平衡,要尊重和保护环境,不能急功近利,不能以牺牲环境为代价取得经济的暂时发展。

18世纪末19世纪初的浪漫主义文学吻合了当代生态伦理的思想内涵,两者的契合点便是对“自然”的理解、对人类生存发展的长远思考,亦即生态整体观。浪漫主义诗人虽然不曾提出系统的、关于自然的生态伦理思想,但是,他们创作诗歌的哲学观念是:世界是一个有机整体,人与自然是这个整体的平等成员,人应尊重自然、回归自然,通过自然启迪人性的复归来抗议科学主义和现代文明带来的恶果。王诺在其《欧美生态文学》一书中对生态文学或生态批评的实质作了四点总结：生态文学是以生态系统的整体利益为最高价值的文学；生态文学是考察和表现自然与人的关系的文学，生态责任是其突出特点；生态文学是探寻生态危机的社会根源的文学；生态文学在很大程度上可以被看成是表达人类与自然万物和谐相处的理想、预测人类未来的文学。① 可见，生态批评首先坚持浪漫主义的有机整体的自然观，批判人类中心、人定胜天之类的妄想，宣扬万物齐一、物类平等的哲学理念，斥责万物皆备于我、任我宰割征服的傲慢凶残。

人类对自然的认识曾经历了神话自然观、有机论自然观、神学自然观、机械论自然观、辩证唯心自然观以及辩证唯物自然观，这样一个从"天人合一"到"天人对立"再到"天人对立统一"的漫长演变过程。20 世纪的现代化文明进程所带来的精神危机和物质文明劫难，促使人们对人与自然的关系进行了新的反思和探索，对浪漫主义文学进行重新认识和学习就是这一反思与探索的结果。浪漫主义文学在"返回自然"的追求中虽然表现出非理性的一面，但并未割断与自由、平等的理想和理性主义的联系，浪漫主义文学的自由观念和生命意识的深层包含着对人的处境及前途与命运的理性思考。我们在21 世纪的今天重读浪漫主义文学经典，不仅要从审美的、历史的、文化的和社会的多维视角，更应当从哲学和世界观的高度去理解浪漫主义自然观的有机整体性，去探讨浪漫主义诗人及其自然诗歌的无限丰富性，把浪漫主义诗人寄寓自然的理想和追求同现代环境自然观的精神实质联系在一起，感悟浪漫主义自然观的现代价值，进而为今天工业文明重压下人类价值标准的确立树立典范，这也许是浪漫主义文学成为生态批评首要研究对象的意义所在。

---

① 王诺：《欧美生态文学》，北京大学出版社 2003 年版，第 7—10 页。

参 考 文 献

浪漫主义文学作品及研究文献

Abrams, M. H.. *Natural Supernaturalism: Tradition and Revolution in Romantic Literature*, New York & London: W. W. Norton & Company, 1973.

Abrams, M. H.. *English Romantic Poets*, New York: Oxford University Press, 1973.

Abrams, M. H.. *The Mirror and the Lamp: Romantic Theory and the Critical Tradition*, New York: Oxford University Press, 1953.

Bate, Jonathan. *Romantic Ecology: Wordsworth and The Environmental Tradition*, London and New York: Routledge, 1991.

Beer, John. *Wordsworth and the Human Heart*, The Macmillan Press, 1978.

Brown, Marshall. *The Cambridge History of Literary Criticism*, *Volum 5 Romanticism*, Cambridge University Press, 2000.

Buell, Laurence. *The Environmental Imagination: Thoreau, Nature Writing, and the Formation of American Culture*, M. Cambridge, MA: Harvard University Press, 1995.

Chaucer, Geoffrey. *Canterbury Tales*, Foreign Learning Teaching and Studies Press, Oxford University Press, 1995.

Cliffs. *Notes on Keats & Shelly*, Nebraska, U. S. A. 1971.

Coleridge, Samuel Taylor. *Biographia Literaria* (1817)(ed. J. Shawcross), Oxford: Oxford University Press, 1907.

Coupe, Laurence. *The Green Studies Reader From Romanticism To Eco-criticism*, C. London & New York: Routedge, 2000.

Driver, Paul. *Romantic Poetry*, London: Penguin Books Ltd, 1996.

Duncan, Wu. *A Companion to ROMANTICISM*, Massachusetts: Blackwell, 1999.

Hilles, Frederick, Harold Bloom. *Sensibility to Romanticism*, New York: Oxford UP, 1965.

Hudson, William Henry. *Studies in Interpretation: Keats-Clough Matthew Arnold*, New York: G. P. Putnam's Sons, 1896.

Jones, Mark. *The 'Lucy Poems': A Case Study in Literary Knowledge*, London: University of Toronto Press, 1995.

Keynes, Geoffrey. *Blake's letter to the Revd Dr Trusler* — 23 *August* 1799, London: Oxford University Press, 1925.

Kroeber, Karl. *Ecological Literary Criticism: Romantic Imagining and the Biology of Mind*, Columbia University Press, 1994.

Lockridge, Laurences. *The Ethics of Romanticism*, Cambridge: Cambridge University Press, 1989.

McFarland, Thomas. *William Wordsworth: Intensity and Achievement*. Oxford: Clarendon Press, 1992.

McGann, Jerome J. *The Beauty of Reflections: Literary Investigations in Historical Method and Theory*, New York: Oxford University Press, 1985.

Merchant, W. M.. *Wordsworth Poetry and Prose*, Cambridge Massachusetts: Harvard University Press, 1963.

Modiano, Raimonda. *Coleridge and the Concept of Nature*, Florida: Florida State University Press, 1985.

Murfin, Ross. *Sons and Lovers, A Novel of Division and Desire*, Boston: Twayne Publishers, 1987.

Myerson, Joel. *The Cambridge Companion to Henry David Thoreau*, Shanghai: Shanghai Foreign Language Education Press, 2000.

O'Rourke, James. *Keats's Odes and Contemporary Criticism*, Florida: Florida State University Press, 1998.

Purkis, John. *A Preface to Wordsworth*, Beijing: Peking University Press, 2005.

Selincourt, Ernest De, Rev. Mary Moorman. *The Letters of William and Dorothy Wordsworth: The Middle Years*. Part I. *To Robert Southey, Feb.* 1808, Oxford: Clarendon Press, 1969.

Stevenson, W. H.. *Selected Poetry*, London: Penguin Books, 1988.

Thorpe, Clarence D. ect. *The Major English Romantic Poets: A Symposium in Reappraisal*, Carbondale: South Illinois UP, 1957.

Wordsworth, Jonathan, M. H. Abrams, Stephen Gill. *William Wordsworth's The Prelude* 1799, 1805, 1850, New York, London: W. W. Norton & Company, 1979.

Wordsworth, William. *Poems in Two Volumes*, London: Longman, Hurst, Rees, and Orme, Paternoster-Row, 1807.

Wordsworth, William. *Selected Poems*, London: Penguin Books Ltd, 1996.

安·莫罗亚:《雪莱传》,谭立德、郑其行译,上海文艺出版社

1981 年版。

拜伦:《拜伦诗选》,查良铮译,上海译文出版社 1982 年版。

拜伦:《拜伦抒情诗七十首》,杨德豫译,湖南人民出版社 1983 年版。

崔桂英:《"大自然的歌手"与"大自然的崇拜者"——华兹华斯与徐志摩的自然观比较研究》,2005 年。

丁宏为:《理念与悲曲——华兹华斯后革命之变》,北京大学出版社 2002 年版。

高伟光:《英国浪漫主义的乌托邦情结》,北京师范大学研究生院博士论文,2004 年。

华兹华斯、柯尔律治:《华兹华斯、柯尔律治诗选》,杨德豫译,人民文学出版社 2001 年版。

黄宏煦:《英国浪漫主义诗人抒情诗选》,江苏人民出版社 1988 年版。

济慈:《济慈书信选》,傅修延译,东方出版社 2002 年版。

江枫:《雪莱全集》,河北教育出版社 2000 年版。

蒋显璟:《生命哲学与诗歌——浅谈柯尔律治的诗歌理论》,《外国文学评论》1993 年第 2 期。

科伦:《英国浪漫主义》,上海外语教育出版社 2001 年版。

刘若端:《19 世纪英国诗人论诗》,人民文学出版社 1984 年版。

玛里琳·巴特勒著:《浪漫派、叛逆者及反动派》,黄梅、陆建德译,辽宁教育出版社牛津大学出版社 1998 年版。

M. H. 艾布拉姆斯:《镜与灯——浪漫主义文论及批评传统》,郦稚牛等译,北京大学出版社 2004 年版。

乔治·戈登·拜伦:《恰尔德·哈洛尔德游记》,杨熙龄译,上海译文出版社 1990 年版。

苏文菁:《华兹华斯诗学》,社会科学文献出版社 2000 年版。

王佐良:《英国浪漫主义诗歌史》,人民文学出版社 1991 年版。

威廉·华兹华斯:《序曲》,丁宏为译,中国对外翻译出版公司1999年版。

雪莱:《雪莱政治论文选》,杨熙龄译,商务印书馆1982年。

雪莱:《雪莱诗选》,杨熙龄译,山东大学出版社1999年版。

邹纯芝:《想象力世界——浪漫主义文学》,海南出版社时代文艺出版社。

章燕:《审美与政治:关于济慈诗歌批评的思考》,载《外国文学研究》2004年第1期。

雅克·巴尔松:《柏辽兹与浪漫世纪》第1卷,1950年版。

易晓明:《华兹华斯与泛神论》,载国外文学2000年第2期。

袁宪军:《"水仙"与华兹华斯的诗学理念》,载《外国文学研究》2004第5期。

相关研究文献

Adams, Hazard, Leroy Searle. *Critical Theory Since Plato* (Third Edition), Beijing: Beijing University Press, 2006.

Bate, Jonathan. *The Song of the Earth*, Cambridge: Harvard University Press, 2000.

Bloom, Harold. *The Visionary Company*, Ithaca and London: Cornell UP, 1971.

Buckley, William K.. *Lady Chatterley s Lover: Loss and Hope*, New York: Twayne Publishers, 1993.

Devall, Bill, George Sessions. *Deep Ecology: Living as if Nature Mattered*, peregrine Smith Books, 1985.

Glotfelty, Cheryll, Harold Fromm. *The Ecocriticism Reader: Landmarks in Literary Ecology*, Athens & London: the University of Georgia Press, 1996.

Kerridge, Richard, Neil Sammells. *Writing the Environment:*

Ecocriticism and Literature, New York & London: Zed Books Ltd, 1998.

Kirszner & Mandell. Literature: Reading, Reacting, Writing (Fifth Edition), Beijing: Beijing University Press, 2006.

Laurence, D. H.. *Selected Essays*, London: Penguin, 1950.

Lawrence, D. H.. *Women in Love*, New York: Modern Library, 1947.

Lear, Linder. *Rachel Carson*, *Witness for Nature*, New York: Henry Holt & Company, 1997.

Liu, A. Wordsworth. *The Sense of History*, Stanford CA, 1989.

Leopold, Aldo. *A Sand County Almanac*, Oxford: Oxford University Press, 1949.

Moore, Harry T.. *The Collected Letters of D. H. Lawrence*, London: The Viking Press, 1962.

Nash, Roderick F.. *The Rights of Nature: A History of Environment Ethics*, the University of Wisconsin Press, 2001.

Passmore, John. *Man's Responsibility for Nature: Ecological Problems and Western Traditions* (Second Edition), Gerald Duckworth & Co. Ltd. , 1980.

Schweitzer. Trans. A. B. Lemke. *Out of My Life and Thought*, Henry Holt and Company Publishers, 1990.

Seed, John. *Thinking Like a Mountain*, Philadelphia: New Society Publishers, 1988.

Tyson, Wynne. *The Extended Circle*, New York: Paragon House, 1989.

Willey, Basil. *The Eighteenth-Century Background: Study on the Idea of Nature in the Thought of the Period*, London:

Penguin Books，1940.

Wordsworth，Antony Easthope. *Now and T hen*，Open Univ. Press，1993.

Worster，Donald. *The Wealth of Nature*：*Environmental History and the Ecological Imagination*，New York：Oxford University Press，1993.

阿尼克斯特:《英国文学史纲》,戴镏龄等译,人民文学出版社1980年版。

阿萨·勃里格斯:《英国社会史》,陈淑平,刘诚等译,中国人民大学出版社1991年版。

安德鲁·桑德斯:《牛津简明英国文学史》,人民文学出版社2000年版。

奥尔多·利奥波德:《沙乡年鉴》,侯文蕙译,吉林人民出版社1997年版。

勃兰兑斯:《十九世纪文学主流》第4册,人民文学出版社1984年版。

陈其荣:《自然哲学》,复旦大学出版社2004年版。

陈学明:《20世纪哲学经典文本·西方马克思主义卷》,复旦大学出版社1999年版。

曹孟勤:《人性与自然:生态伦理哲学基础反思》,南京师范大学出版社2006年版。

陈其荣:《自然哲学》,复旦大学出版社2005年版。

D.H.劳伦斯:《查特莱夫人的情人》,赵苏苏译,人民文学出版社2004年版。

D.H.劳伦斯:《虹》,黑马译,译林出版社2001年版。

D.H.劳伦斯:《劳伦斯随笔选》,毕冰宾译,四川人民出版社1998年版。

大卫·雷·格里芬:《导言:后现代精神和社会》,王成兵译,中央编译出版社 1998 年版。

丹尼尔·贝尔:《资本主义文化矛盾》,赵一凡,蒲隆,任晓晋译,生活、读书、新知三联书店 1989 年版。

董学文:《西方文学理论史》,北京大学出版社 2005 年版。

恩格斯:《自然辩证法》,于光远等译,人民出版社 1984 年版。

弗罗姆:《占有或存在》,杨慧译,国际文化出版公司 1989 年版。

海德格尔:《人,诗意地栖居》,郜元宝译,广西师范大学出版社 2000 年版。

侯维瑞主编,《英国文学通史》,上海外语教育出版社 1999 年版。

H.S.塞耶编:《牛顿自然哲学著作选》,上海人民出版社 1974 年版。

郇庆治:《自然环境价值的发现》,广西人民出版社 1994 年版。

霍尔姆斯·罗尔斯顿:《环境伦理学》,杨通进译,中国社会科学出版社 2000 年版。

霍尔姆斯·罗尔斯顿:《哲学走向荒野》,吉林人民出版社 2000 年版。

蒋承勇等:《欧美自然主义文学的现代阐释》,复旦大学出版社 2002 年版。

将炳贤:《劳伦斯评论集》,上海文艺出版社 1995 年版。

姜岳斌:《伦理的诗学——但丁诗学思想研究》,浙江大学出版社 2007 年版。

居代·德拉孔波:《赫西俄德:神话之艺》,吴雅凌译,华夏出版社 2004 年版。

卡洛琳·麦茜特:《自然之死》,吴国盛等译,吉林人民出版社 1999 年版。

劳伦斯:《劳伦斯随笔集》,黑马译,海天出版社 1993 年版。

雷体沛:《西方文学初步》,广东人民出版社 2003 年版。

雷体沛:《西方文学的人文印象》,广东人民出版社 2008 年版。

雷毅：《深层生态学思想研究》，清华大学出版社 2001 年版。

利奥波德：《沙乡年鉴》，侯文蕙译，吉林人民出版社 1997 年版。

李培超：《伦理拓展主义的颠覆》，湖南师范大学出版社 2004 年版。

李燕乔：《西方现代文学中的"原罪说"》，《外国文学与文化》，新华出版社 1989 年。

列奥·施特劳斯等：《政治哲学史》，李天然译，河北人民出版社 1998 年版。

刘炳善：《英国文学简史》，上海外语教育出版社 1983 版。

刘小枫：《现代性社会理论绪论》，香港牛津大学出版社 1996 年版。

鲁宾斯坦：《英国文学的伟大传统》（中），上海译文出版社 1998 年版。

鲁枢元：《生态文艺学》，陕西人民教育出版社 2000 年版。

卢风：《人类的家园——现代文化矛盾的哲学反思》，湖南大学出版社 1996 年版。

罗国杰，宋希仁：《西方伦理思想史》（下卷），中国人民大学出版社 1998 年版。

卢克莱修：《物性论》，商务印书馆 1982 年版。

卢梭：《爱弥儿》下册，商务印书馆 1999 年版。

卢梭：《论科学与艺术》，何兆武译，商务印书馆 1963 年版。

罗素：《西方哲学史》下卷，商务印书馆 1982 年版。

罗婷：《劳伦斯研究》，湖南文艺出版社 1996 年版。

马建军：《乔治·艾略特研究》，武汉大学出版社 2007 年版。

马克思，恩格斯：《马克思恩格斯全集》第 3 卷，人民出版社 1956 年版。

马凌：《征服与回归：近代生态思想的文学渊源》，《外国文学研究》2003 年第 1 期。

马泰·卡林内斯库：《现代性的五副面孔》，商务印书馆 2002 年版。

毛信德：《外国文学教程》，浙江大学出版社 2007 年版。

聂珍钊、邹建军：《文学伦理学批评：文学研究方法新探讨》，华中师范大学出版社 2006 年版。

聂珍钊等：《英国文学的伦理学批评》，华中师范大学出版社 2007 年版。

钱青：《19 世纪英国文学史》，外语教学与研究出版社 2006 年版。

莎士比亚：《哈姆莱特》，朱生豪译，《莎士比亚悲剧六种》，山东文艺出版社 1992 年版。

尚永强、张强：《人与自然的对话》，安徽教育出版社 2001 年版。

史怀泽：《敬畏生命》，陈泽环译，上海社会科学院出版社 1996 年版。

斯宾诺莎：《伦理学》，贺麟译，商务印书馆 1983 年版。

宋希仁：《西方伦理思想史》，中国人民大学出版社 2004 年版。

苏曼殊：《苏曼殊全集》第 1 集，中国书店 1985 年版。

苏贤贵：《梭罗的自然思想及其生态伦理意蕴》，载《北京大学学报》2002 年第 2 期。

梭罗：《梭罗集》，陈凯，许崇信等译，三联书店 1996 年版。

梭罗：《瓦尔登湖》，徐迟译，上海译文出版社 1997 年版。

王诺：《欧美生态文学》，北京大学出版社 2003 年。

王诺：《生态与心态：当代欧美文学研究》，南京大学出版社 2007 年版。

王佐良：《英国诗史》，译林出版社 1997 年版。

王佐良：《英国诗选》，上海译文出版社 1993 年版。

王佐良：《英国文学论集》，外国文学出版社 1980 年版。

威利斯顿·沃尔克著：《基督教会史》，孙善玲、段琦等译，中国社会科学出版社 1991 年版。

卫姆塞特等著：《西洋文学批评史》，中国人民大学出版社 1987年版。

吴迪：《比较视野中的欧美诗歌》，作家出版社 2004 年版。

伍蠡甫：《西方文论选》上、下卷，上海译文出版社 1979 年版。

伍蠡甫 胡经之：《西方文艺理论名著选编》（中），北京大学出版社 2003 年版。

席勒：《美育书简》，徐恒醇译，北京：中国文联出版社 1984 年版。

休谟：《道德原则研究.译者导言》，曾晓平译，商务印书馆 2004年版。

叶秀山：《何谓"人诗意地居住在大地上"》，载《读书》1995 年第10 期。

曾永成：《文艺的绿色之思》，人民文学出版社 2000 年版。

詹姆斯·C.利文斯顿：《现代基督教思想》上卷，何光沪译，四川人民出版社 1992 年版。

张群芳：《〈瓦尔登湖〉的生态意蕴》，载《安康师专学报》2004 年第 6 期。

张艳梅、蒋学杰、吴景明：《生态批评》，人民出版社 2007 年版。

赵林：《休谟对自然神论和传统理性神学的批判》，2005 年版。

郑克鲁：《外国文学简明教程》，华中师范大学出版社 2001 年版。

朱立元：《当代西方文艺理论》，华东师范大学出版社 1997 年版。

后　记

　　对本课题的关注始于 2002 年初,是一次与当时的同事加朋友之间的闲聊点燃了我的新的科研兴趣。当时就读于南开大学(现任教于杭州师范大学外国语学院)的陈茂林博士春节休假与同事们相聚,期间聊到文学研究,聊到了他所接触的新的文学批评视角——生态批评。这种在国内外刚刚兴起的批评方法恰好吻合了本人的兴趣:一是向往自然诗意、排斥喧嚣异化的内心真实,二是对追求自由与自然关怀诗歌的特别喜爱。因此,如果说自身的兴趣为本课题的研究奠定了精神基础的话,那么茂林博士在生态批评理论方面给予的指导则为研究本课题提供了必要的理论支撑,在此特别表示感谢!

　　从 2002 年开始关注本课题、2004 年计划撰写专著、2006 年真正开始动笔直至今天的终于付梓,可以说历尽了艰辛和不易。这期间最要深深感谢的是浙江财经学院人文学院姜岳斌教授的一路指导和帮助!可以说,没有姜老师不辞辛劳的耐心点拨、煞费苦心的不断鼓励,就不会有本课题的顺利完成。在本书的撰写过程中,浙江财经学院外国语学院的领导、同仁们都给予了极大的关怀和帮助,是他们的鞭策和鼓励让我的科研得以坚持下来。在这里,我真诚地向大家道声谢谢!

　　还要感谢我的家人。我的丈夫郭峰也是高校教师,也有繁重的教学科研任务,但他在努力做好自己本职工作的同时,尽全力照顾家庭生活;女儿懂事、进取,不仅知道好好学习以减少妈妈的担心,还经常大人似地给予我鼓励和安慰；家中的姐妹们都能替我在母亲面前尽一份孝心。正是家人的理解和支持为我解除了后顾之忧，使我能够全身心地投入学习和工作。

最后，浙江大学出版社的李晶编辑付出了艰辛的工作，在此特别表示感谢！

鉴于本人学力所限，缺点和错误在所难免，敬请读者批评指正。

鲁春芳

2009 年 6 月于杭州钱塘寓所

图书在版编目(CIP)数据

神圣自然:英国浪漫主义诗歌的生态伦理思想／鲁春
芳著. —杭州:浙江大学出版社,2009.8
ISBN 978-7-308-06991-5

Ⅰ.神… Ⅱ.鲁… Ⅲ.浪漫主义－诗歌－文学研究－英
国 Ⅳ.I561.072

中国版本图书馆 CIP 数据核字(2009)第 150985 号

神圣自然:英国浪漫主义诗歌的生态伦理思想
鲁春芳 著

策　　划	李　晶
责任编辑	王长刚
出版发行	浙江大学出版社
	(杭州天目山路 148 号　邮政编码 310028)
	(网址:http://www.zjupress.com)
排　　版	杭州中大图文设计有限公司
印　　刷	杭州杭新印务有限公司
开　　本	880mm×1230mm　1/32
印　　张	9
字　　数	226 千
版 印 次	2009 年 8 月第 1 版　2009 年 8 月第 1 次印刷
书　　号	ISBN 978-7-308-06991-5
定　　价	25.00 元